人間とは何か

手賀達哉

明窓出版

はじめに

ゾウはなぜ強いのだろうか。やっとエサにありついた、お腹を空かせた猛獣でさえ、ゾウの咆哮を耳にすれば食事の最中であろうと、貴重な死肉を捨ててまで一目散に逃げ出す。食うか食われるかの弱肉強食の野生で生き延びる術を本能的に身に付けている動物は、自らの爪と牙が十分に通用する相手と、いかにもがいても全く歯がたたない強者を見極める確かな目を持っている。これは野生の世界の宿命なのである。サバンナに生きる動物には全くと言っていいほどに自由はない。そして自由に生きる道がないということは主体性もないということである。群の掟に従って、主体性を帯びた行動を慎む。強い相手と見てとったら絶対に逃げるのである。

強い者が弱い立場の者を力でねじ伏せる。それが野生のルールだとするのならば、ではその頂点に立つ動物はどのような存在なのであろうか。力の劣る動物ほど自由が制限され、常に自分の逃げ足の速さのみに頼らざるを得ない舞台では、強い者ほど自由が保障されている。同族種以外の小者には一瞥もくれないのである。それが咆哮を四方に轟かせる者の生活態度であり、生き様である。

ゾウは強い。強いからこそ他の動物に煩わされることなく生きている。しかし、見方を変えれば、主体性があり、自由に行動しているからこそ、その強さが存分に発揮されていると捉えることもできる。ゾウの生き方の悠々として、どっしりと構えた逞しさは、まさに囚われのない精神の賜なのである。

人間とは何かという高遠なテーマに真正面から取り組もうという姿勢の源は、いかに人間は生きるべきか、どうすればよりすばらしい人生を送ることができるのかという疑問である。それを強く意識するかどうかは個人差があるが、誰しも生きていく上で思い煩うことである。本書を手に取り、今まさにこの文章を読んでいるあなたは、特に強く、このテーマの答えを見い出そうとしているのかもしれない。また、中には人生を切り拓くヒントを得ようとして、本書に多少なりとも興味を抱いてくれた方もいるかもしれない。

私は、そのような人間という存在に対する、また人生そのものに対して限りない探求心を抱く哲人に、どこまで納得のいく答えを示すことができるのか分からない。しかし、少なくとも、各人が真剣に人間、そして人生というものに対峙するための土台を示すことができると確信している。

人生をよりすばらしいものにするのに必要なのは、気負いや囚われ、そしてこだわりを無くすことである。百獣の王は、まったく気負う必要もないし、囚われたり、こだわったりすることもない。自然体である。それゆえに百獣を統べる王者たり得るのである。気負い、常に何かに囚われ、物事にこだわらずにはいられないというのは、心の弱さを表している。自然に振る舞い、自由に思考することができる人間の心にこそ、本当の強さが秘められているのである。

自由な発想で、あなたの思うままに、人間とは何かという難題に向き合うのはすばらしいことである。思い悩むことが心の弱さではない。自ら進んで考えようとしないこと、他人の意見や考えに囚われ、こだわり、絶えず振り回されること、これが心の弱さである。

自分の意志を捨て、容易に流されて全ての判断や行動を他人任せにする。そのような一見気楽な人生態度を身に付けてしまうと、後で取り返しのつかない後悔をするのは自分自身である。それだけは絶対に避けたいものである。

世の中には様々な考えを持つ人がいる。一口に人間とは何かと言っても、そのテーマに対する切り口は一つではない。心理学、歴史学、経済学、社会学、文化人類学など、多方面からの様々なアプローチが考えられる。そのため本書では、人間という存在に対して様々な角度からの検討を試みた。五章のなかに七十五の題目を用意した。各題目は連続しているものもあるが、基本的には一題目ごとに完結しているので、各自が好きな題目を自由に読むことができる。何も最初のページから一字一句なぞるように読む必要は全くない。

本書には、一切、参考文献はない。もちろん本書を著すにあたっては、私がこれまでに読んできた本の内容に少なからず助けられたことは否めない。しかし、本書を著すためにあえて読んだ本は一冊もない。本書の内容のどの文脈にも、私のこれまでの失敗しかしてこなかった苦い体験が活きている。

人生の大きな一歩を踏み出そうとするあなたにとって、本書が微力ながらも布石となることができたら、著者としてこれ以上の喜びはありません。

手賀　達哉

目次

第二章　歴史の意義

第三章　人格を創るヒント

第四章　現代社会の悩み

第五章　人間へのアプローチ

おわりに

第一章　身近な疑問

◎恵まれた生活

贅沢について

あの人は贅沢だと常々言われている人がいたとする。実際どうして、その人は贅沢なのかとよく見てみると、まず学生である、試験はテスト前に友人から講義ノートを借りて参照すれば、ギリギリ通ることができる。また、親から仕送りを受けており、特にアルバイトをしなくても生活に困窮することはない。通学には親にせがんで買ってもらった新車を、まるで自分で働いて稼いだ金で購入したかのような顔をして使っている。もちろん彼女とのドライブには欠かせない。大学生活の四年間は、生活苦に喘ぐ必要なく、自由にあり余るほど使える時間のなかで、大好きな彼女と趣味の車を堪能しながら、まさに天国のような青春時代を謳歌できるというわけである。

なるほど。確かに羨ましい限りである。誰しも、もし学生時代に戻れるのならば、この様な生活をしてみたいと思うだろう。私もそう思う。あえて克己苦学して真摯な学生生活を送ろうと思う者は、よほどの変わり者か偉人だけだろう。社会に出る前に贅沢を堪能したいと思うのは当然のことである。しかし、ここで改めて贅沢とは何かということを考えてみると、意外と答えに詰まる人が多いのではないだろうか。

親からの仕送りを受けて、アルバイトをして、授業は適当にさぼる。大学生活の四年間もしくはそれ以上の期間を、縛られることなく自由に過ごす。それを、人は贅沢な暮らしだと言う。皆が羨ましく思う生活ではあるが、はたして、このような生活を贅沢であると言って差し支えないものであろうか。

別に、世間一般で言われる贅沢な人の例を考えてみたい。世の中には、普通のサラリーマンが一生かけても稼ぎきれない大金を、わずか一年間で稼いでしまう者がいる。ごく一部の経営者や優れた成績を修めたプロスポーツ選手である。才能豊かな芸能人もいるであろうし、作家や芸術家もいるであろう。彼らは、社会的に高い立場に立ち一般のサラリーマンが羨む巨額の収入を得ている。先の学生などよりも、よほど贅沢な生活を送れる人々である。

さらにもう一つ例を挙げるならば、かつての封建時代や絶対王政の時代の国王や貴族がいる。多くの貧しい農民が細々と生計を立てて暮らしていた時代に、彼らは莫大な富を所有し、贅沢な生活を堪能していた。奢侈に流された生活を送り、農民は黙って貴族の生活を支え働き続けた。貴族は、領主として君臨し農民の生活全般を支配した。

さて、以上の例に見る通り、贅沢な生活にも色々な相違がある。学生の生活、社会的に高い地位につき仕事をする人々、また、かつての時代の国王や貴族など、まさに様々である。あえて似ている点を探るならば、例で挙げた中で、学生以外の人々は富や名声などを得ているということであろうか。富や名声は贅沢な生活と関連があるのであろうか。

学生の場合

贅沢について考える前に、学生の場合を取り挙げて考えてみたい。贅沢とは必ずしも言い難い面があるからである。例えば、生活を考えてみると、まず学生の本分である試験は、さして辛いものではない。学生にとって試験問題というのは、普段の講義内容を友人のノートを参照するなどしてある程度把握しておけば、解答するのはさして困難なことではないからである。社会人の立場で言えば、自分の携わっている業務の内容を理解し、比較的仕事を熟練した立場でこなすことができる人と似たような立場であると言えるのではないだろうか。また、親からの仕送りによって苦汁を舐めるような生活をしなくても済むというのは、社会人で言えば、けっして高い収入を得ているわけではないが困窮することはないという立場である。さらに、学生には愛すべき女性がいる。大切な人がいる。これは、すばらしいことである。学生は、非常に恵まれた生活を送っているのである。

しかし、ここで少し考えてみたい。ここで述べる学生。きっと皆に贅沢で羨ましいと思われるはずの学生の生活は、そのベースとなる社会的な生活条件を社会人の場合に当てはめて考えてみると、はっきり言ってたいしたことはない。あまりにもと言うくらい平凡な日常であり立場である。大企業の部長でなければならないとか、年収一千万以上でなければ駄目であるとか、そんなことはまったくないのである。もちろん、社会人の仕事においては、それ相応の責任がつきまとうということと、仕事に熟達するためには、相当の努力が必要であるという点では学生の場合と一緒という訳にはいかない。何よりも精神的強さが求められるはずである。

学生の生活環境を、社会人の立場と比較して考えてみると、世間一般で言うところの贅沢とは全く無縁であることが分かる。それどころか、親からの仕送りとアルバイトで生活しているのであるから、貧乏でさえあるかもしれない。しかし、それにもかかわらず皆は、学生の生活を羨ましいと思うのである。

自由と主体性

先の例で挙げた学生、社会的地位の高い人、国王や貴族などの権力者。どの立場の人間になりたいかと問われたら、学生と答える者が多いであろう。もちろん、社会的名声や富には抗いがたい魅力がある。しかし、それ以上に学生という立場には、多くの人々を引き付けて止まない何かがあるのである。

学生生活を最も魅力あるものにしている要素。それは自由と主体性である。人々は、学生生活を通して自由な環境と主体的な精神に憧れるのである。これは、人間にとって何者にも代えがたいものである。名声や富を約束する社会的な地位などとは比べものにならないのである。ほとんどの人は、ある程度余裕のある暮らしが送れれば、それで十分満足する。必要以上に贅沢な環境などは、追い求めないものである。むしろ、日常生活が、がんじがらめにされ不自由な毎日を余儀なくされている者ほど、病的に贅沢な生活に駆り立てられるのかもしれない。

葛飾の柴又で有名なフーテンの寅さんも、なぜ、これほどまでに日本全国民の心をいつまでも魅了し感動を与え続けることができるのかと言えば、それは、寅さんが自由な環境で生き、主体的な意志で行動しているからである。寅さんは、突然ふらりと旅に出ながら、故郷の柴又が懐かしくなれば、また突然何の前ぶれもなく、とらやに帰ってくる。そして美しいマドンナに秘かに恋情を抱くが、結局はふられて、また、とらやの住人とも一悶着おこしてしまい、様々な思いを胸に秘め再び旅に出るのである。美しい女性に性懲りもなくひたむきに恋慕する純情さと、何をやっても不器用で失敗ばかりしている憎めない人柄が寅さんの人間像であるが、その魅力は、寅さんの生きる自由な環境と、自分の意志で好きな時にふらりと旅に出て、帰りたくなったら自由に柴又に戻ってくる主体的な行動によって大いに引き出されているのである。もし、寅さんに、日本全国を旅して回る自由と主体性がなく、様々な社会的束縛にがんじがらめにされている立場の人間であったら、どうであろう。けっしていつまでも日本全国民の心を捉えて離さない存在とはなり得なかったはずである。

人間が、本当に心の底から望んでいるのは、自由と主体性である。この二つを体現している人物を私達は贅沢だ、羨ましいと思うのである。いくら名声や富を得ても、自由と主体性を失えば、私達は必ずしもこのような立場の人物になりたいとは思わない。

自由とは何か。主体的に行動するとは何か。また、現代人は自由で主体的な存在か。人は何をそんなにも悩むのか。これらの疑問を踏まえながら、人間という存在について、多角的観点から考えてみたい。

◎性　格

性格は強制されたもの

人は、自分が信じた通りの性格になる。他人から見て羨ましいと思われる性格の人は、自分がそのような性格だと思っているがゆえに、そのような性格になるのである。同様に一般的に人から嫌われる性格の人も、元々がそのような性格であったわけではない。自らそう信じているために、そのような性格になるのである。自ら自分の性格を規定して、自分自身に自分が限定した性格を体現する行動をとらせる。そのような行動をとることを習慣とする。そのようにして人は、自らの性格を決定づけるのである。そして、性格とは、思い込みと、その思い込みに従って習慣化された行動の積み重ねにより形成されるものである。

人は、自らが望む性格を、自ら選んで思い込むことはできない。その思い込みは強制されるのである。誰しもが自由に、自分がなりたい自分の姿になれるのであれば苦労はしないし、だいたい悩むことはないであろう。しかし、現実はそうではない。人は、成育する過程において何らかの性格を身に付けることを強制されるという経験を経て自らを成長させていく。強いられた性格に従って物を考え、行動し、物事に興味を持ち、自らの進むべき道を模索する。当然、自らが身に付けた性格によっては、自分にとって望ましくない道を選択する羽目になり、人生を失敗する者もいるであろう。反対に、自分の人生を積極的に自分にとって非常に望ましい方向に導き、人生の成功者となる者もいる。人生を幸福に送ることができるかどうかということは、その当人の素質や努力によるところが大きいのは言うまでもないことであるが、実は最も大きく、その人の人生を左右するものは、その人の性格であると思う。性格こそが、人生の成功と失敗を分ける重要な鍵であると断言できる。この世の中は、人と人との緊密な結びつきによって営まれている。人とのかかわり合いなくしては、絶対に成功などあり得ないのである。そして、千変万化の対人関係において大きな力を発揮するのが性格なのである。人とのかかわり合いにおいて不都合を生じるような性格の持ち主が、幸福になることはあり得ないのである。

性格を強制するもの。それは環境である。人は、自らが成育する環境によって影響を受け、自らの性格を形作られる。対人環境より受ける影響の度合は、自ら自分の心を律することができない無抵抗の子供の心には、特に大きなものとなる。そのまま素直に、成育環境から受ける無言の教えを、心の奥底深くに吸収してしまう。そして、その教示に従って自ら思い込み、自分の姿というものを決定して成長する。それは、まるで呪縛のように、その人の心を支配する。人は、誰しも皆、何物か掴みようのない存在に心を束縛されて生きている。そして世の中には、そのことを強く認識せざるを得ない者と、意識しなくても特別に不自由なく生きていける者とがいるという程度の違いがあるだけである。

性格と素質の相違

幼児の頃に認められる性格の相違がある。まだ成育環境による影響を十分に受けきっていない段階であると思われる幼児が、各々大きな性格の差異があるかのごとく振る舞うことがある。これはどういうことであろうか。

確かに、幼児に認められるように、人間には生まれながらにして異なる心のあり方が存在する。それは否定できない事実である。しかし、その心のあり方は性格と呼ぶべきものなのであろうか。性格の相違は生まれながらに備わっているものなのであろうか。結論を言えば、私は、その心のあり方は性格と呼ぶべきものではないと考えている。それは、性格の相違ではなく、素質の違いであると考えているのである。

例えば、自分からはあまり活動的に行動しない子供と、自ら積極的に進んで行動する子供との場合を考えてみる。進んで活発に行動しない子供は、周囲から見ると引っ込み思案で暗い性格であると思われがちである。世間一般の判断では、そのような子供の性格は望ましくなく、早い段階で直してしまわないと社会に出てから大変な苦労をするとの烙印を押されてしまうであろう。しかし、はたしてそのような子供に対して、そう簡単に早急な判断を下してよいものであろうか。

積極的な行動を示さない子供というのは、言い換えれば慎重なのである。慎重に落ち着いて物事を考え結論を出す素質に秀出ている。このような子供は、概して物事を深く論理的に考えることができるものである。そのような素質は、けっして社会で生きていくのに不利とはならない。望ましくない素質であるなどとは、けっして言えないはずである。

また、積極的に前へ進んで行動する子供というのは現実主義者である。幾多の状況に接し、その場で即時に物事を判断して自らの行動を決定していくのである。物事を深く緻密に考えるということはないかもしれないが、周囲の状況を即時に判断して素早く回答を出すという素質に恵まれているのである。物事の判断が早いので、自ずと行動も素早く、そして活発になるのである。

これは、どちらの子供が良い悪いということではない。持って生まれた素質の違いなのである。もちろん、生得的に有している素質の相違によって、各々の物事の考え方は異なる。各々は、それぞれ違った角度から物事を考えるし、同一の成育環境で育っても各々の素質の差異に基づく物の見方や行動の違いは、はっきりと表れるであろう。

しかし、それは性格と呼ぶべきものとは異なるものである。明朗と陰うつ、優しさと冷酷、謙遜と傲慢、広量と狭量など他人から好かれる性格と嫌われる性格があるが、それは、まったく各々の素質の相違とは関係がない。その人の成育環境によって決定づけられるものである。つまり自分の思い込みである。少なくとも、生まれながらにして人から嫌われる性格の持ち主など一人もいないのである。自分は、他人から嫌われる性格であるとか、根暗とか、引っ込み思案であるとか、そのような思い込みが、その人の性格を固定してしまい、さらにその人を苦しめることとなる。人は、それぞれすばらしい素質を持って生まれる。しかし、せっかくの素質も自ら思い込む性格によっては、その十分な発揮を阻まれてしまう。性格は、思い込みの産物であるがゆえに自らの強い意志によって必ず自分にとって望ましい方向へと改善できるものである。性格とは、けっして絶対不変の固定化したものではないのである。様々な環境に身を置き、多くの人々と接することにより、性格の幅が広がる。自分の性格を客観的に見る目も養われていく。自分の性格に、あまりこだわりすぎることはない。様々な体験を重ねる中で、自然と望ましいものになるはずである。

◎金　銭

金は人間を狂わせる

学習院高等学校の前校長が失踪するという事件がおきた。周囲の人は、前校長のことをすばらしい人格者だと言う。学校の生徒達からは、常に慕われていて、学生達にとってはまるで父親のような存在であったようだ。今、教師と生徒の信頼関係が揺らいでおり、生徒は教師を軽く見て、教師は生徒による暴行を恐れ、さらに学校側は生徒の暴行事件が表面化してマスコミの目にさらされることを恐れて、極力学内のことは内密に処理しようとする始末である。そのような現代の教育現場の惨憺たる状況により考えると、この前校長のすばらしい人間性は、賞賛されるべきものである。

ところが、この前校長はなんと貧しいアパート暮らしをしていたというのだ。すでに学習院高等学校の校長職という社会的に立派な地位を退職し、退職金も相応にあるはずだ。年金手当なども含めれば、どう考えても金銭的に苦労することはあり得ないだろう。はたから見ても、まず老後は心配ないという生活手段を持っている。しかし、実際には夫婦での貧乏アパート暮らし。さらに妻を残して失踪までしてしまったのだ。

この前校長、実は先物取引というマネーゲームにはまり込んでいたとのことである。この先物取引なるもの、数百万、数千万という途方もない金をパソコンのスクリーン上で動かすというものだ。非常に投資性の強いもので、例えば先物市場において三百億の数値上の取引があったとすると、実際に金銭の受渡しを伴った取引額というのは、何と三十億程度でしかないということもあるとのこと。あとの二百七十億は、見込み取引とでも言うべき博打である。まったく恐ろしいことだが、前校長は金銭感覚の狂った世界に足を踏み入れてしまったのである。失踪の直接の原因が、この先物取引によるものなのかどうか、マスコミでもまだ結論は出せていない。しかし、私は素人が先物取引などに手を出せば、まず間違いなく大損するものと思う。失踪云々は別にして、取引上の金銭トラブルか莫大な借金を抱えているということは、誰にでも容易に想像がつく。

しかし、この先物取引をした前校長は、金銭的に思慮分別のない根っからのギャンブラーなのだろうか。もちろん違うと思う。世間一般的な常識を持った金銭感覚の持ち主であったと思う。そのような人が、なぜ先物取引なるものに手を出してしまったのだろうか。私は思う。この人は、今までの大過ない人生の中で金銭面での失敗を経験したことがないのではと。

知識としての道徳は無意味

世に多くの人生論が存在する。また、お金で失敗しないための何ヶ条なる類の本も多く見かける。では、そのような本が実際役に立つかと言うと、はっきり言って役には立たない。それどころか有害ですらある。人生論は、金銭について多くの道徳的教訓を授ける。金銭の無駄遣いを戒め、贅沢を慎むことを勧めるであろう。金を貯める法を説くものであれば、株でもうけるなどの財テクを教授してくれるかもしれない。

しかし、その程度の内容であれば、前校長の知識と教養があれば改めて読む必要はないかもしれない。問題なのは、そのような教養の高い人ですら先物取引という一種の賭博行為に自らの欲望をくすぐられ、最後は多額の借金をかかえる羽目に陥らざるを得なくなるということである。金銭で失敗しない方法の類の本は、それをただ読みさえすれば金銭についてのエキスパートのような気分に浸れてしまい、多少なりとも金銭について自信過剰になってしまうというところに、その恐ろしさがある。ゆえに有害ですらあるのだ。

金銭トラブルの恐ろしさ、借金を抱えることの辛さというのは、大抵の人は頭の中で理解している。前校長に到っては、そのことを教える立場ですらあっただろう。前校長も、金銭についての道徳を教養の一部として、十分に理解していたはずだ。しかし、私は思う。恐らく前校長は、あまりに金銭というものを道徳的な心情で解釈し過ぎていたのではないかと。頭の中だけで理解して、それで全て分かったつもりになっていたのかもしれない。

知識として理解している金銭についての道徳は、巧みな弁舌にかかれば、すぐに失われてしまう。人間の虚栄心と欲望をくすぐる言葉と巧みな弁舌は、人の心に心地よく響く。いくらでも道徳心に揺さぶりをかけてくる。教養的に理解している金銭についての知識などでは、この揺さぶりの前では、まったく無力ですらある。前校長は、自らの虚栄心と欲望をくすぐられて、為す術もなく多額の借金を抱えるシステムになっている先物取引に手を出してしまったのだろう。

金銭は、そのままストレートに人間の虚栄心と欲望に結びついている。金銭についてのトラブルが跡を絶たないのは当然だろう。

人間は、虚栄心と欲望を甘い言葉でくすぐられることによって簡単に騙されてしまう。教養の有無は関係ない。反対に、生半可な教育のある人ほど、その教養の高さをもくすぐられてしまい、かえって騙され易いのかもしれない。有頂天になり、自己を過信しすぎている人間の足下には、深い落とし穴が大きく口をあけていると考えれば間違いない。しかも、その人間の視界は、虚栄心と欲望をくすぐる甘い言葉という深い霧に包まれていて見通しがきかなくなっているのだ。まずは、すぐに大金が稼げるようなうまい話と、その人の自尊心をくすぐる巧みな言葉には近寄らないようにしたいものである。どんなに自分は騙されないという自信を持っていても、目の前のうまい話に乗せられかねないのが人間なのだ。

◎人生論①

なぜ人生論を読むのか

人生論は他人に教わるな。こう私は言いたいと思う。人生を生きるための知恵というものは、教授がいて学生がいて黒板に教授が書いていることをノートに書き写す。そんな簡単に座ったままで学べるべきものではない。当然、自室にこもって静かに人生論の本を読んで体得できるものでもないのだ。当たり前のことなのだが、それにしては世の中には、人生教授の書物の何と多いことだろうか。また、それ以外にも育児、子供の教育、一千万円の貯蓄術、恋愛講座に、円満な家庭を築く方法など、様々なその道を説く本が存在する。

かつての時代には、洋の東西を問わず人間社会には厳然たる身分制度があった。それゆえに貴族の子は貴族に、庶民の子は庶民として身分の世襲という制度に、良かれ悪しかれ従って社会生活を送っていた。また職業についても、ほとんどの人々が世襲という制度に縛られて望むと望まざるとにかかわらず、すでに自分自身に規定されている仕事を、生きるための手段として選択していた。つまり、かつての時代には、人々は身分と職務に縛られていたのである。

確かにこれは自由度の低い生き方だ。その点、現代は身分も職業の世襲もほとんどない。社会制度的には非常に自由度の高い環境に生きているのだ。しかし、自由であるということは逆に言えば、自分は何を為すべきなのか、どう生きるべきなのかを自分自身で考えなければならないということである。人生についての道標を示してくれる人物が身近にいないということである。そのため現代人は、その道筋を書物の中に見い出そうとするのだろう。

確かにその気持ちは分かる。生きていくというのは、簡単なことではない。誰しもが不安だ。しかし、その人々が拠り所としている人生論自体が、読んでもさほど意味のないものだから困るのだ。

人生論は教養ではない

生きていくための知恵というものは、自分で実際に毎日を必死になって生活するなかで自分が学びとっていくものである。結局、人生論というものは、それを述べる当の著者自身にとっての財産であり、それ以下のものでもなければそれ以上のものでもない。他人がその人の財産をいくら欲しがっても、手に入れることはできない。その人の財産の価値がどれほどのものかを詳しく描写した紙っぺらを手にしても、メモ用紙にすら使えない。

知恵というものは、現実に痛みや苦悩を伴った自らの行為の中で育まれ体得されるべきものだ。体験を伴わない理論は応用がきかない。頭で理解できていることを実生活のなかでどのように活かすか。その応用問題を学ぶのが経験である。例えば学校の勉強について言えば、定理を憶えるのが理論的な理解だ。そして、その定理を基に実際に問題を解いていくのが経験である。優しい問題から始めて徐々に難しい問題を、時には苦悩しながら解いていくことにより、定理の実際問題への応用の方策を学んでいくのだ。定理を知っているだけでは役に立たない。

金銭についても同じことだ。金にさして不自由なく生活してきた人は、まず借金の恐ろしさを理解できない。金に困窮する生活をして、時には金銭感覚の麻痺という痛みを通して始めて実体験として理解できるのである。その時、始めて知識が知恵になるのである。

言葉で表現すれば、ただこれだけのことなのだが、人間はなかなか実体験というのをしたがらないものである。なぜかと言えば、それは困難を伴うからだ。本を読むだけで人生を難なく生きられるのなら、これはありがたいことだ。しかし、実際はそうはいかない。そこのところを勘違いして、何冊もの人生論を読むのは危険ではないだろうか。達観した気分になって自分の本来の実力を忘れてしまう。これほど危険なことはない。もしかしたら、人生論に頼り過ぎ、それにのめり込みすぎたために中身のない空虚な自信過剰に陥ってしまうかもしれない。そうなれば、人生の選択を大事なところで間違ってしまう恐れもあるのである。

人生論をいくら読んでも人生の達人にはなれない。子供の教育に関する本をどんなに多く読破してみても立派な母親にはなれない。なった気分になれるだけだ。

人生論を始め様々な自己啓発書を読むにあたって重要なことは、その著者が自らの著作を通して何が言いたいのかを理解することである。一冊の本の中には必ずその著者の概念を構成する核となる主張がある。人生論を読むということは、その主張を読み取ることであって、枝葉の言葉に振り回される必要はない。知恵は知識と違い、頭の中だけで理解できるものではないのである。

◎人生論②

理解する努力

人生論については、もう少し書きたいことがある。そのため、あえて二部構成にして書き続けたいと思う。

人生論も、その読み方を間違えなければ有益なものとなる。先程述べたことだが、要は著者が最も強く主張したいことを掴み取ればよいのだ。だから、ただ何気なく読むのではなく頭を常に働かせながら読む必要がある。自分なりの著者の意見に対するコメントを書き込みながら読み、さらに重要だと思われる箇所には傍線を引いたり、ルビをふったりして、その本の内容を理解しようとする努力が必要なのである。そこまでして初めてその本が活きてくるのである。人生論は小説ではない。何冊も買ってきてさらっと読んで理解したような気になっていても、まったく自分のためにはならない。コメントを書き込むという行為は、著者の主張に同意もしくは反論できるだけの体験を通した知恵を自分自身が身につけていなければ到底できない。だから、その著者の人生論を通して自分の知恵の効率的な整理ができるのである。他人の人生論を、そのまま鵜呑みにしてはいけない。

青年は人生論を読むべきか

私は、人生論は読み手にとって害悪にすらなり得ると書いた。特に社会に出る前の青年に、その害毒の影響が色濃く出る場合が多いように思う。というのも、人生論に興味を持ち読もうとする青年というのは、純真で真面目な人が多いからである。そのため、その本に書かれていることをそのまま疑いもなく自らの生きる糧として摂取してしまう傾向があるからだ。そこに書かれている内容をそのまま信じて、それをまるで自らの人生における信条のように考えてしまう。あまりにも純粋である。

繰り返し言うが、私は人生論それ自体を有害であると言っているわけではない。他人の人生論を読む際の読み手の楽をして人生の知恵を身に付けたいとする無防備な態度こそ、読み手にとって有害となり得るのだ。完璧に正しいことが書かれている人生論など、この世に存在しない。いや、大抵の内容は、人生論に最も興味のある青年時代には適さないものであると考えている。人生論に耽溺しすぎるのは、感心できない。

人生論というものは、まず例外なく人生の成功者が書いている。自らの成功した人生を振り返ってみて、自分が信じることを自分の信念に従って書いているのである。ところが、人生の成功者が必ずしも人格者であるとは限らない。事業で成功して莫大な財産を築いた人が、自分の成功体験を人生論として著した内容は必ずしも青年時代の人格形成にとって有益となるわけではない。そこに書かれている内容を自らの信条として自分の人生の礎としても、人間性を高められるとは限らない。著者の個性がはっきりと刻まれているのが人生論である。社会経験の少ない純真な青年が読むには、少し思想が片寄りすぎた書物であると言えるだろう。人生論を読んで、そこに書かれている教えを信じてその人の人生がうまくいかなかったからといって、別にその人生論の著者が責任をとってくれるわけではない。そのような無責任（当たり前のことだが）な書物を、まるで取り憑かれたように何冊も買い漁るという行為にどれほどの意味があるのだろうか。よく考えてみれば、そのような行動の無意味さというものがはっきりと分かる。

成功者が勝者の高みから発している言葉が人生論とも言える。仕事、恋愛、教育など人生全般に渡って成功する方法を教示するというのが特徴である。もちろん、それらの書物のなかには、勝者が何も知らぬ者を教え導く傲慢さではなく、実際の現場の仕事に携わっている人が現場を通した体験に基づいて著された優れた著作もけっして少なくはない。しかし、それがどんなにすばらしい著書であったとしても、その著書から、今まさに自分が必要としている内容を的確に掴み取ることができるのかどうかは、読み手次第なのだ。

社会生活を送る上での知恵というものは、実際に社会に出てみないと身につかない。ある程度社会経験のある人間が、社会生活の知恵を身に付けた思慮分別のある状態で人生論を読む限りは、まったく問題はないと思う。著者の意見に対し冷静かつ客観的な判断ができるからである。

ところが、まだほとんど社会生活の知恵を身に付けていない無防備な、社会に出る前の青年には、他人の人生教導に対して距離を置いてその良し悪しを判断する術がほとんどない。そのままストレートに頭の中に入ってきてしまう。人生論を読んでも、自分はまさかそこに書かれている通りを真正直に信じたりはしないと大抵の人は思うだろう。ところが、社会経験のない青年ほど頭の中では特別に意識していなくても、実際の自分の言動を冷静になって省みてみると、案外多分に自分が感銘を受けた人生教示に従って行動している自分自身に気がつくものなのである。実生活に、それが役立っていればいいのだが、反対に自分にとって望ましくない結果につながることも大いにあり得るのである。

かつてスターリンは、ロシア革命の父レーニンの思想に触れてレーニンを神であると崇めたそうである。しかし、レーニンの思想を極端な形で引き継いだ彼が、どのような手段を以ってレーニンの意志を国内外で体現したのかは、改めて言うまでもない。スターリンがレーニンの思想に触れたのは、まだ社会経験の乏しい青年時代のことだった。

世間一般の通俗的なものを避けて、神聖な存在、唯一絶対の正しい真理、自分の生き方の手本となる人物などを見い出し、自らの人間性を高めようとする独特の心理が青年にはある。そして、そのような心理が昂じると、時に青年はあまりに人生論を読むことに没頭しすぎたり、極端な思想や宗教に深入りすることになる。今、新興宗教にのめり込む若者が多いのは、青年期特有の心理が、先行き不透明な世の中に不安を覚え、より一層強く絶対不変の正しい生き方を見い出そうと青年を駆り立てるからに他ならない。また、現代社会には、高度経済成長の時代のように若者の行動を無理矢理に所得倍増計画に縛りつけるような、青年独特の心理が強く意識されるのを抑え込む明確な目標が存在しない。現代の若者は、将来を見通すことができずに、自分が進むべき明確な道を見い出すことができず、立往生して助けを求めているようである。

現代の青年には、大きな激動と混迷の時代であるにもかかわらず、迷う時間だけはたっぷりと用意されている。人生論の果たすべき責任は大きい。青年は、細心の注意を払って人生論を選ぶべきである。

◎騙されやすい人間

性格は関係ない

世の中には、様々な性格の人間がいる。人間関係も、経済状況も全く異なる生育環境を人々は体験するのである。人間は、自分に与えられた環境の中で自分という存在を見い出し成長していくのである。各々に用意された環境により、人は、それぞれ違った人生を歩むのである。

人間には、明らかに騙され易い者と騙されにくい者との違いが存在する。それは大きな相違である。騙されにくい者は、人生を無難に過ごすことができるかもしれないが、騙され易い者は、つまらない詐欺にひっかかって大損をすることがあるかもしれないし、場合によっては一生を棒に振るような事態を招くかもしれない。自分は騙され易い者なのか、そうでないのかを把握することは非常に重要なことである。それは、自分の心の内をより深く知る契機となり得るし、大切な人生を幸福に過ごすための知恵となるものである。

その人が騙され易いか、そうでないのかの違いは性格によるものではない。お人好しの人は騙され易く、猜疑心の強い人はなかなか人に騙されないと言われている。つまり、よく調べもせずに、すぐに相手のことを信用してしまう人は、いわゆる詐欺にあうタイプで、疑い深く容易には人を信用しない人間は、ほとんど人に騙されないということになる。しかし、実際には、頑固で常に人を疑いの目で見てばかりで、親戚や古い付き合いの知人にすら容易に心を開こうとはしない人間が大変な詐欺にあい、一生を左右するほどの重大な事件に巻き込まれたなどという事例は珍しくも何ともない。むしろ、お人好しで、多少おっちょこちょいの小さな失敗を繰り返す人物が大過ない人生を送っていることの方が多い。騙され重大な失敗を招くのか、それとも些細な過ちはあるが人生全般を見渡せば幸福と喜びに溢れた、満ち足りた一生を送ることができるのかを隔てる要因は、性格などではなく、人間心理の複雑な内面を探らなければ見えてこないのである。

欲求不満

騙され易い人間の心奥には、欲求不満が存在する。経済的に劣悪な環境に縛られ、自分の思い通りの行動がとれない。希望する道へ踏み出すには、あまりにも多くのしがらみが、自分の身体を縛りつけ身動きすることを許さない。特に欲求不満は、自分の能力や熱意は十分であるにもかかわらず、経済上の問題や人間関係によるしがらみや束縛などの自分の力だけでは打開することが極めて困難な状況において、より強く意識され、心を不安定にするのである。

自己の欲求が適度に満たされない人間の心の内は、欲望肥大の状態に陥る。当初は適度に規制し、自分に言い聞かせる余裕を持っていた理性も、時間の経過と共に積み重ねられ、大きくなった欲望を徐々に抑えきれなくなる。また、そのような特異な心理状態にある人間の目には、周囲の人々が皆自由な環境の中で放逸に人生を謳歌しているかのように映る。それが、さらに自分が置かれている不当でみじめな境遇を浮きぼりにすることとなり、さらに欲求不満を増長する結果となる。欲求不満を抱く者は、自己の心を苦しめる深みへと落ち込んでしまうのである。

また、貧困に喘ぐ者も人に騙され易い。もちろん貧困も、欲求不満を生み出す元凶となり得ることは当然である。貧乏の内に青年時代を過ごした者は、往々にして贅沢な暮らしに憧れるものである。人間は、通常であれば殊更に贅沢な暮らしを求めたりはしない。いわゆる、ごく一般的な生活の内に幸福を見い出す。ところが、貧苦に悩み劣等感を感じ続けてきた心は、自分は他人よりも見劣りした人生を送り、そのために世間一般の人々がごく当たり前に体験する楽しみを自分は体験することができなかったという思いに囚われ、強い欲求不満を抱くに到るのである。世間一般の人々が体験することとは何か、また自分は本当にそのような事柄をほとんど体験することなく過ごしてきたのかの真相については、かなりの程度、主観に左右される部分が存在する。しかし、主観的な物の見方がどの程度入り混じろうとも、問題なのは、その人が、自分は確かに困窮する生活を体験し、そのために世間一般の様々な楽しみとはほとんど無縁の日々を過ごしたとの思いに駆られることなのである。

社会的束縛、経済的理由などの様々な要因により、自己の欲求を満足させる機会を逸してきた者は、自分の抑えつけられてきた欲求を過剰に満たそうとする。失われた空白の日々を取り戻し、心の内に留まり続ける満たされぬ思いを遂げようとして焦る。焦燥感は、軽率な行動と不注意な物の見方を無意識の内に増長させ、習慣化させる。また、欲求不満が昂じて強い上昇志向を身に付ける者もいるが、そのような人間の心の内にも、間違いなく軽率な行動と不注意な物の見方をさせる元凶は存在するのである。

軽率な行動は自ら失敗と危険を招く。不注意な態度は、不用意に信用を落とすことになる。また、軽率な態度や不注意と肥大した過剰な欲望が相まって人から騙され易い心性を創り上げる。社会的に高い地位についている者、高い目標を掲げ努力している者などのように、一見しっかりした立派な人物と見られている者が、詐欺にあって騙されたり、不正を行うことがあるのは、このような心理が多分に影響しているのである。

騙され易い人間の心理には、生育環境が大きく関与している。しかし、この心理状態は絶対不変のものではなく、遭遇する様々な人生体験によって変わっていく流動的なものである。心の内を自ら見つめ、現在の自分は、はたして人から騙され易い状況にあるのかどうかに注意を払う心のゆとりを持てる人間は、あまり騙される心配はないと言える。

◎青年時代の生き方

我道を見い出す

青年が為すべきことは決まっている。それは、自らが進むべき道を決めることである。青年時代になぜ皆が深く悩むのかと言えば、まさに、この大仕事を、まだ人生経験の浅い年代でしなければならないからなのである。社会の仕組みもよく分からない。自分にどれほどの能力があるのか分からない。社会にどのような貢献ができるのか、皆目、見当もつかない。青年は、まさに何も理解できていないし、右も左も分からないのである。

しかし、心配はいらない。なぜならば、青年の夢は必ず実現するからである。もっとも難しく、時間をかけて悩み苦しまなければならないことは、自分にはどのような素質があり、何に興味を持ち、社会においてどのように活躍できるのかを見つけ出すことである。青年時代には、この重要な自分の生きがいともなるべき事柄を見つけられさえすれば、もうそれで十分である。為すべきことは為した。あなたは成功を自らの手で掴み取ったのである。あなたの青年時代は人生の中で最も意義深く、光り輝くものとなったのである。

失敗はいくらしてもかまわない。自分が進むべき我道を決めるのに、どんなに時間がかかってもかまわない。あなたが最も恐れなければならないことは、自分は何もできないという自分に対する偏見を持つことである。青年時代に自分を否定的に見る態度を身に付けてしまうと、実際に社会に出てからも、その幻想に取り憑かれ続けてしまう。この妄想を取り除くのは容易なことではないのである。

あなたの夢は捨てさえせずに信じ続ければ絶対に叶う。もちろん全ての人が宇宙飛行士になることはできない。宇宙飛行士に向く人もいれば、ロケットの設計に才能を発揮する人もいる。組立や整備、ロケット打ち上げを管理するスタッフもいる。携わる分野は同じでも、役割はその人の向き不向きや素質、性格の違いによって、それぞれ異なるのである。

青年時代を内省することもなく、深い苦悩も体験することもなく過ごしてしまった者は何と哀れな人達なのだろうか。自分の素質も適正も知らずに、ただ貴重な時間をいたずらに浪費させてしまった者達である。このような人達は社会に出て後、どれほどの深い絶望と後悔を実感することになるのだろうか。この絶望の気持ちに比べたら、青年時代の苦悩などは悩みの内にすら入らない。青年時代に存分に悩むことは、あなたの将来の夢の実現を約束するものである。

あなたが自分の性格のことで悩んでいるのは、今、まさにあなたが自らの素質を模索している最中だからである。あなたが、何をやっても長続きしないと嘆いて自分の能力を疑っているのは、自分の向き不向きを見極めている途中だからである。あなたが、努力しているのに結果が得られないのは、自分の素質や向き不向きをはっきりと見い出す前に成功しようとあせっているからである。しかし、もし、あなたが何も悩んでいないとすれば、あなたは、自分の夢を放棄しているのである。

無気力な現代青年

現代の青年は無気力な者が多いと言われている。時には異常なほど明るく振る舞う若者もいるが、それも、もしかしたら何も自分が打ち込める物事が見い出せない空虚感の裏がえしなのかもしれない。現代の若者は目標を見失っている。いかなる目標も、自分が熱中して打ち込める何かをも見つけることができない。自分が真剣に打ち込める対象を見つけ出しそうになった時、青年の心には将来の自分に対する不安がよぎる。現代社会は、けっして青年に、自分が熱中できる物事に真剣になって取り組むための時間を与えてはくれない。経済発展に貢献できる人間になるための勉強を強いるのである。青年は、社会から受ける無言の圧力と、自分が本当に望む自分の姿との間で葛藤する。そして、その相剋に心が疲れた時、青年は無気力に陥るのである。

社会は、いつの時代にも青年の思い通りの姿で存在するわけではない。かつての時代であれば、人々は身分という枠組みの中に閉じ込められてさえいたのである。社会のシステムというのは、そう簡単には青年の夢の実現に手を貸してはくれない。ありとあらゆる制約が社会に臨む青年の前に立ちふさがっている。現実社会は、青年の理想と現実とのギャップを否応なしに見せつける。一旦進むべき道を決めた青年の心を残酷なほど掻き乱すのである。

しかし、けっしてあきらめてはいけない。膝を屈するのは早過ぎる。青年は、理想と現実との隔たりを埋める才気を有している。もちろん、完全に隔たりを埋められるかどうかは分からない。しかし、若い才気は、必ずその隔たりを縮め自ら十分満足のいく成果を引き出すことができるのである。しかし、現代の青年は努力をする前に投げ出して無気力に逃げ込んでしまう者が多い。せっかくの素質がこれでは台無しである。

また、現代の青年は自分の進むべき道を見い出すことが下手である。一見、何でもそつなくこなし器用に生きていると思われている人ほど、ある日、突然に空虚感に襲われる。悩むことがない者ほど、確固とした目標を見い出しにくいからである。

もしかしたら、現代社会自体が悩む者を歓迎しないのかもしれない。青年時代の苦悩をも遠回りで無駄なことだと考えているのであろうか。恐るべきスピードと能率の時代である。

現代青年の、すぐにあきらめてしまう心理と悩むことを極端に避ける態度は、現代社会の特徴を如実に表しているのかもしれない。若者は、現代社会の病理に無抵抗のまま蝕まれている患者なのかもしれない。

◎人生の選択

よくある人生選択例

人生における重大な局面を誰しも必ず迎える時がくる。こういう状況は逃れようのないものなのだが、はたして人は人生最大の選択を迫られた時に納得のいくまでじっくりと考えて回答を出すものだろうか。私はそのような人は本当に稀であると思う。大抵の人は、自分では苦悩し尽くしてじっくりと考えたつもりになっていても、実は案外軽率に答えをだしてしまっているのではないだろうか。そのため大抵の人は自分の望まない人生を選択してしまって、後は惰性で生きてしまっているというのが現実ではないだろうか。

極端な例を考えてみる。彼女は高校二年生。学校の勉強はあまり好きではない。自分には、どのような素質があるのか、どういう分野に興味があるのか。まだはっきりと掴みきれていない。ある時、偶然に立ち寄った本屋で最近注目されだした新進のバンドグループについて特集した雑誌を見かけた。今まで、特にこれといって何に興味を憶えたという経験のない彼女だが、なぜかそのバンドグループに強い関心を抱いてしまった。今まで音楽に興味を持ったことのない彼女がまったく不思議なことである。自分でも不思議に思った。そのバンドグループが掲載されている雑誌を数冊購入してその日は帰った。彼女は家でも夢中になってそれらの雑誌を読みふけった。

さて、その日から二週間がたった。夜自室でテレビを見ていた時のことだ。彼女は自分と同じ年の女子高校生シンガーソングライターの存在を知った。その女性は自ら作った曲をすばらしい歌唱力で披露してくれた。大きな舞台で華々しく歌う女性の姿を見て、彼女はあぜんとすると同時に少しその女性に嫉妬した。同い年の人物が大舞台で活躍している。一方、自分は平凡な女子高校生だ。その日は複雑な気分だった。

それから、さらに一ヶ月がたった。彼女は友達と遊んだ帰りの電車のなかで、ふと何気なくある車内広告に目を留めた。

「目ざせ！　シンガーソングライター。音楽のプロを養成します。楽器の使い方から作詞作曲まで親切丁寧に指導致します。願書ご希望の方、○○にご連絡下さい。お待ちしております」

彼女は、その広告を見た時、居ても立ってもいられない気持ちになった。もうその時点で彼女の人生の選択はなされてしまった。元々勉強は好きではなかったということも、彼女の選択を後押しするきっかけとなった。三ヶ月後、彼女は高校を中退した。そして両親を説得して音楽の道で生きる自分に将来の夢を託したのである。

時間はいくらかけても構わない

さて、彼女は音楽スクールですばらしい才能を開花させてシンガーソングライターとしてプロデビューできるだろうか。間違いなくできないだろう。自分の生きる道という人生最大の選択をするのに、偶然に見かけたバンドグループに興味を持ったという程度の安易な理由で音楽の才能に突如目覚めるとは到底思えない。プロデビューできなくても音楽に関連のある分野に就職して生きていけるのではないかとも考えられるが、ずっと以前から音楽に興味のあった人ならともかく、最近音楽に興味を持ち始めたなどという人が、本当に音楽に携わる職種で生活していけるものだろうか。いずれ興味が失せて挫折するのが落ちではないだろうか。彼女は、あまりにも軽率に人生を急ぎすぎたのだ。そして決定して行動してしまった後に、後悔してやり直そうと思ってももう遅いのである。

彼女が最初に興味を持ったのが雑誌で見かけた、あるバンドグループだ。しかしいきなりバンドグループを見て、それまで何とも思っていなかった音楽が好きになったというのはおかしな話である。実は彼女はそのグループの男性ヴォーカリストを一目見て好意を抱いてしまったのだろうとの想像は容易につく。もし、そこで見かけた雑誌に彼女の好みに適った俳優が載っていたら、彼女は、女優に憧れていたかもしれない。

結局、自分の進路という人生最大の選択といっても、それまでの人生において必ず自らが選ぶ進路を決定づける伏線が存在する。自らの適性と素質をまったく無視した選択を強制するような偶然の出来事というのは、まったく思いがけない所からやってくる。彼女の場合、もしバンドグループについての雑誌を見ていなければ、何事もなく高校生活を送り、卒業までに自分の適性と素質を見極めた上で自分にとって最適な進路を決定していたかもしれない。男性ヴォーカリストに対する好意と女性シンガーソングライターに対する嫉妬が、彼女の正しい進路を選択する目を曇らせてしまったのだ。

人間には、誰にでもその人に応じた適性と素質が備わっている。その人間の能力を活かすも殺して一生埋もれさせてしまうのも本人の進路の選択如何にかかっている。若い時には自分の様々な可能性を試してみたいと思い、しばしば無謀な選択をしてしまいがちである。しかし、自分の適性と素質を無視した仕事というのは長続きしない。早急な判断で自分の人生を台無しにはしたくないものである。熱が冷めた時に後悔しても取り返しがつかないこともある。人生を決定するのに、けっして急いではならない。そんなに急がなくても、ゆっくりと考える時間はたっぷりあるのだから。

◎哲　学

哲学者の言葉

ひさしぶりに哲学書を読んでみた。岩波文庫の「ツァラトストラはこう言った」である。今から百年以上も前の時代に生きたドイツの哲学者ニーチェによる著作である。実は私は、学生時代に岩波文庫によって出版されているニーチェの著書を全て読んでいる。まがりなりにも哲学に興味があったのだと思う。しばしば読書の最中に襲われる強力な睡魔と闘いながら、とにもかくにも読み終えることができた。その時、正直に思った。哲学書というのは何てつまらないものなのだろうかと。難しい表現と難解で回りくどい文章で、わざわざ読者の理解を妨げている。我慢しながら読み進めるのが精一杯だった。

ところが、そんな私がふともう一度哲学書を読んでみたいと思い始めたのである。自分でも、その契機となるはっきりとした動機は分からない。ただ何となく漠然と、もう一度哲学に触れてみたいと思ったのである。私は、大学で哲学を学んだわけでもなければ、昔から哲学に深い興味を持っていたわけでもない。そんな私が、今なぜ哲学というものにそんなにも惹かれるのか、自分でも理解に苦しむのである。哲学は、ストイックに世の中の真実を追求していく学問であると私は考えている。もしかしたら、先行きが不透明な今の時代において、まがりなりにも自分なりに世の中について正しいことと誤っていることとをはっきりと理解し、自分の目の前に広がる靄にまどわされない生き方をしたいと思ったのかもしれない。

ニーチェは、「ツァラトストラはこう言った」の中で次のように述べている。「人間のあいだで渇き死にたくない者は、あらゆる杯から飲むことを学ばなければならない。」またこうも言っている。「親愛なるわが心よ！　おまえは不幸な目にあったな。その不幸をおまえの幸福としてよろこび味わうがいい！」

学生時代に読んだ時には、全く気にも留めていなかった。人生とは苦難に満ちたものであり、苦難の壁を一つ、また一つ乗り越えていくことにより、人間は成長していく。さらに、逞しく生きるためには、清濁あわせ呑む強い意志が必要であるという教訓を先の文章は述べているのであろう。私も、その文章が意図する意味自体は恐らく理解できていたはずである。ただ、その文章に触れても何も心に残るものがなかったということである。ニーチェの文章表現は、論理的というより詩的と言う方がふさわしい。確かに文意も掴みにくいものではあった。

実感として理解できるか

さて、「ツァラトストラはこう言った」の中の文章「人間社会を生きていくためには、あらゆる杯から飲むことを学べ。不幸こそ自らの幸福として味わえ」などという言葉は言われなくても理解できている。当然のことだと思うだろう。多少なりとも思慮分別のある大人であれば、誰しもが頭の中では理解できていることだ。哲学に興味のない人でも分かるだろう。しかし、ニーチェの言葉に触れて本当に共感できる人というのは、いったい何人いるのだろうか。どれほどの人が、その文章に目を留めるのだろうか。自らの人生体験をその言葉に重ね合わせて考えることができる人というのは、本当にごく稀なのではないだろうか。

社会経験を積んだことのない人間は、実感として偉大なる哲学者や思想家の表現する文章を理解することができない。また真に文学をも、その奥深いところまで理解することができない。社会経験のない者が読む文学作品は、たとえそれがどんなに優れたものであろうとも、単なる小説の域を出ない。それは、文学作品自体が著者の人生体験を反映して著された哲学であるがゆえに他ならない。哲学も文学も、それを読む読者の人生体験の程度によって、まさにその人の人生の知恵を雑然と頭の中にしまいこんでいる状態から正確に体系づけて理解させてくれる一冊にもなるし、単なる睡眠の道具ともなり得るのだ。哲学書に書かれてある文章自体に意味があるのではない。その文意を実感を伴って理解することができる読者の人生そのものにこそ意味があるのである。

学生時代に学ぶ文学や哲学は、あくまで学問である。哲学書の文意を理解できても、それは知識としての範囲に留まるものである。また、いつまでも心に残り続ける文学にも出会うことはできないかもしれない。仮に心の琴線に触れる一文に出会えたとしても、それが後々まで心に留まり続けていくとは限らない。人間の心は、移り変わっていくからである。

哲学というものは各個人が自ら作り上げていくものである。基本的には人生論同様、他人に教わる類のものではないのかもしれない。哲学書を読んでいると、しばしば自分が作り上げた自分の哲学を、まるで鏡のように写し出している文章に出会うことがある。そのような文章に触れた時、私達はやっとその哲学を理解したことになるのである。一文が理解できれば、それまでほとんど理解することができなかった他の全ての文章をも悟ることができる。その哲学の底流は、何気ない一文に全てが集約して表現されることがある。そして、そのような重要な一文こそが、私達の心を強く捉えるのである。

何十冊の哲学書に触れても、まったく知識以上の何物をも身に付けられない者がいる。しかし、一方では、一冊どころか一文を見ただけで全てを理解する者がいる。その違いは、その人の人生体験そのものの反映なのである。哲学は生きている。読者の成長と共に一緒に成長してくれる。一度読んだのみで、長い間埃をかぶっている書棚の哲学書も、きっと成長しているに違いない。再読してみるのもいいかもしれない。

◎急いては事を仕損ずる

突発的状況

急ぐという行為には二つの状況が伴う。一つは、突発的に思いがけない事態に直面した時である。もう一つは人生の試練に立った時である。人間は、誰しもこの二つの状況に体面した時にあせる。そして、何とかその事態を解決して先へ進もうとする。しかし、人はこの解決の過程を経てそれぞれ大きく違う人生を歩んでいく。解決の手段、解決する際の心構え。それによって人生は、はっきりと異なる方向へと分かれていくのである。時によってそれは、人生の成功者となるか失敗者となるかという結果につながることさえある。

突発的状況による急ぐという行為は、例えば火事にあった時などが考えられる。自宅が火事になったとする。その時、人はその火災に対してどのような行動をとればよいのだろうか。まずは、その火災の大きさをしっかりと認識する必要がある。１１９番に連絡する必要があるのか、それとも消火器で十分に対処できる程度のものなのかを判断する。すでに消火器ではどうにもならない程、火の勢いが強い場合には次の段階の判断を迫られる。土地の権利証、現金、保険証書などおよそ考えられる限りにおいて最も重要、これだけは灰にするわけにはいかないというものを瞬間的に判断し、早急にそれらを持って外に出なければならない。もちろん、その際には自分の命も秤に掛けられる。人生において絶対になくてはならない大切な物を命を落とすかもしれない危険を乗り越えて取りに行くのか、命を落とす危険性を考慮して、それらのものはあきらめるのか。火災の大きさの程度によっては、そこまでの選択をも急いで行わなければならない。突発的危急については、自分が予想もしていなかった事態だけに、全ての為すべき物事が後手に回ってしまい不利な立場に立たされた上で一切を判断しなければならない。この場合の急ぐという行為は、急がされているということに他ならない。だから、突発危急を乗り切るために選択し判断した行為による結果というのは、大抵、自分にとって望ましくない結果に到る場合が多いように思われる。本当に最悪の事態さえ逃れれば、それで良しとしなければならないのかもしれない。

時間は十分にある状況

さて、それに対して自分が先手の立場に立って物事を判断できる状況についてはどうだろうか。これは突発的危急以外の状況だ。つまり、自分が選択可能な道がすでに自分の前に用意されており、さらに選択するための時間も十分に与えられている状況である。判断するための時間はたっぷりとある。しかし、人間とはこのように急な判断を要しない場合においてすら自ずと急いでしまうのだ。もちろん、先程の急がされている状況とは少し意味合いは違う。

例えば、高校時代に理科系の大学へ入学して、機械工学を学んで将来はエンジニアになりたいという目標を持っていた人がいたとする。彼は当然ながら理科系の科目として数学と物理を学んでいた。理科系の大学への進学は高校入学当時からの夢だった。ところが、勉強を進めていくうちに、彼は数学と物理を大変に難しいと感じた。この科目では、大学入試を突破するのが非常に困難に思えてきた。そこで彼は、急きょ入学試験に数学と物理のない文系の大学進学を目指すことにした。自分の進路の目標を自分の夢に直結した理科系の大学進学から、どこでもいいから、とにかく大学に進学するという目標にすり替えてしまったのだ。当然、彼の夢であるエンジニアへの道は閉ざされてしまったのである。それも自ら選んで。文系に進路を急きょ変更し、今からあせって文系科目を勉強しても、元々文系進学を目指してがんばってきた人達にはかなわない。彼は恐らく、自らの望まない大学で妥協してエンジニアになる夢を一生否定し続けながら生きていくことになるだろう。

また、就職活動という状況ではどうだろうか。大学で機械工学を学んだ学生がいる。彼はぜひ自分の専門を活かせる技術職につきたいと考えていた。ところが、実際に就職活動をしてみると、技術職での就職は非常に困難なことを嫌というほど思い知らされた。何十社回っても一社からも良い返事は聞けなかった。彼は、あせってしまい急きょ技術職での就職活動を断念し、営業職での就職先を求め始めた。中小企業から一社内定があった。彼は妥協して、その会社で営業の仕事をすることにした。技術職はもうあきらめたと自分に言い聞かせ、無理にでも納得するようにしたのだ。

人は結果を急ぎすぎる

文系進学に切り替えた彼も、営業職に進路変更した彼も、ともに結果を急ぎ過ぎたと言えるだろう。理科系進学を断念する前に、なぜもっと数学と物理を一生懸命勉強しようとしなかったのか。なぜそんなにも簡単に技術職をあきらめてしまったのか。たとえ就職浪人しても、一時的にアルバイトで食いつないででも、技術職での就職に食い下がるべきであったのではないだろうか。

一旦定めた目標を途中で変更してしまうのはなぜだろうか。それは、人間というものはなるべく楽をして生きていきたいという感情を本能的に持っているからである。大抵の人は、その目標を達成しようとする努力からすぐにでも逃れたいと願っているのである。それゆえに結果を急ごうとするのである。これが時間が十分に用意されている状況での急ぐという行為である。はっきり言ってこの場合、本来は急ぐ必要はまったくないのである。危急の場合と状況は正反対なのである。しかし、人間はしばしば、結論を出すための時間がたっぷりと用意されている時の方が人生を失敗しやすい。結論を引き出すまでの長い時間の重みに耐えられなくなるからである。その重圧に耐えることができた者にこそ、成功への道が約束されているのである。

強い思いを抱き信じ続け、絶え間ざる努力を重ねることにより、必ず願望は成就する。もちろん、努力を重ねるためには強い忍耐力を必要とする。目標を達成するための辛く苦しい日々に耐え続けられるかどうか、それだけの精神力が備わっているのかということは確かに重要な問題である。

しかし、それよりも、もっと重要なことがある。それは、自分は本当に心の底から、その目標を達成することを望んでいるのかどうかということである。心の底から本当に楽しいと感じることができる物事に取り組んでいる時、人は自ら積極的に努力を続けることができる。もし、一日でも早く現在の辛い状況から抜け出したいと考え、日々苦しんでいる場合には、自分は本当に今取り組んでいる物に興味を持っているのかどうか再考の必要がある。結果を急ぎすぎないためにも。

◎本当の幸せ①

裕福な人は幸せか

いまだ誤解は解けない。名声や社会的地位を得て、贅沢な暮らしをしている者は幸せであるという世間一般の思い込みである。この思い込みが完全に間違っているとは言わないが、人間を幸福へと導く必要不可欠な条件は、自由と主体性であることは先述した通りである。自由も主体性も放棄した幸せなどあり得ないのである。また、多くの人間にとって、富と名声は、自分の一生を不幸にする可能性がある。二つの例話で考えてみたい。

貧しい家庭に育ち、中学を卒業するとすぐに上京して就職しなければならなかった人がいたとする。両親は、彼に十分な高等教育を受けさせることができなかった。彼に学歴はない。そのことに彼自身も悩むと同時に、その劣等感をバネにして彼はがむしゃらに働いた。まさに寝る間も惜しむという表現がふさわしい程に、仕事に精を出したのである。当然お金は溜まってくる。実家へも毎月きちんと仕送りをしている。やがて、溜まった資金を元手に事業をおこした。二十代、三十代はとにかく苦労のしっぱなしだったが、四十代で事業は軌道に乗り、五十代で莫大な富を築くことに成功した。会社も大きくなり年商は百億を越えている。六十代以降も会長兼社長として仕事に没頭する毎日だったが、すでに彼は自他共に認める大きな富と社会的に高い地位を手に入れたのだ。他人から見て幸福の絶頂といったところだろうか。しかし、若い時から常に働き詰めであった生活のため、気がついたら自分の周囲には気軽に話せる友人はまったくいなかった。

また別の話をしたい。彼女は、ある裕福な家庭に生まれた。小さい頃から高価で見栄えのする洋服を身につけて、高級レストランでの食事もすでに食べ飽きるほどだった。二十才の誕生日には、五百万もする高級車を親からプレゼントされた。金銭面での苦労は何一つ経験しないで育ったと言える。しかし、彼女にはたった一つ辛いことがあった。両親は非常に教育に厳しい人だったのである。当然のように私立の名門中学校を受験させられたのだ。相当の倍率による厳しい試験だった。その中学校に入学するために彼女は、小学校三年生の時から塾に通っていたのだ。その甲斐あって、彼女は無事合格することができたのである。しかし、入学後の勉強はもっと大変だった。彼女の中学校はエスカレート式で高校までは普通に進学することができるのだが、大学進学への推薦を勝ち取るのが並大抵のことではない。彼女はさらに勉強を強いられた。そうして高校時代は、周囲の秀才達を尻目に常に学年で十番以内に入り続け、大学への推薦を確実なものにしたのである。彼女は大学進学後もさらに勉強を続け、みごと国家公務員Ⅰ種試験に合格して外務省に入省した。やがて彼女は両親の薦めで大病院の院長の息子と見合いをして結婚した。しかし、彼女は当然ながら結婚後も仕事を続ける。小学校の時から必死に勉強し続けてきた、その終着駅である今の仕事を辞めることは、彼女自身の今まで勉強に明け暮れてきた生き方そのものを否定することになるからだ。彼女の結婚生活は金銭的に不自由することは何もない。しかし夫は仕事で忙しく、ほとんど家にいない。休日ですら書斎にこもって医学の論文に目を通したり、病院の経営業務に没頭している。彼女は海外勤務も多く、長期間家を不在にすることもある。これが彼女の新婚生活である。

最大の不幸は孤独

以上の例で取り挙げた二人には、共通点がある。それは二人とも孤独であるという点だ。そして、その孤独に自ら選んで陥っているということである。二人とも家庭環境のゆえに、遊びがほとんど許されなかった。若い最も輝いている時期に自由を得ることができなかったのである。これは大変に不幸な境遇であったと言わざるを得ない。しかし、それ以上の彼らの悲劇は、自ら孤独になる意志を身に付けてしまったということなのである。

社長が孤独であるのは貧しい家庭環境のゆえではない。それは、自分の家が貧乏であるということ、またそのために十分な学歴を身につけることができなかったという劣等感。これこそが社長をして孤独を選択させた元凶なのである。つまり外部環境ではなく、自らの心の問題なのである。彼は、そのために脇目もふらずに一生懸命働いてきたのである。友達と遊ぶ云々どころの話ではない。中学時代の同級生は郷里に残ったままである。よく、中小企業の社長は本当に孤独だと言われる。だいたい中小企業というのは、どこも社長が一代で会社を大きくするものである。その間、社長はそれこそ死ぬような思いで必死に働くのだ。人付き合いは取り引き先との関係だけにほぼ限定されてしまう。社長が孤独に陥り易いのは当然と言えるだろう。

また彼女も孤独である。彼女の家は非常に躾の厳しい家だった。小学校のころより勉強を強いられるという環境は、さぞかし辛いものであったろうと思う。その環境が彼女の心に競争心と上昇志向を植えつけてしまったのだ。それが彼女を孤独にしてしまった元凶である。家庭環境というのは単なるきっかけであり、間接的原因でしかない。彼女は両親がどうであれ彼女自身の力でもっと違う人生を選択することも十分に可能だったのである。彼女は、勉強に多くの時間を割かれて友人を作る機会はあまりなかっただろう。結婚自体も仕事をしていく上では、あまり意味があるとは思えない。夫とも会話はないだろう。つまり彼女は、これからの人生を孤独で生きていかざるを得ないのである。それが皮肉にも彼女が望んだ人生なのだ。

いくら裕福に見えても、孤独であることのさびしさは金銭では解決できない。お金で為し得る満足感というのは、大抵すぐに飽きてしまう。人間は利己的な生き物である。だから人間社会においては、誰しもが常に孤独と隣り合わせに生きている。ちょっと油断すると、すぐに孤独に陥る危険性を誰もが持っている。

二十代というのは、損得勘定を抜きにしてストレートにお互いの本心をぶつけ合って友情を培っていける年代である。この大切な時期に、損得勘定や打算のみで人を見る目を身に付けてしまうのは、人生最大の不幸である。その者は、一生、親友に出会うことはできないであろう。また、二十代で激しい競争心と上昇志向を以て他人を蹴落とすことで生きていく態度を身に付けてしまった者は、全ての人間を自分との比較で判断する。このような人物には、誰も近寄らない。誤った概念や価値観は、その人の一生を台無しにする。周囲の環境に振り回されてはいけない。

◎本当の幸せ②

利己主義

人間は幸せになろうと努力している間が最も幸せなのだと言われている。確かにその通りなのだが、もし自分が間違った考え方で幸福というものを捉えており、その間違った幸福を得るために努力をしていたとしたら、これほど不幸なことはない。今まで必死に努力してきた。その結果、自分の目標を達成できた。しかし、改めて自分の過去及び現在を顧みると、どうもしっくりこない。自分が最善と思う道を歩みつつも、心の奥に何か憂鬱な重い影がのしかかる。そして、この心の不具合は、予期することなく突然意識の上に顔を出す。状況によってはいくら今の自分の立場を後悔したとしても、もう後戻りはできないのである。これからの一生、強い後悔の念を抱えて生きていかなければならないという思いは、その人にあきらめと開き直り、そして極端な利己主義を与えて、その人をさらに不幸にする。しかし、もはやその人はその悲痛から目をそむけ、自分が不幸であることに気づこうともしなくなってくる。その悲劇のために、いつかは自分がどうにもならない状況に追い込まれる羽目になるのにである。

私達を不幸にする元凶は利己主義である。そして、これは人間の本能に直結した感情であるだけにやっかいなのである。人間は他の動物よりも間違いなくすぐれた存在であると思う。これだけの高い知性を持っている。自然界を支配する大いなる存在が、神と呼ぶべきものがもしいるのなら、人間は間違いなく神に最も近い存在であろう。しかし、それほどの人間において利己主義が存在するのである。なぜだろうか。進化が未熟なのであろうか。この利己主義を抑えて利他主義を当たり前のように身に付けている人は、非常に優れた人間である。人間の格で言えば最上位にいる人物である。人間が苦悩しながら辿り着く最高の人格を備えていると言える。

上昇志向は不幸の始まり

前出の社長の劣等感は利己主義の一つの表現である。なぜ劣等感を抱くのか。それは他人よりも自分が劣っていると感じているからである。ゆえに他人に負けまいとして、必要以上に気を張ってしまうのである。

しかし、他人との比較という観点から自分を見ていたのでは、いつまでたっても幸せにはなれない。いかに貧乏に生まれついたからといって、いくら学歴がないからといっても、自分は自分の為すべきことをすればよいのである。例えば、彼は本当は歴史に興味を持っていたとする。できれば大学に進み、深く歴史を勉強したいと思っていたとする。そうであれば、彼はその夢をあきらめずに実現すればよいのである。昼間働きながら夜間高校に通い大学の受験資格を得る。そして大学を受験すればよいのである。その気になれば、夜間大学も通信課程もある。

自分の意志で、自分が心から望む道を選択しなければならないのである。道は探せばいくらでもある。大切なのは、劣等感を抱き、その悔しさをバネにして今まで自分を見下してきた（勝手に自分がそう思い込んでいるだけの場合も多いが）連中を見返してやろうと努力することではない。自分を取り巻く環境がどうあろうと、自分の夢を達成する努力をすることである。他人を見返すとか、生まれが貧しかったから人よりも裕福な立場に立ってやろうという利己主義に基づく努力は、だいたい自分をまどわし不幸にする。それが証拠に、このような後ろ向きの陰性の努力により自己を形成してきた人の周りには、大抵、人が集まってこない。なぜか。近寄りがたい雰囲気を持っているからである。利己主義により人生を動かすことを常としてきたために、自分でも気づかないうちに他人を排する雰囲気を身に付けてしまったのである。

自分の夢を達成するための努力をしている期間というのは、時には苦しくもあるが総じて楽しいものである。他人に対する劣等感が根底にないので、他人を下から見上げるような根の暗さや、人を敵視するような陰性の攻撃心もない。人の好き嫌いもあまりない。人生が喜びに満ちているので、人にも明るく快活に接することができる。ゆえに、そのような人の周りには自分と同じような夢を持って努力している仲間が集まる。孔子の曰く、「徳は孤ならず必ず隣あり」

というのは、自ら望む道で努力している者の徳を讃えているのである。

前掲の彼女の場合も同様である。彼女の競争心と上昇志向は言うまでもなく利己主義に基づくものである。そのために彼女の人生は、友人とも幸せな結婚生活とも縁がなくなったのである。彼女が競争心と上昇志向に基づく努力ではなく、本当になりたい自分へ向かっての努力という前向きな気持ちでの努力さえできていたら、彼女は多くの親友とすばらしい夫（外見や富、社会的地位を指すのではない）に囲まれ、笑顔の多い人生を送っていたであろう。

努力には、陽性のものと陰性のものとがある。明るく前向きなものが陽性の努力。辛く後ろ向きのものが陰性の努力である。自分のことだけしか考えない人間は、どうあってもけっして幸せにはなれない。現代社会では、一般的に言って努力には、大抵他人との競争という行為がついてまわる。現代という時代が、人間が真に幸福に暮らすのにいまだ不十分であることを示している。時代は、望むと望まざるとにかかわらず、いまだ私達に競争することを強いるのである。しかし、私は思う。二十一世紀の早い段階で人間は、個人の素質を活かすための努力と利己心に基づく競争とを切り離して生きていくことができる社会環境を実現しているはずであると。

二十一世紀には、人間の価値観が大きく変わる。経済発展を前提とした競争意識では、もう立ち行かなくなる。競争から共生への大転換が為されるのである。競争という概念は、もはや他人を蹴落とすことを意味しない。全ての人々が我道を見い出し、自分の望む分野で努力をする。様々な道を進む人々が、お互いに力を発揮し助け合い、共に歩んでいくのである。二十一世紀の競争は、人々が自分の持ち味を活かしてお互いに切磋琢磨し合うことを意味する。経済を絶えず発展させ続けるという一点に価値観が集中してしまえば、そのための能力向上だけを目標として、人々が激しく競争し合うのは当然である。唯一の道に立たされて、人々は走り続けるのである。しかし、もうそのような価値観は通用しない。人々が進むべき道は、数多く存在して然るべきなのである。現代人は、すでに豊かさを実現した。着の身着のままの生活は、過去のものとなった。しかし、現代人はそれでもなお迷い続けている。なぜならば、現代人は豊かな社会にふさわしい価値観を、いまだに見い出せていないからである。

第二章　歴史の意義

◎利己主義と歴史①

利己心は動物の本能

人間は利己主義の塊であると言った。いや、人間ほど利己的な動物は他にいないのではと思う。時には自分の利益を守るために人を殺しさえする。人間以外の動物では同種族間の殺し合いがないことから、同種属同士での殺し合いというのは、動物の本能に反することであるはずだ。しかし、人間の利己心は、本来人間にも備わっているはずの本能をも狂わせる欲望であるのだ。恐ろしいことである。各々が自分のことだけしか考えていなかったら集団生活は成り立たない。それゆえに人間社会では、お互いが能率よく利己主義を満たせるようなルールを作り、その上に私達の生活が維持されているのだ。

さて、利己主義という感情は人間の本能に基づくものである。いや、人間だけではなく全ての動物に存在するものである。人間以外の動物でも餌やメスの奪い合いくらいの利己心は発揮する。しかし、それ以上にお互いが利己心を相手に誇示することはない。なぜか。それは、人間以外の動物は、それ以上の利己心を表現する場も能力もないからである。ゆえに諸動物の利己心は、自分達が属する集団内において、お互いの生存を脅かすまでに発展することはないのである。これは動物達にとっては、種を保存していく上で幸いなことである。

他方、人間はどうか。人間の社会でも、かつての原始古代社会には皆が共同作業をしていくことにより集団を維持していた。住居の豪華さ、食事の贅沢さなどを伴った支配階級と被支配層の区別はなかったようである。そうであれば当然、各々が利己心を発現する機会も場所も極度に制限されていたと考えられるであろう。食事の奪い合いと異性をめぐる争い以外には、せいぜい他集団との縄張り争いでもあった程度であろうか。現代社会に比べれば利己主義とも呼べないほどである。このような社会というのは、ある意味では人間にとって幸福なものなのかもしれない。

歴史の始まりと利己主義

しかし、その幸福がやがて破壊される時代が到来するのである。歴史の始まりである。歴史では文字の出現をもって文明の夜明けとすると言う。人間社会は文字を発明するころにはすでに、その社会集団内に支配階級と被支配階級とを生み出していたのである。人々は、徐々に共同作業の内容を複雑化していった。すでに人間は、お互いの共同作業を通してしか生活していけなくなっていたのである。そして、そのような複雑な共同作業を為し得るには、その民族集団の先頭に立つ指導者の存在が不可欠である。やがて指導者の立場と権威は徐々に強まっていくであろう。指導者は支配者となり、共同作業をしていた人々は被支配層となっていく。

明確な支配層と被支配層との出現である。社会的身分と貧富の差を伴った階層集団が区別された時、人間の貪欲なまでの利己主義を大いに発揮するための環境は整ったわけである。人間はこれ以降、どのようにしたら自分の利己心を満足させることができるのか、そのための方法、手段、利己心を十分に満足させる環境の開発に多大なる時間と労力を割き、各々が利己主義に磨きをかけ発展させていくための社会制度を次々に創り上げていくのである。こうして歴史は、人間が利己主義を満足させるための行為の連続をその根底に持ちながら綴られていくのである。

まず、人間集団の中に社会的身分と貧富の差が、もう後戻りはできない程に固定化された後、支配階級が最初に行った自らの利己主義を存分に満たすための行為は、被支配者の奴隷的使役である。支配階級は、奴隷として人民を支配階級の人間だけの利益と欲望を優先して好き勝手に酷使することにより、自らの利己主義を最大限に満足させる味を覚えた。一旦、このような蜜の味を知ってしまうと、なかなか、そのような状況からは抜け出せない。古代奴隷制社会は、世界中どこの国にでも存在するものと思う。そして大抵は長く続く。被支配層は、支配階級の飽くなき利己主義を満足させるためだけに存在する。その生殺与奪は、全て支配階級が握っているのである。

人間の利己主義を満足させるための方法や手段は、実はその利己主義を満足させるための社会環境が整った直後の社会における方が、その後の歴史を降っていくにつれて形成される社会環境におけるそれよりも、より被支配層にとっては残酷で非人間的なものなのである。というのも、始めは自分達の利己主義を最大限に満たそうという本能から出発した人間の歴史は、時代を経るにつれて各自の利己主義を満たそうという行為が社会的に規制される方向に動いていくからである。

全ての人間は、皆、自分の利己的欲求を満たしたいという本能を持っている。ごく一握りの人間のみが利己的欲求を満たし得るなどという社会は、いずれ崩壊するのは極めて当然の話である。原始共同社会から古代奴隷制社会へ移行した直後の時代は、まだ人々が非常に貧しかった。皆が食べていくのが精一杯という時代には、利己心を満たすどころの話ではない。まずは生きていかなければならない。そのような時代では、人間社会は、強力な指導者の下に皆が組織化して食糧の生産性を向上させることに必死になる。そして、そのような社会形態は必然的に、指導者の絶対的権威を強固なものとするのである。

人間社会は、食料の生産性が向上するに伴い徐々に豊かになっていく。社会の豊かさが実現していくのに従って、人間の利己的欲望も黙ってはいられなくなる。一握りの限られた支配者の下で少しずつ豊かになっていく被支配層は、自らの利己的欲望の充足を求めるようになっていく。利己的欲望を、全ての人々が満たせる方向へと歴史は動くのである。

◎利己主義と歴史②

権力は王族に集中

歴史を動かすのは人間である。人間を突き動かすのは利己主義である。歴史は利己主義の産物である。常に人間は、自己の欲望を満足させることを目標として前へ前へと進んでいく。当然、人間集団もまた欲望達成を最終目標として社会全体を発展させていく。その出発点が古代奴隷制社会であった。このような社会においては、王族と豪族が利益を貪る支配層、支配を被る階層が奴隷的身分と、その相違は二つに大別できる。また豪族ですら基本的には王族に服従している身分である。豪族は王族の奴隷ではないが絶対的権力は王族が握っており、もし王族に叛意を示す豪族がいれば、その社会において最も強力な軍事力と富を有している王族は討伐に向かい、その豪族を滅ぼしてしまうであろう。そのような遠征と討伐のくり返しにより、やがて王族は国内において絶対的権威を確立していくのである。このような古代奴隷制社会においては社会制度的に利己主義を最大限に享受でき得る立場というのは、その多くの権威が王族に集中しているのである。利己主義と歴史の相関関係の第一歩は、非常に限られた王族という一族、もっとはっきり言えば、王族の中でも王位継承一族に利己主義を最大限に満足させるための立場が集中しているということである。

封建制社会の出現

さて、古代奴隷制社会からさらに時代を降ると封建制社会が始まる。これはどのような社会かと言うと、国王を頂点とした貴族が被支配階級たる人民を支配する社会であると私は考えている。古代奴隷制社会においては、王族が直接人民を支配した。そして各地の豪族をも併せて支配したのである。王族は国内において最も多くの奴隷を所有する地位にあったであろう。つまり他の豪族と比べて最も裕福な立場であった。ゆえにその国内最大の力をもって多くの豪族を抑え込み、自らの権力を維持していた。当然、抑え込まれた豪族には王族の支族もいたであろうし直接血縁関係のない一族もいたであろう。そのような力のある一族全てを有無を言わせずに、ねじ伏せていた。これが古代奴隷制社会の特徴ではないだろうか。

封建社会というのは、国王が在地の領主を通して人民を支配する社会体制である。古代奴隷制社会のように豪族の中で最も力のある豪族的な立場ではない。国王は、確かに各地の貴族の上に立つ存在である。しかし、それはもはや貴族の代表と象徴的地位を兼ねた、権力的地位における最高位なのではなく、社会機構という国家組織上において最上部に位置づけられている存在ではないかと思う。国王は他と並ぶものなき絶対的地位にある者ではなく、社会組織に組み込まれる存在に成りつつある。それが封建社会における一つの重要な特徴ではないだろうか。国王が、よりいっそう社会組織に組み込まれる度合が大きくなると、やがて、そのような社会は立憲君主制と呼ばれるようになるのであろう。

国王が絶対的権威の存在とは成り得なくなってきた背景には、各地の貴族の台頭がある。王族によってその力を抑え込まれていた豪族は、徐々に地方において富を貯え、経済的にも軍事的にも中央から独立する動きを見せ始めてきた。力のある有力貴族の台頭をやがて国王は抑え続けることができなくなってきた。そのような強大な勢力が各地で台頭し、大きな存在になってくると、だんだんと国王は、そのような貴族が国内において権勢を振るうのを認めざるを得なくなってくる。国王は、領主の自立的立場を徐々に認め始めた。貴族は実力によって自らの独立的地位を勝ち取っていったのである。こうして封建時代には、地方領主が各々ほとんど独自に直接的に人民を収奪し、その利己心を満足させるようになるのであった。人民収奪のルールは、封建時代にもある程度確立されていたであろうが、領主はそれを無視して好き勝手に収奪をくり返していたに違いない。

利己主義は集中から拡散へ

ここに一つ重要な歴史的事実が存在する。それは、人間の利己主義を満足させることができる立場が、古代奴隷制社会には非常に強力に王族に集中していたのが、それまで力を抑え込まれていた豪族にまで拡大したことである。王族という特定の一族がほしいままにしていた利己主義を満たす機会と場、そのための手段と方法が、より多くの一族に社会的に認められるようになった。言い換えれば、封建時代にはより多くの人々が本能に基づく欲望を満足させることができる環境が整ったのである。

利己主義というのは、他人を押し退けて自分だけが利益や快楽を享受すればよいという心である。そして、そのような利己心を満足させたいという思いは皆が抱いている感情なのである。それを王族という限られた一族だけしか十分にその感情を満足させられない社会は、必然的に破綻せざるを得ないのである。力をつけてきた貴族が、自分達の利己主義を満たす権利を主張し、そのための社会制度を創り上げたのは、あまりにも当然のことであった。

時代を降るにつれ、利己的欲求を満足させたいと望む人々が増えてくる。時代は、それらの人々が利己的欲求をできるだけ満足させることができるようになる方向で展開していくのである。

しかし、利己主義を満足させることができる人間が増えてくると、必然的に各自が効率的に、公平に利己主義を満たすための制度が整備されてくる。かつての王族が経験したような極端な形での利己主義の満足法というのは、社会的に容認されなくなってくるのである。つまり、各自の利己主義満足法は、社会的に時代を経るに従ってその許容範囲が制限されざるを得ないのである。その代わり、より多くの人間が、利己主義を満足させるための社会的立場と機会と方法を獲得できるようになっていくのである。言うなれば、利己主義を、お互いが満足させることができるように譲り合っていく必要があるのである。このようにして、たとえそれが表面的ではあるとしても人々は、自分達の利己主義を抑制するようになっていくのである。封建時代以降、さらに多くの人間が利己主義を主張しながら時代が進んでいくのである。

◎利己主義と歴史③

支配者の利己主義拡張の限界

封建社会には国王はもちろんのこと、貴族が非常に強力な権威を有し、人民を支配した。人民にとっての支配者とは、国王ではなく自分達が居住している土地を支配する領主であった。貴族は、国王から自分達の利己主義を存分に満たすための社会的身分を勝ち取った。そして、封建時代もまた長く続く。

封建体制下では、大抵どこの国でも戦乱が相次ぐものである。なぜならば、かつて特定の一族がほしいままにしていた利己主義を満たすための絶対的身分を多くの一族が持つようになったからである。各地の貴族は、各々が自己の利己的欲望を満足させるために、頻繁に衝突し、闘争をくり返した。ヨーロッパの中世は、まさに悲惨な戦争をくり返し続ける中で歴史を綴ってきた。日本においては室町時代の後期から江戸幕府の成立までが、これに相当しようか。完全なるエゴとエゴとのぶつかり合いである。利己主義を満足させる手段をより多くの人間が持つような環境こそが乱世を招いたのである。彼らが、お互いの利己主義の主張を適度なところで線引きして、各々与えられた範囲内で自分達の欲望を満足させることを学ぶには、さらに時代が降るのを待たなければならなかった。

貴族がお互いの闘争に明け暮れていたために戦費がかさみ、また没落していく貴族も多くでたために国は疲弊し国土は枯れはてた。各地の農民は、生活に苦しみ飢える者さえ出てくる有様であった。各地の農民はこぞって領主に反抗した。貴族は農民の反乱を抑えることにしばしば苦戦した。貴族の力は、打ち続く戦乱を通して疲弊し弱められていたのである。彼ら貴族は、事ここに到りついに自分達の利己主義を効率的に、またその満足度をお互いに分かち合い共有し享受する方法を確立したのである。ヨーロッパの貴族は、ついに自分達の有していた政治的支配基盤を国王に委ね、自分達は貴族としての身分とその特権的地位の継続を国王に保障してもらうようになっていったのである。これにより貴族間における利己主義のぶつかり合いは少なくなり、お互いがその身分に応じた範囲内での利己主義の主張で満足するようになったのである。そして歴史は絶対王政の時代への幕を開けることになる。日本で言えば、成立過程こそ違うが、江戸時代には各地の大名は幕府により強制的に割りあてられた知行の享受に落ち着き、もはや自分の支配領域を拡張しようとして戦争を始めようとする大名はいなくなったのである。

民衆の地位の向上

絶対王政の時代が到来する背景には、農民の社会的影響力の向上が存在した。それは確かに貴族の弱体化という前提条件があり、またその相対的結果として農民の力が大きくなったという事実は否めない。しかし、様々な歴史的諸条件の結果として、今までまったくといっていいほど自分達の利己主義を満たす社会的立場を与えられてこなかった人民に、ついに光がさし始めたのである。一見、利己主義から利他主義への移行という歴史の必然に逆行するような絶対王政ではあるが、その背景には、間違いなく人民の地位の向上という事実が存在するのである。

これは民主制社会へとつながる重要な事実である。やがては絶対王朝が財政的に行き詰まった時に、人民は力づくで民主制社会への扉をこじ開けるのである。

民主制社会では人民一人一人に利己主義を満足させ得る社会的立場が用意され、そのための社会制度が整備される。かつて王族に集中していた利己主義の行使権が、封建社会になり国王を含む貴族へと拡張して適用されるようになった。そして民主制社会に到り、ついにその権利は人民にまで及ぶようになったのである。もちろん、その権利の行使でき得る範囲というのは自ずと限定されざるを得ない。まさか国民一人一人が百人の奴隷を所有するわけにはいかない。法律が複雑に、微に入り細をうがち整備されてくる。民主制社会においては、法律に沿った範囲で私達は利己主義を満足させることに徹しなければならない。私達は、もはやかつての国王や貴族の様に他人を殺してでも自分達の領土を拡張しようとすることなどできない。人殺しは法律が許さないのである。人々は、法律の範囲内で最大限に自らの利己主義を満たすための最良の方法を考えた。そしてついに人間は、資本主義という概念を生み出したのである。現代人は、これをもって利己主義を満足させるための最大の手段としているのである。

◎資本主義のはてに①

世界は一つになる

二十世紀は、資本主義と社会主義のぶつかり合う思想の対立の時代であった。特に社会主義は一九一七年のロシア革命以降、ロシアを中心に世界で大きな勢力を占め、日欧米を中心とする資本主義と世界を二分して激しく争う思想となった。ロシア革命の指導者レーニンは、コミンテルンを創設して社会主義の影響を世界にあまねく広めようとした。日本においても、日本共産党がコミンテルンの日本支部として承認されていた。コミンテルンは中国の革命家である孫文の関心をひくことにより、大国である中国において社会主義を根づかせる基礎を築いたと言えるであろう。第二次世界大戦後もソ連と中国という二大超大国を中心として、社会主義はあくまでも資本主義と徹底的に対立する姿勢を崩さなかった。ソ連とアメリカはお互いに核兵器を所有し相互に武力衝突を牽制しながら思想による対立を展開し、世界中に緊迫感を与え表面上の平静を保っていたのである。私達は思想の対立による世界情勢の緊張感から目を背けさえすれば、確かに平和な時代に生きていたのである。しかし現在においては、その社会主義はソ連の崩壊と共にもはや資本主義と対立できるだけの力を失ったのである。ドイツの東西を隔てていたベルリンの壁は、もはや取り払われた。朝鮮半島を分断している壁も、取り除かれるのは時間の問題のようである。私達の世界は、今や急速に一つになろうとしている。近い将来に必ずや世界中の人々が、お互いに手と手を握り合い平和の握手を交わす日が訪れるに違いない。

しかし、そのような世界的に平和であるすばらしい世の中を支えるのに、資本主義では少々役不足である。人類は、世界の国々の経済政策を決定する基本概念として資本主義を進んで採用したいとは思わないであろう。確かに社会主義が崩壊した今の世の中では、人類の目の前には、資本主義という選択肢しか残されていない。私達は、しばらくはまだ資本主義の世の中で生きていかざるを得ないのである。しかし、心配はいらない。すぐに私達は、資本主義に替わって世の中を進歩させる新しい主義を見い出すことになるであろう。

資本主義とは

資本主義とは、資本家が生産手段を持ち、労働者を雇い労働させることによって利潤を生み出すものである。労働者は資本家が用意した生産設備の下で労働を行い、その労働の報酬として賃金を得るのである。労働者の生活は、資本家より受け取る賃金によって成り立っている。それゆえ、労働者は自分の労働力を常に資本家に提供し続けなければならないのである。資本家は時には労働者が生存するにやっと足りる程度の賃金を与えて、過酷な労働を強いてきた。それでも労働者は生きていくために、過酷な労働をもあえて甘受し、資本家の言いなりになるしか道はなかったのである。資本主義の発展過程においては、労働条件はほとんど法律により保護されるべき対象ではなかった。人間は資本家の贅沢な生活を維持するための道具にすぎなかった。労働者という圧倒的多数の人間は、自分達が生産した生活必需品を購入するために働き続けた。そして、労働者がギリギリの生活を維持するために支払った金は、また資本家の懐に収まるのである。労働者は、生活を維持するために、また働いて自分達の生活必需品を生産する。資本家は、労働者が生活のために支払った金を賃金として、また労働者に戻す。しかし、当然のことながら賃金として労働者に支払われる金は、労働者が生活必需品を購入するために支払った金よりもずっと額が小さい。その差額が資本家の収益である。資本家は、その収益を以て、生産設備の維持とさらなる設備投資を行う。資本家は、生産設備を所有しているがゆえに資本家たりえるのである。確かに、その生産設備を共有財産にしようという社会主義が台頭してきたのも無理のない話であった。

労働者の地位向上

さて、資本家のための行き過ぎた資本主義は、やがて法律による規制の対象となる。労働時間や最低賃金などの労働に関する諸条件が法律により定められることとなったのである。これにより、資本家に対する労働者の地位は間違いなく向上したのである。これは、封建体制の崩壊期における貴族に対する人民の地位向上に相通じるものがある。封建体制下において人民は、貴族の力が弱体化したのを契機として各地で一揆を起こし、貴族の支配体制を大いに揺るがせた。もはや人民の反抗を抑えきれなくなった貴族は、自分達の支配基盤を国王の手に委ねることによってしか、自分達の社会的立場を維持できなくなってしまったのである。これと同様に、労働者はしばしば労働ストライキをおこして資本家に反抗することにより、ついに政府をして、労働のための諸条件を規定した法律を制定させるに到ったのである。資本家は、もはや好き勝手に労働者を過酷な労働条件の下で酷使させることができなくなったのである。労働に関する法律が、資本家によって常に忠実に守られているとは限らない。いや、むしろ資本家は法の網をくぐり、最大限に労働者を働かせようとするであろう。しかし、法律の制定は、資本家にある程度のブレーキをかけるものである。資本主義衰退の第一歩として、まず資本家に対する労働者の立場が強くなったということが挙げられるのである。

個人の素質が全体主義を壊す

社会主義は、確かに戦後半世紀もたたないうちに、もろくも崩れ去った。しかし、それは資本主義の前に敗れたわけではない。社会主義国家の内部崩壊によるものであった。私達は、まだ財産を均等に分配して満足できる程に優れた人格を有してはいなかった。私達は全ての労働者が平等である状態には耐えられないのである。なぜならば私達には、一人一人違った素質が備わっているからである。人間は、単純労働作業から解放されると、必ず自らの素質を活かした仕事を望むようになる。政府が、労働者である国民を工場や炭鉱内での単純労働作業から、国家の発展のために、より複雑で個人の才能や素質を必要とする仕事に就業させざるを得なくなってきた時に、社会主義は内部より崩壊するのである。また、全体主義たる社会主義を政府が統制するために、官僚が絶大な権力を有する必要があるという事実も、社会主義国家を崩壊させた最大の理由の一つであった。官僚は、いつまでも労働者の幸福を何よりも優先し、清貧に甘んじて平然としていられる程の人格者ではない。社会主義国家は、政府機関による労働者たる国民の支配といじめを再現するという歴史の逆行を演じてしまった。ゆえにその崩壊は必然のものであったと言える。利己主義から利他主義への流れに逆らおうとする者は、それがいかに強大な力をもった存在であれ、いずれは淘汰されることを、私達は、社会主義国家の内部崩壊を目の当たりにして、一層強く認識するのである。

私は、社会主義の思想が資本主義に劣ったものであるとは考えていない。しかし、いくら崇高な理念も、その運用の仕方を間違えれば、まったく意味を為さず、かえって悪い面ばかりが目につくようになってしまう。崇高な理念をちらつかせて、ごく一握りの人間が、国民を思うままに支配するような事態も起こり得るのである。

繰り返すが、社会主義は資本主義の前に膝を屈したのではない。その証拠に資本主義もまた崩れ去ろうとしている。私達は今、新しい社会体制と人間のあり方に向けて、大きな一歩を踏み出しているのである。

◎資本主義のはてに②

資本主義の基盤は脆弱

資本家が大きな顔をして労働者をこき使っていた時、労働者は常に資本家に不満を抱いていたであろう。労働者にとって資本家は我慢のならない存在であった。というのも、資本家と労働者の社会的身分の差異はそう大きな隔たりがあるものではなかったからである。かつて封建体制下においては、貴族の立場は、社会的身分、政治的地位において人民とは絶対的に異なる上位の階級に所属するものであった。貴族は、まさに人民を社会的、政治的に完全に支配していた。人民の生殺与奪の権を握り得る存在であった。人民が貴族の暴虐に反抗し、貴族の地位を多少なりとも弱体化させる結果を生じさせるには、まず貴族自身による打ち続く戦乱による疲弊という条件を待たなければならなかったのである。

ところが、資本家は、労働者に対する絶対的上位に位置する存在のものではない。確かに資本家には貴族が多かったかもしれない。しかし、資本主義が発展する段階における社会体制においては、すでに貴族の立場というのは、人民を社会的、政治的に下層階級のままに縛りつけておけるような絶対支配的存在ではなかったのである。より多くの財産を有し、より大規模な生産設備を所有した存在にすぎなかったと言っても過言ではないであろう。あとは、華々しい上流階級同士のサロンに出席できる程度であろうか。貴族は、その身分ゆえに貴族であったわけではなかった。その所有する莫大な資産のゆえに貴族たり得たのである。すでに絶対王政は崩れ去り、近代市民社会は成立していたのである。また、資本家の中には、貴族ではない身分の者も含まれていたであろう。貴族ほどの大規模な資産は所有していないかもしれない。それでも、ある程度の労働者を雇い、自分の所有する生産設備で労働をさせ得るような立場であれば、その者は資本家と呼ばれてしかるべきであろう。労働者の側から見れば、自分達の雇用主が貴族であるかどうかは、さほど大きな問題ではなかったのである。労働者は、資本家を憎んでいたのである。それゆえに労働者は、封建体制下の人民ほどおとなしくはしていられなかったのである。封建体制は長く続いた。しかし、資本主義は、その発展段階からすでに体制基盤の弱さを内に秘めていたのである。

能力競争は長く続かない

現代では、すでに労働時間、最低賃金などについての法律が整備され、労働者の資本家に対する社会的立場はけっして弱いものではない。それは、過去においてすでに私達の先輩である労働者が、資本家の暴虐に対して徹底的に反抗し続けてきた賜物なのである。私達は、その意志を受け継いで、さらに社会を国民の大多数たる労働者にとって生活しやすいものにしていく努力を続けていかなければならない。

私達の生きる今の世の中は、能力主義の時代であるとよく言われる。つい最近までは資本主義であると口やかましく言われていた。もちろん、今まさに、この瞬間も間違いなく資本主義の世の中である。資本家が存在し、労働者は資本家の提供する生産設備の下で労働して、その見返りとして賃金を受け取る。労働者の生活手段は、資本主義の発展段階の社会と基本的には変わることはないのである。私達は、まだ望むと望まざるとにかかわらず、資本家の所有する生産手段に携わることでしか、生活を維持する方法を見い出せないのである。

では、最近なぜ能力主義などという言葉が使われるようになってきたのであろうか。それは、はたして資本主義にとって代わる思想なのであろうか。この点を考察していきたいと思う。

私は、能力主義という主張は、特に思想と呼ぶべきほど高い理念と深く鋭い洞察力に基づく哲学であるとは、まったく思わない。それは、偉大な哲学者が生み出した主義ではない。それゆえに、世界全体に深く浸透するような普遍性も、人を引きつける魅力もない。だいたい主義などという言葉をつけるから誤解を招くのである。

さて、言葉の使い方はさておいても、この労働者における能力競争は、現在進行中の資本主義の崩壊をさらに加速させる方向に働くものである。いや、私達は一人一人の能力競争を経てしか、私達労働者が生活するために最適な社会体制を導き出すことができないのである。能力競争、確かに辛い社会環境である。しかし、心配はいらない。能力競争の時代は、はっきり言って長くは続かない。過ぎてみれば、瞬きする程度の短い時代であったと思うかもしれない。それが、今まで見てきた歴史の必然である。私達は、苦しみの中にいる。社会があまりにも激しく動き過ぎている。しかし、私達はすでに見え始めている新時代への扉をもはやその手で開こうとしているのである。

◎資本主義のはてに③

消費文化の虚構

私達は、すでに不必要な贅沢品に心を動かされることはない。これからの世の中で最も打撃を受けるのは、レジャー産業を始め、ホテルなどのサービス業、高級な品揃えを売り物とするデパート、そして高級レストランなどの飲食業界である。常に消費し続け、贅沢することを強いられてきた消費文化というのは、資本家が自分達の資産を増やすために創り上げた虚構の世界である。そのような社会では、資本家の所有する生産設備で、黙々と単純労働作業に従事する人間がいればいる程よかったのである。特別に才能を発揮して仕事をする必要はなかった。国民が必要である（と資本家によって思い込まされている）商品をだまって生産し続ける労働者こそ資本家にとって最高の資産であったのである。そのような社会では、私達は資本家の非人間的な利益追求のみに主眼を置いた管理体制に、だまって耐えてさえいれば、少なくとも生活に困窮するような事態にはならないで済んだのである。私達は、労働者の尊敬に値する忍耐力、消費し続けることがすばらしい文化であるように、国民に信じ込ませた資本家の巧みな策略の相互作用によって、経済を発展させてきた。私達労働者は、資本家の思惑通りに経済の発展に貢献してきた。資本主義国家は、このようにして戦後の世界を生き抜いてきたのである。

需要が供給を先導する

しかし、確かにこのような資本主義に基づく社会システムが、うまく機能している間はこれでもいい。労働者は絶え間ざる経済成長に目を眩ませられ、その尊敬すべき忍耐力でもって働き続けることができた。だが、もはや、このような社会システムはここに到りついにその弱点をさらけ出し始めたのである。消費文化というのは、国民が製品を買い控えてしまえば成り立たないという何とも脆弱な基盤の上に建てられた砂上の楼閣なのである。資本家がいくら製品を供給しようとも、国民の需要がなければ、いつまでも供給し続けることは不可能なのである。需要の少ないところに対する過剰な供給は、資本家の資産を無駄に削り取るだけである。資本家は、もはや従来通りの生産を控えざるを得ない。そして、それは労働者の解雇をも意味するものである。世の中が全体的に需要の低下の様相を呈するようになると、資本家は、すでに今までのような大量生産様式が通用しなくなってきていることに気がつくのである。資本家は、現状に即した生産体制を維持するために必要な人員削減を断行するとともに、常時労働者を抱え、生産活動に従事させておくという効率の悪さに目を向け始めるのである。すでに恒常的な生産体制をとり続けることは難しくなっているのが現在の状況である。そして、単なる大量生産の製品に、それほど需要が集中しないのが現代である。世の中は、国民が自分達の本当に気に入った製品を購入する時代になったのである。資本家に強制的に買わされる時代は、すでに終わりを告げつつある。ここで、私達は労働者が資本家に対して、従来よりも一歩強い立場に立つに到った事実を見てとることができる。資本家の供給に国民の需要が先導される時代は過ぎ去ろうとしている。これからの時代は、国民の需要が資本家の供給を先導するのである。資本家の方こそ、その高い壇上から降りて、労働者という名の消費者の立場に近づく努力をしなければならないのである。需要と供給は相対的な関係にある。一方の力が大きくなれば他方の力は弱まる。資本主義の発展期には、需給のバランスは大きく供給の側に、つまり資本家の立場に傾いていた。しかし現在は衰退期にある。平衡関係は労働者の側に傾いているのである。

資本家は、どうすれば国民の需要を引き出すことができるのか、その方法を模索し始めた。資本家は、より消費者の立場に立ったサービス、製品、娯楽を工夫し始めた。それには、従来の大量生産だけでは駄目である。より消費者の好むものを生み出す才能とアイデアが必要である。資本家は、そのような才能、専門技術を持った労働者を探し始めた。すでに資本家は理解していたのである。これからの時代は、消費者の需要をいち早く掴み、商品の開発につなげることができる才能を持った人材、より能率的にスピーディーに業務をこなす人材、専門的な技能を持った人材が必要なのだということを。資本家は、かつてのように労働者を大量に抱え込むことはない。その代わりに然るべき能力を持った人材は、高い賃金を支払ってでも雇いたいのである。私達労働者は、本格的な労働資本の流動化と能力競争の時代を迎えつつあるのである。

◎資本主義のはてに④

能力競争は踏み台

能力競争の時代においては、資本家は労働者に賃金を払って働かせるという意識では、だんだんと労働者を雇えなくなってくる。資本家は、労働者にその能力を存分に発揮して利益をあげてもらうために必要な設備を提供するという意識に切り替えざるを得ない。能力の高い労働者は、その能力を発揮して活躍する場所と機会を資本家から提供してもらうのである。そして、労働者はその技能を発揮する設備を提供してくれた資本家に場所代を、利益をあげることによって支払うのである。資本家は、その労働者の技能に対して賃金を支払うのである。けっして単純労働作業により生産された製品の売価の中に労働者の賃金分があらかじめ設定されているような、そんな固定した賃金ではない。労働者の技能に対して支払われる賃金は、その能力により生み出した利益の額に比例して設定されるものである。それゆえに、労働者間における賃金格差というのは拡大していくのである。その格差は、労働者の能力の差いかんにより非常に大きなものになるであろう。また、能力を発揮できない労働者、発揮すべき能力自体を持ち合わせていない労働者の賃金は、今まで以上に低く抑えられるかもしれない。今、賃金を年俸制にする企業が増えている。年俸制とは、来年度の労働者の賃金を、今年度のその労働者の働きに応じて決定していくものである。当然、前年度よりも今年度の成績が悪ければ、来年度の年収は下がる。良ければ上がる。年齢は関係ないのである。通常、年齢を経るに従って生活費はかさむはずであるから、労働者にとってみれば、従来のように才能がなくても、黙々と業務に従事していれば年収は増えていくという賃金体系の方がありがたいはずである。確かに、この賃金体系では、大幅に労働者の賃金が増えることはない。ところが、常に会社から能力の発揮を期待され、また能力を発揮し続けていくことでしか賃金を増やせないようなシステムは大多数の労働者にとって、大きな精神的負担となるのである。このようなシステムは、残念ながらしばらくは続くであろう。しかし、そんなに長く続くものではない。それは、社会主義でも、資本主義でもない、新しい社会体制創造への踏み台にしか過ぎない社会現象だからである。私達は、少しの間我慢しなければならない。

経済も利他主義へ

現在の、まさに今の時代は、能力競争の発生時期である。これから十年もしないうちに、能力競争はまたたく間に浸透していくであろう。能力競争の発展期である。しかし、この発展期は、けっして長く続かないうちに破綻の憂き目を見ることになる。かつて封建体制は、西ヨーロッパでは九世紀から十三世紀の長きに渡り維持されていた。ところが、資本主義という経済体制は、十九世紀半ばから各国で発展段階に入り、二十世紀の末に、すでに揺らぎ始めている。その間わずかに一世紀半である。封建体制下における経済活動が約四世紀もの長きに渡り維持されてきたのに比べ、何と短いことであろうか。

封建体制下における経済活動には、人間が欲望をむき出しにして金銭を追求するという思想が、適度に社会的に規制されていた。現代社会を支配する資本主義とは、この点が異なるのである。資本主義という概念では、人間は、その欲望をむき出しにして資本を追求することが許されている。資本主義という概念では、人間は、その欲望をむき出しにして資本を追求することが許されている。人間の金銭を追求する飽くなき欲望に基づく過当競争が、現代社会における生活の豊かさを実現したと言っても過言ではない。資本主義というのは、人間の利己心に歯止めをかけることなく、むしろそれを金銭の追求によって満たすことを実現するものなのである。しかし、私達現代人は、人間の利己心に歯止めをかけることのない経済活動が、結果としてわずか一世紀半程度の短い期間ですでに揺らぎ始めているという事実を目のあたりにしているのである。人間の利己心を最大限に発揮することを前提とした経済活動というのは、たとえそれが資本主義、能力主義などと言うどのような主義の形をとろうとも、けっして長くは続かないことをしっかりと認識する必要がある。人間の歴史は、利己主義から利他主義へと移り変わっていく。経済活動もまた人間の活動である限り、必ず利己主義から利他主義への道を辿ることが運命づけられているのである。それは、歴史が証明する事実である。

資本よりも才能

現代に近づくにつれて、歴史の流れがあわただしくなっている。時代の移り変わりが、あまりにも激し過ぎるのである。現代の能力主義は、資本主義の崩壊に際して苦しまぎれの結果、生じてきた主義に他ならないであろう。たぶん半世紀ももたない、せいぜい二十～三十年で破綻するのではないだろうか。

しかし、その二十～三十年の間に世の中は激変する。私達は、能力競争の発展と浸透の結果、資本家と労働者の経済的立場の逆転現象をそこに認めることができる。資本主義の発生期より今まで、基本的には資本家は経営者であった。労働者を生産設備で働かせて利益を得る経営者こそが、労働者の対極に存在した資本家であった。

ところが、単純労働作業による製品に消費者が満足できなくなった時代、消費者の需要を簡単には引き出すことができなくなった現在では、資本家は高い賃金を払い、能力の高い、消費者の需要を的確に見極める才能を持った人材に会社の存亡を賭けなければならない。労働者は、もはや資本家の言いなりになるような存在ではない。労働者は、資本家の所有する設備という場所を得て、自らの能力を発揮するための機会とする。そして、成果を出して高い賃金を得る。つまり、収入面で、資本家のそれに近づいてくる。資本家は、同時に経営者として労働者と対極の高みに居続けることが困難になってくるのである。やがて、ついには経営者は会社の経営という業務を担当する労働者の一人になる。そこでは、当然ながら経営者たる社長の賃金を上回る収入を得る才能のある社員の出現も十分あり得るし、またそのような社員の存在が能力競争の発展とともに普通に、当たり前になってくるであろう。資本家は、すでに経営には携わらない。大株主たる単なる資産家となる。会社の経営と生産活動は、経営者と労働者という枠組みなく、全て労働者が握ることとなる。資産家は、ただ会社の運営資金を提供するだけの存在となるのである。大株主としての資産家は、確かに会社の経営に強い影響力を持っている。しかし、大株主たる資本家が会社の経営権を握っている状況とは絶対的に異なるものである。やがて近い将来、間違いなく、その企業に勤める労働者がお互いに株を持ち合い、大株主の立場を占めるということが当たり前の時代がくるであろう。個人が大株主としての地位を占めることは徐々になくなっていくだろう。能力競争の浸透により、労働者の立場は、より一層高くなっていくのである。

さて、非常に大まかな見通しであるが、このように言えるのではないだろうか。日本においては、能力競争は中小企業で激化する。中小企業は大企業ほどには企業体力がない。それゆえ、中小企業というのは、すばやく社会の体制変化に適応しなければならないからである。やがて、中小企業で能力競争が当たり前になった頃、大企業においても能力競争が浸透し始める。また、当然、外資系の企業では能力競争は当たり前になっているが、日本の大企業は例によって欧米の企業に先導されるように、能力競争を急速に浸透させるようになる。そして、ついに、まず大企業において経営者と社員の賃金逆転現象がおきる。元々、大企業にはサラリーマン社長が多いという現状も重なり、これは今後十年ほどの間に急速な進展を見せるであろう。それに伴い、中小企業の分野では、まず大企業の子会社や関連会社において、経営者と社員の賃金逆転現象が生じるようになる。大企業とその子会社や関連会社における賃金逆転現象は、恐らくほぼ同時進行的に進むだろう。そして、そのような社会現象を受けて、ついに全ての中小企業が時代の波に逆らうことができなくなる。大企業やそのグループ企業などに引きずられるように、経営者と社員の賃金格差の縮小が浸透していくであろう。もしかしたら、中小企業のオーナー経営においては、経営者と社員の賃金格差が逆転するというところまでいかないかもしれない。しかし、それでも間違いなく、賃金格差は大幅に改善されるであろうことは事実である。それが押し止めようのない大きなうねりとなって社会全体を覆うであろう。

利己的社会から利他的社会へ

企業は、個人が能力という個性を発揮する場となる。それは、すぐに社会全体に波及し、国民一人一人が、自分の個性、才能、素質などに関心を持つような社会になっていくであろう。国民は、自分にとってより適性のある職種、自分の素質や学校で学んだ技能を活かせる仕事、場合によっては自分の趣味を活かせる仕事というように、自分という存在を主体として仕事を選ぶようになっていくであろう。素質を伸ばす、子供の個性と主体性を重視した教育方針、収入よりも自分は社会に対しどのような貢献ができるのかを模索する人々の増加という意識の変革の流れは、自ずとお互いが個性を認め合い尊重し合う社会を作り上げるのである。

社会が貧困に満ち、とにかく物質的に豊かな環境を何よりもまず優先して実現しなければならなかった状況では、人々は、いかに効率よく大量に物を生産することができるかに全精力を傾注していた。各個人の個性や素質などというものは全て脇に置かれて、とにかく能率的に動くこと、体の動く限り働き続けること、組織を効率的に動かし大量生産による豊かさを休むことなく追求し続けることが、絶えず求められてきた。そして、非常な努力の末、社会は異常な程の豊かさを実現したのである。

しかし、社会は見事な大量生産体制によるあまりの供給過剰の状態に耐えきれなくなった。社会は十分に豊かであるにもかかわらず、いまだに大量生産方式による富の追求に縛られている社会体制に、人々は嫌気がさしてきた。人々は、大量生産の品々をすでに十分堪能した。これからは、あくなき富の追求を目標とした利己的社会ではなく、一人一人が個性と素質と明確な意志を持って社会に貢献する利他的社会が望まれるのである。

現代は、まだ利己的社会である。しかし、すでに利己的な社会体制は立ち行かなくなりつつある。多くの人々が従来の社会体制に疑問を抱いている。そして、大いに疑問を持ちながらも利己的な社会体制を突き崩せないところに、現代人の、特に若者の苦悩がある。この苦しみを解決するためには、もっと若者は強い意志と主体性を持つべきである。一人一人の意識のあり方が、社会を変えていくのである。

社会貢献も、ボランティア活動も、世界の人々の幸福に尽力することも選択できずに、ただ企業組織の利益追求のみを目標として生きていかなければならない生涯を送るのは、私達に主体性がないからである。自分の頭で考え主体的に行動できる人間は、けっして企業組織のみに人生を縛られない。まず何よりも重要なことは、十代、二十代の思春期と青年期にある者に対する個性の尊重と主体性の教育である。それが二十一世紀を切り拓く原動力となるのである。自分は何ができるのか、何をしたいのかの問いに真剣に立ち向かえる人間が社会の中心を占める時代。それが二十一世紀なのである。

◎資本主義のはてに⑤

国家の介入

資本家は、ついに単なる金持ちに成り下がった。企業は、だんだんと資本家の手を離れて労働者の手に委ねられるようになっていく。各国の労働に関する法律は、今までにない程、労働者の生活がより一層快適になるよう保障している。労働者は、すでに政府により保護されているのである。もちろん中小企業や、ましてや零細企業ではなかなか労働基準法が守られにくいという状況は存在するだろう。政府も、少なくとも日本においては、積極的に労働基準法を適用させるべく努力を、国内の全ての企業にしているわけではない。そのようなことをすれば中小企業が立ち行かなくなることは、火を見るより明らかだからである。日本政府は、全労働者の八割以上が勤務している中小企業に対しては、労働基準法の違反を黙認しているのが現状である。しかし、それでも日本においてすら、労働基準法を完全に無視した経営は、社会の流れとしてできなくなっていることは確かである。かつての資本家ではなく、政府が労働者に関与し、政府が国民の労働を監視していると言っても過言ではないというのが現代社会である。

これは、ある意味では社会主義の側面を強く持っているとは言えないだろうか。確かにどこの国でも、資本主義国家においては、労働者を雇用し労働させ賃金を与え経済活動を行っているのは、企業という民間部門である。国営企業による計画経済ではない。民間の企業による経済競争が明白に行われ、経営の悪化した企業は労働者を大幅に解雇するか、倒産するかのどちらかである。それが資本主義の社会である。しかし、実際労働者が全面的に企業の経済競争に協力して、経営者たる資本家と一体になって、世の中を資本主義の過当競争の渦の中に沈めようとしているかと言えば、そうではない。労働者には、けっしてそのようなことはできない。なぜならば、政府が労働者に直接関与しているからである。政府は、労働者の労働時間、休日休暇、賃金など、およそ労働についての重要な柱をすべて監督しているのである。法律という手段をもって。政府は、資本主義の国家において、労働者を監督及び保護することにより、資本家の経済活動に制限を加えているのである。私達は、労働をすることにより賃金を得て生活の手段としている。労働と賃金と国民の日常生活とは密接に結びついているのである。ゆえに政府は、国民の労働が度を越えて過重になったり、不当に賃金を低く抑えられ、国民の生活が悪化するような状況に陥ることを回避するための政策を行うのである。政府は、労働と賃金と国民生活のバランスが適度に保たれるように常に気を配るのである。結果として、現在言われている労働者間における能力競争も、それが過当なものになり大多数の国民の日常生活に支障をきたすような事態になれば、必ずや政府が労働者間における過当な能力競争に介入してくるはずである。そして、その競争過熱に何らかの歯止めをかける規制を定めるであろう。国民の間に能力競争による賃金格差が拡大し、その結果、大多数の国民の賃金が低く抑えられ国民生活が悪化し、結局は国家の財政が大打撃を受けるような状況を、政府はけっして黙認できないのである。現代社会は、すでに社会主義の要素を取り入れてしか資本主義を成り立たせることができないのである。政府が、労働や賃金を含めた国民の生活に関与する度合いは今後ますます拡大するであろう。

能力競争の誤解

社会主義的資本主義の世の中に、個人の能力競争による賃金格差の拡大は、はたしてどこまで許容され得るものなのであろうか。私達は、年俸制でよく例えられるプロスポーツのような賃金体系に耐えられるものであろうか。最近は、今は能力競争の時代であり、サラリーマン社会にもプロスポーツ選手のような年俸制を導入するべきだとの声が聞かれる。本来、報酬とは、その人間の能力や成し遂げた成果に対して支払われるべきものである。サラリーマンであってもそれは変わらない。サラリーマン社会は、今までがあまりにも甘すぎたのだという主張もある。

しかし、よく考えてみたい。スポーツ選手の世界は、自らの体力と筋力が勝負である。そして、体力も筋力も、もっとも充実しているのは恐らく二十代であろう。三十代に入ると緩やかに落ちてきて、三十五歳くらいをめどに引退する。それがプロスポーツ選手の典型的なパターンではないだろうか。とすれば、彼らプロスポーツ選手には、最初から四十代と五十代の選手としての人生はほとんどあり得ないのである。少なくとも五十代の選手など、どのスポーツ界にも存在しないであろう。スポーツ選手は三十五歳までが勝負なのである。三十五歳定年で年功序列などということを行っていたら、スポーツ界自体が成り立たなくなってしまうのは一目瞭然であろう。二十代が中心のスポーツ界は、能力競争で当たり前なのであり、能力に応じて報酬に大幅な格差が生じるのは当然である。それゆえにスポーツ選手は過酷なトレーニングにも耐えて、がんばりぬくことができるのである。

しかし、プロスポーツ界とサラリーマン社会は、その性質がまったく異なるものである。大きな違いの一つは、サラリーマンには四十代、五十代もあるということである。そして、スポーツ界は本当にごく限られた特別な才能を持った人間の集まる場所である。それに対して、サラリーマン社会は学校を卒業して就労すべき年齢に達した国民のほとんどが所属する世界であり、その集団の大きさの規模が圧倒的に異なるのである。もし、私達国民のほとんど全てが所属するサラリーマン社会において能力競争による賃金格差が大幅に開くような事態になれば、私達は間違いなく全国民を挙げて反発するであろう。サラリーマンの生活は、二十代の最も気力も体力も充実している時期で終わるのではない。四十歳を越えてからも長いのである。短絡的に能力競争だなどと言うのではなく、もっと長期的に国民の賃金体系を組み立てていく必要がある。すでに企業は、国民の生活を安定的に維持し社会の発展に寄与する義務がある。労働者に対し直接的に政府が法律を介して関与するのには、その義務を企業に守らせるという理由もあるものと思われる。プロスポーツ界という、ごく狭い限られた世界と、国民の生活を混同したような、弱肉強食を前提としたような議論には、はっきり言って賛同できない。ある程度の能力競争は、資本主義体制の下では当然であろう。しかし、度を越えた賃金格差を、国民はけっして容認しないであろう。そのような賃金格差を是正しようとする国民の気運は、ついには政府をも動かすであろう。政府は企業に勤務する労働者の賃金体系に何らかの形で介入するに到るであろう。なぜならば、能力競争による賃金格差の拡大は、国民の間に能力を持つ者と持たざる者の間の格差という問題を投げかけることにもなるからである。それは、人間の差別にもつながる大きな問題である。これが、ごく限られた世界の話であれば政府も問題にしないであろう。しかし、事が全国民レベルの段階になれば、政府も介入せざるを得なくなるのである。もし、仮に個人の能力により収入に大きな格差のある社会を実現しようとするのであれば、まず始めに一億総サラリーマン社会という状況を変える必要があると言えるであろう。

能力競争の限界

能力主義に基づく労働者の間の過当競争が続くのは、そのような労働者間の能力競争が、多くの国民の家計を圧迫し、結局のところ現状でも十分に苦しい国家財政を圧迫するという結果しかもたらさないという事実に、政府が気がつくまでの短い期間でしかないであろう。五〜十年程の間であろうか。せいぜいその程度の期間でしかないであろう。政府がまったくの無策のまま国民の生活難をだまって見過ごすということはあり得ない。政府は、必ず労働者の能力競争に対して何らかの政策を実行するはずである。

しかし能力主義の前提となる個性を活かす、素質を発揮するという考え方は、今後ますます国民の間に定着していくであろう。能力主義という考え方も、そのような国民の意識の変革の極端な形の表れの一つでしかない。能力主義による競争激化はすぐに終わりを遂げるが、国民の間に定着しつつある自らの素質を活かすという考え方は変わらない。国民は、能力競争による賃金格差の拡大という苦く辛い体験を経て、やがては収入格差が極端に開くことなく一人一人が自らの素質を活かして仕事ができる社会を実現するであろう。国民の間における賃金格差の拡大は政府が認めない。しかし、国民の間に広まりつつある、一人一人が自らの素質や能力を活かした仕事をしたいという社会的気運は、すでに後戻りできないほどに高まっていくのである。政府が能力主義による労働者間の過当競争に終止符を打つまでに五～十年。国民一人一人が自らの素質を活かした仕事に就くことができるような社会環境を、政府が整えるのに十～十五年。だいたい二十年ほどではないかと見ている。

個性と素質が活かせる社会

政府は、すでに生涯学習制度や教育訓練給付金制度など、いくつかの社会制度を整え始めている。社会環境は、政府が国家の進歩と繁栄を目的として創り上げていくのではなく、国民が政府をして、自分達の生活の質の向上を目的として作り上げていく方向に変化していくであろう。そのような社会では、私達が企業に求めるものは、もはや生活維持のための手段ではない。私達は、そこに生きがいを求めるのである。一人一人が自分達の能力や素質や技能を発揮する環境として。

企業も変わる。単なる営利目的という低次元のレベルの企業は、もはや生き残ることはできない。個性の尊重が社会的公認を得られた世の中では、何ら社会的貢献度のない、技能や素質ではなく、暴力的なまでに金を追いかけてまわるハイエナのような哀れむべき精神をこそ必要とするような企業は、社会の賛同が得られない。国民も、政府もそのような営利団体を相手にしないであろう。政府は、環境保護、国民の健康や教育など社会的貢献度の高い事業を支持するであろう。環境に配慮した製品の開発や、すでに社会保健だけでは賄いきれない人々の健康や福祉にかかわる事業を行う企業に対して、政府は資金援助をして、その事業拡大を奨励するであろう。政府と企業は協力して社会を国民にとって望ましいものに作り上げていくであろう。理念のある企業は発展する。そして、それに伴い理念なき営利団体は、徐々にその規模を縮小していく。もちろん、様々な紆余曲折はあるだろうが、社会は確実にそのような方向へと歩みを進めていくのである。

現実に今、社会の発展に向けて大きなうねりがおきている。銀行や保険会社、証券会社などの金融業界における合併、吸収、倒産、流通業界におけるデパートなどの高級店の不振、倒産、替わってセブンイレブンに代表される小規模店舗、低価格商品店の伸長、また飲食業界でも高級レストランの伸び悩みが続くなか、吉野屋やマクドナルドなどの低価格店が急速に伸びている。すでに贅沢品が飛ぶように売れる世の中ではないのである。今、ローン会社のテレビコマーシャルを頻繁に見かけるが、私には、これは営利団体の最後の悪あがきのようにしか見えない。人間の行為は何でもそうであるが、最後に押し潰れて崩壊する前に、必死になって抵抗しようとするものなのである。近視眼的に見れば、確かにローン会社は順調に業績を伸ばしているように思える。しかし、それは現在の苦しい社会情勢における一時的な現象に過ぎない。理念なき営利団体は衰退の一途を辿るのである。

人間は、歴史を発展させることによって、利他心を少しずつ学んできた。現代人は、すでに高い精神性に基づく利他心を身につけているのである。それは、もはや一人一人の心の奥底に深く根づき始めているのである。私は確かにそれを深く感じ、確信しているのである。

利他心を発揮できる社会

非常にささいなことであるが、私が吉野屋の牛丼屋で食事をした時に、百円引きサービスを行っていた。私は気付かずに通常の金額を支払ったら、そこの女性店員が「今、百円引きですので」と言って、ニコニコしながら丁寧なしぐさで百円を戻してくれた。百円引きサービスで、いつもより客が多かったためもあったのだろうが、彼女は非常に活き活きとして積極的に動いて、ひっきりなしに来店する客への対応に追われていた。その忙しさは、間違いなく給料の割りに合うものではないであろう。それでも彼女は、そんなことは気にしないという感じで働いていたのである。それは、安くておいしい牛丼を、若い人から年配の方まで、多くの人に食べていただいて感謝される、それがうれしくて働きがいになっている。そんな感じに見受けられた。私は、このささいな事実のなかに、すでに利他心が現代人の心の一部となっていることを認めるのである。

現代人は、すでに利他心を、多くの人間が身に付けている。ただ現状では、それを十分に発揮する場所がまだまだ少ないだけなのである。近い将来、すぐに一人一人が利他心を発揮できる社会環境が整えられる。それが、国民が自らの素質や才能を活かせる社会でもあるのである。人間の精神は、歴史を経験することによって、気高くなった。人格が練られた。人間集団により形成される企業という組織も変わるのは当然なのである。

人間は、利己心の塊であった古代奴隷制社会から、非常な苦悩と痛みを伴いながら、資本主義の世の中まで歴史を動かしてきた。その過程において、少しずつ利他心とは何かということを体験を通して学習してきた。人の心を理解するためには、時には他人の心を踏みにじる経験が必要である。それと同時に他人から心を踏みにじられることをも体験しなければならない。人間の歴史は、時には大量虐殺をも伴い、まさにその繰り返しであったと言える。私達は、すでに多くのことを学んだ。恐れることはない。現代人の利他心は十分誇りに足るものである。為すべきことはもう決まっている。自分の心に正直になり自信を持って行動することである。あなたの選択はけっして間違っていない。全ての物事は、他人がするからではなく、あなたがしたいから行うのである。利他心の豊かなあなたは主体的に行動できる人間である。満ち足りた幸福を実現する才能を秘めた存在である。私は大きな希望を持って、あなたの健闘を祈る。

◎人間社会とは何か

善と悪の相違

人間は、あくまで自己の利己的欲求を満たそうとする本能を持っている。自分の快楽、あらゆる欲望を享受しようとする。そのために他の人々の利己的欲求を満たしたいという思いなどは、平気で踏みにじる。自分の心を充足させるためであれば、他人に手枷足枷をして身体と、心の自由さえも奪い、自分に隷属させて、自由勝手気ままに人を使う。人々の心は完全に無視され、その苦しい思いがどれほど強いものであっても、自由も主体性も奪われた立場の人々はその心の内を表現する術を持たない。人間は、人の心を苦しめ、人々を辛い目に会わせても良心の呵責に耐えられなくなるほどの優しさなど持ち合わせていない。他人がどれほどの深い悲しみにうちひしがれようとも、人は自分の不利益となることでなければ一向に平気である。

人の心は、生来的に善なのか悪なのかという議論がある。紀元前の中国で活躍した思想家の孟子は儒教を学び、性善説に基づき人の心を説明しようとした。また、ほぼ同時代の思想家である韓非子は、人間の性悪説に立脚し徹底した法治主義を唱えた。自由と主体性を付与すると、人間はすぐに悪事を為し国家を滅ぼす元凶となると韓非子は考えた。そのため、全ての人々の身の安全と生活を保障し国家の秩序を保つには、人々の思考と行動をあらゆる規制と権力を用いて強固に縛りつけ、生活全般に渡って法律と懲罰を網の目のように張りめぐらせ、厳格に実行していくべきことを訴えたのである。人々の自由と主体性などという考えは端からなかったのである。

しかし、このような考え方は当時としては当然のものであった。人間の心は性善か、性悪かと問われればどちらでもないと答えるしかないのであるが、韓非子が思想家として活躍していた時代では、人々の心は性悪と受け取られても仕方がなかったのである。

人間の心は利己的欲望で満たされている。利己心とは、言うなれば自分の利益のみを追求する心の姿勢である。基本的に人々は自分のことだけしか考えていない。そのため人間は、他人をいくらでも苦しめ自分の利益を貪る。このような心のあり方は、すなわち性悪である。ところが人間社会では、歴史を経るにつれて人々の心の内にのみ集中している利己的欲望が徐々に、少しずつ外界の世界にも向けられるようになっていくのである。自分だけの幸福から、自分達の幸福へ、国家の幸福から、やがてはあらゆる人々、全世界の人々へと利己的欲望が外界に広く開放され拡大していく。そうなると、もはやそのような心のあり方は利己的欲望とは呼べないであろう。動物の本能として、快楽を享受したい、幸福になり心が満たされたいという欲望が存在する。人間にも当然備わっている。しかし、人間と他の動物との違いはこの本能の力動的側面によって大いに特徴づけられているのである。動物に備わるこの本能は、一個体のためのみに発揮されるものである。個体を超えて動物の本能が発揮されることは、ほとんどあり得ない。この本能は、自己という個体の利得にあくまで集中するのである。これは利己的欲望に他ならない。通常、動物の本能は自己のためのみに向けられるので、その心は利己的となるのである。言うなれば、本能は自己の内部に縛りつけられて静的な状態となっている。それに対して人間の心は、この本能を自己の内部に留めておくだけではなく広く全ての人々の幸福を追求する博愛の精神にまで高めることができるのである。人間においては、本能の状態は個人の内部から外界の全人類へと拡散する動的なものとなる。動物としての本能自体は、善にもなり悪にもなる存在である。一個人の心の内に強く本能が留まった利己的な状態が悪を生む根源であるならば、この本能が外に向けられ広く全ての人々に思いが及んでいる状態が善である。善と悪とは根本的には同じ性質の存在であると言える。そうなると、人間の心は性善か性悪かという議論にはさほど意味はないということになる。人間も原始の、まだ社会が未発達の頃には、その本能のあり方は動物のそれに近く非常に利己的な存在であったであろう。しかし、この本能は歴史という、ありとあらゆる過ちと人間の利己的欲望を満足させるための試行錯誤を経て徐々に利他的なものへと変遷していく。つまり、人間社会は当初は悪がはびこっていたが、歴史の展開に伴い少しずつ善が広まってきたということになる。では、人間の心はどのようにして悪から善へ、具体的には利己心から利他心へと変遷していくのか。歴史とは何かについて考えてみたい。

人間社会を動かす本能

人間の歴史は、大局的に見ればまさに動物の本能によりつき動かされている。それも、最初は本能が自己の内部のみに固着した利己的状態から展開していく。人々は、本能の赴くままに自己の利己的欲望を追求する。そうなると当然のことながら、そこでは弱肉強食の世界が発生する。強い者が弱い者を従属させ、支配し強者は自己の利己的欲望を十分に満たす。弱者は、自分達も利己的欲望を満足させたいと思いながらも、その強い思いを心の奥に内包したまま黙って支配者の横暴に耐え忍ぶ。心は常に利己的欲望の発露の機会を窺っているのである。

支配者は、多くの人々を支配し自己の利己心を満足させる一方で、自分の支配基盤を揺るぎないものとするため社会体制を整える。そして、人々から効率よく搾取を行うための社会組織を築き上げる。能率的に整えられた社会体制下では、人々の生産性は向上する。社会は徐々に豊かになり、支配者は自らの利己心を大いに満足させることができるのである。

しかし、社会が次第に豊かなものになるに伴い人々の心にも変化が生じる。それまで心身共に抑えつけられるだけであった人々が徐々に心の奥底に溜まった不満を訴えるようになってくる。自分達の利己的欲望を発揮する機会と場を主張し始めるのである。社会全体が貧しく、人々は生命をつなぎ留めておくために食事をしているなどという状況では、とても利己的欲望を主張しようという考えなど持つことができない。人々は、支配者によって心身の自由を奪われている状態以上に、貧困によって現実の世界へと嫌でも縛りつけられざるを得ず、いつまでも利己的欲望を満たしたいという意志を示すことができずにいたのである。

社会が豊かになっていくのを少しずつ実感してきた人々は、まず自己の主体性と自由を求める。抑えつけられ、思考することを極度に制限されていた人々は、支配者に対して自分の意志を持つ権利を主張する。そして自由に思考し行動することを訴える。社会の至る所で人々の主体性と自由を叫ぶ声が強くなると、支配者はそれを無視することができなくなる。支配者は、人々の主体性と自由を徐々に認めるようになっていく。そして、それは同時に支配者の利己的欲望を満たす権利を少しずつ制限していくこととなるのである。

人間は、皆自己の利己的欲望を満たそうとして行動する。その結果、人間社会は一握りの支配者と大多数の隷属民を生む。そして支配者は、より自分の利己的欲望を追求するために自らの支配基盤を強固なものにするが、それは同時に社会を豊かなものにする。社会が豊かになってくれば、必然的にそれまで食べるのが精一杯であった隷属民が自分達の主体性と自由を求めるようになり、それと共に支配者は自己の利己的欲望の発揮を制限されるようになっていく。これが歴史の流れである。

大多数の人々の主体性と自由が保障されるようになるに従い、利己的欲望の一極集中は社会的に許容されなくなってくる。言うなれば、全ての人々は誰であれ、自らが持つ本能的欲求を自己の内部にのみ留めて生きていくことが不可能となってくるのである。人々は、自分の内側ばかりに目を向け続けるのではなく、様々な人々の主体性と自由をも認める心を持たなければならないのである。

さて、多くの人々に主体性と自由が認められてくると、人々は必然的に自己の利己的欲求を訴え始める。自分の意志で考え、自由に行動できるようになってくれば当然の結果である。では、そのように全ての人々が利己的欲望を満たすことを訴える社会というのは、全く秩序が乱れた荒廃した環境なのかと言えば、そうではない。なぜならば、そのような社会に至る頃には、人間は歴史を体験して自分と同様に他人の主体性と自由の価値をも認めることを学んでいるからである。そのために人々は、自己の利己的欲求を主張しながらも、同時に多くの人々の幸福と繁栄にも思いを巡らせることができるのである。

社会の至る所でいくら多くの人々が利己的欲望にかられようが問題はない。人々の利己的欲望の満たせる範囲は限定されているからである。他人を襲い力で抑えつけて自分に隷属させて、人を意のままに繰ろうとする者など存在しない。人々は、他人の権利を犯さない範囲で利己的欲望を発揮するのである。

しかし、一つだけ注意を要することがある。それは、人間の生活環境があまりにも豊かになり、物や食糧が溢れ贅沢になり過ぎることである。そのような環境は、人間の利己的欲望を過度に刺激する。長い歴史を経験して、やっと人間は自らの本能を自己の内側と外側に適度にふり向けながら平衡を保ち生活していく心のあり方を身に付けたのに、このままでは、心のあり方を本能の内向集中状態へと逆戻りさせかねない。人間の本能が、あまりに内側へ過剰に傾けば、その心のあり方は動物のそれと何ら変わりない。現代人は、このことをよく肝に銘じておくべきである。

第三章　人格を創るヒント

◎二十代

人波にもまれる

ドイツの文豪ゲーテは、いみじくも喝破した。人格を磨くためには人波にもまれろ、才能を磨くためには孤独になれと。つまり、人徳とは、社会に出て良いも悪いも様々な人間と出会うことによって身に付けていくものであり、体験を通して学ぶべきものであることを示唆している。また、才能を開花させるためには、一人、静かに思索にふけることができる時間を通して、深く物事を考えることが必要であると説いている。ゲーテが、「ファウスト」を始め多くの作品を後世に残すに到った背景には、ゲーテ自身が世間に出て様々な体験をして、それと同時に一人孤独の中で文学的思索に、その偉大なる叡知を傾けることを忘れなかったという事実が存在するはずである。ゲーテの作品は、けっして書斎の中で出来上がったものではないはずである。

ゲーテは、才能を磨くためには孤独になれと言っている。では、もしある人が、自分の才能を磨くために朝から晩までずっと部屋の中に閉じ籠もって物思いにふけっていれば才能が芽生えるのかと言えば、けっしてそんなことはないと私は答える。その人は、才能を芽生えさせるどころか、反対に頭が悪くなりさえするであろう。ゲーテの言う才能とは、人波にもまれた体験を通して自分が学んだ哲学、人間とは何かといった物事の根本問題について、深く思考して、自分がバラバラに理解している様々な問題についての知識を、整理して体系づけて理解するための静かで孤独な環境の中から生まれるものなのである。世間にもまれるという体験なくしては、孤独になっても何も物を考えることができないはずである。何も考えずに、一人で無駄な時間を過ごすのであるから、頭が悪くなっていくのである。このような行為は、けっして犯してはならない過ちである。

二十代は、人波にもまれることなく孤独になることは、絶対に避けなければならない。そのような愚かなことをして、人生を無駄に過ごすような時間は、二十代には一秒たりともあり得ないはずである。二十代は、積極的に表へ出て、人波にもまれる年代である。世間に出れば様々な性格の人間に出会うことができる。明朗、根暗、情熱家、冷静、実直、不真面目、多弁、無口、鈍感、神経質など多様な性格の人物が存在する。そして、人間は様々な人々から影響を受け、時には影響を与えるという相互作用の中から、人格を形成していくのであり、多くの哲学的思索のヒントを得るのである。そこで自分が学んだことを一人で、それこそ誰の助けも借りずにもっと掘り下げて理解しようとする。それが才能を伸ばす唯一の方法である。はっきり言って二十代には、世間に出て様々な体験をする合間に孤独の時間をもうける、これでよいはずである。少なくとも、まず始めに孤独になり思索にふける時間を中心にして、その合間に、ちょっと世間へ出て苦労もどきの体験をしてみるなどという殿様のような態度ではいけない。そのような傲慢な態度をとっていると、恐らく三十代で取り返しのつかない後悔をすることになると思う。いくら悔やんでも、過ぎ去った時間はもう返ってこないのである。

時間がもったいない

二十代というのは、感性を磨く年代であるとも言える。一生のうちで最も感性が鋭いのが二十代ではないだろうか。十代では、まだ人波にもまれても自分というものを保っていられるだけの精神力がない。ゆえにちょっと自分にとって気にくわないことが続くと非行に走りやすいのである。三十代では、人波にもまれても十分それに耐え得る精神力を持っているが、残念なことに感性が鈍り始めている人が多い。また人によっては、妙に世間ズレしてしまっている。二十代こそ、世間の荒波に耐える気力も、感性の鋭さも、最も充実している年代なのである。だからこそ、二十代は時間がもったいない。二十代の時にもったいないのは金ではない。時間である。一生懸命に金を溜めて、せっかく目の前に広がっている自分を成長させるための貴重な時間が、ただ過ぎ去ってゆくのを指をくわえて見過ごすよりは、適度に金を使って世間と交わり様々な体験をするべきである。二十代の鋭い感性で感じとった哲学は、必ずや自分にとってかけがえのない宝物となるはずである。また、二十代のうちに培った交友関係は、その後の人生でもずっと続き、自分の人生をきっと豊かなものにしてくれるはずである。知り合いが多い人というのは、それだけで魅力的な人なのである。二十代には、外へ出て、広く世間を知る努力をする。それをしてきた人間としてこなかった人間とでは、三十代以降で、はっきりと差がでるのである。三十代の自分が二十代を振り返った時、楽しかったことも、辛かったことも、うれしかったことも、くやしかったことも全てを含めて素直に良かったと思える人は、成功や失敗も含めて自ら積極的に動いて事を為そうとしてきた人ではないだろうか。

◎友　人

親友は何人いるか

例えば、めでたく結婚式を挙げることになったとする。愛する二人の新しい人生の門出である。大変に喜ばしいことなのだが、ここでちょっと困ったことが発生する。何かと言うと、自分の結婚式に出席してくれる友人の数である。何人いるかと考えをめぐらしてみる。学生時代の友人が三人、会社の同僚の飲み友達が二人、合計五人、あとは親戚と会社の上司が何人か来てくれるだろう。義理ではなく本当に喜んでくれるのは五人。後は、招待状を出せば友人として何人か来てくれるだろうが、はたしてどのくらい集まるのか分からない。そうなるといったい何人の友人が当日出席してくれるのだろうか。このような思いは、珍しくないのではないだろうか。ひょっとしたら、なかには結婚式に誰を呼ぼうかと考えても、すぐには誰も思い浮かばないなどという人も多いのではないだろうか。私は、案外、皆が共通に悩んでいる問題ではないかと思っている。

また人生において、いざという時に誰か自分を助けてくれる人が、友人でも先輩でもいいから、すぐに頭に思い浮かんでくるであろうか。すぐに五～六人も浮かんでくる人は、相当交友関係が広く、人から好かれている人物である。相応の人格を備えた人物であると言える。まあ二人か三人も思いあたる人がいれば、まずその人は問題ない。ところが実際に、自分を損得勘定を抜きにして本当に助けてくれる人はと、あらためて考えてみると一人も思い浮かんでこないという人も多いのではないだろうか。自分は郷里を離れ東京に新天地を求めてきたので、地元の友人や幼馴じみとは、だんだん疎遠になってきた。すでに地元を離れた友人も多い。会社では、同僚と言っても仕事上の競争相手に過ぎない。はたして、いざという時に自分を助けてくれる人がいるのかどうか思いあたる人がいない。今の世の中、このような人は非常に多いものと私は考えている。

人生ここぞという時に困り果てる人は、大抵人付き合いを避けてきた人であり、友人の少ない人である。なぜならば、人間が本当に重大な人生の大問題にぶちあたった時に必要なのは、自分が人生の中で培ってきた哲学的思考と友人だからである。私は、何も自分の悩みを打ちあけて、なぐさめてもらうために友達付き合いを大事にしろと言っているわけではない。もちろん、それも自分の気持ちをスッキリさせて整理するために大切なことではある。しかし、ちょっと何か事がある度に人生相談を持ちかけられては、さすがの友人もたまったものではないであろう。

親友はいくらでもいる

世間に出て広く人々と交流するということは、広義の意味での友達付き合いであると言える。幅の広い交流は、その人に多くの意義深い知恵を授けてくれる。たまたま偶然に電車の中で隣合わせた人の何気ない一言に勇気づけられて自分の一生の方向性を決める人もいれば、中には自殺を思い止まったという人もいるかもしれない。川で溺れている見知らぬ子供を助けようとして川に飛び込み、子供を救助した後に、自らは溺れ死んでしまったという人もいる。まったく見ず知らずの人との偶然の出会いが、自分の人生をまったく思いがけなく変えてしまうことがある。そのような人々との出会いは、簡単に言葉に出して言える友人では済まされない、魂と魂とのつながりをもたらすのである。

そのような人との出会いは、その場限りの場合が多い。ほとんどが、もう二度と会うことがない人達であろう。しかし、その人々を友人ではないなどと言えるであろうか。間違いなく親友である。一生、死ぬまで心に残り続ける魂の友である。ただ一緒に居て、遊んで、食事して、おしゃべりをするだけが友人ではない。そのような狭い視野でのみ友人という存在を捉えている人間は、一生、親友は持てないのである。

親友とは、世間にいくらでもいるものなのである。お互いの人生に多少なりとも影響を与え合った瞬間から、まさに親友なのである。

親友を見つける最善の方法は自ら積極的に動くことである。といっても何も難しいことはない。人間、そんなに難しいことは実行できないものである。自分の趣味や興味のあるサークル活動に所属してみるとどうであろう。きっとそこで知り合った人達だけでなく、その人達の知り合いともまた間接的なつながりが持てるのである。その知り合い、そのまた知り合いとたどっていけば、いわゆる交流はどこまで広がるのか想像もつかない。また、それは同時に自分の人生の幅が無限大の拡がりを持つことをも意味するのである。

特に二十代こそ、活発に行動すべき年代である。良くも悪くも、様々な人間に出会ってみるべき時である。嫌な思いをして、楽しい思いをして、その中から交友関係が培われていく。いざという時に助けを求めるべき人物が思いあたらないというのは、それだけ自分が怠惰で楽な生き方を選択してきたからに他ならない。苦労を避けてきたから、人生について深く考えたこともない。そのために、人生にとって貴重な宝物である友人を増やそうと努力することがなかった。いざ気がついてみたら連絡のとれる友人と呼べる人物が一人もいなかったということになるのである。

人生とは、その人がどれだけ多くの人間に接してきたかによって決まると言っても過言ではない。それは何も友人と接することだけが自分の人生における血肉となるということを言っているのではない。気の合う人間も、合わない人間も、立派な人間も、凡俗の人間も、どのような人物であれ、出会うことによって必ず自分の人生にとってはプラスとなるのである。たとえ嫌な人間に会ったとしても、その出会いによって何事か深く考えさせられることが必ずあるはずである。ないとすれば、それは自分の感性が足りない証拠である。嫌な人間との出会いが、自分に何か人生のヒントを与えてくれる可能性は大いにある。あまりにも使い古された言葉だが、人生に無駄な出会いなど一つもないのである。

まず何よりも先にしなければならないことは、積極的に行動することである。部屋に閉じ籠もってばかりいてはいけない。書店に本を買いに出るということでもいい。自分の人生に影響を与える人や本に出会える可能性が広がる。

友人が少ないというのは、一緒に遊ぶ人間が自分の周りにいないということではない。積極的に外へ出て多くの人と交流することを避けているということである。生涯心の奥に残り続ける親友も、一生付き合っていきたいと思う親友も、浅く広く付き合う友人も、世界のどこかで、あなたと出会う日を楽しみにしているのである。

◎スポーツの効用①

覇気のない人間はいない

スポーツマンというと格好がいい。体格ががっしりしていて、気力が充実している。力強さもある。スポーツをしている人というのは、男女を問わず皆、元気があり、物事に積極的に取り組む姿勢を備えている。人間として見習うべき一つの人生を生きる姿勢を示している。もちろん、スポーツをしていないからと言って、全ての人が軟弱で、物事に取り組むに際して常に消極的で気が弱いということはない。しかし、総じてスポーツをして体と精神を鍛えている人というのは、覇気がある。周りから見ていても、その覇気の強さが感じとれるのである。

私は、この人生を前向きにとらえて常に積極的な姿勢を失わずに生きていこうとする、この覇気、気迫の強さ、これこそがスポーツの効用であると考えている。そして、何も人間の覇気や気迫、気力といった人生を生きていく上で非常に重要な心構えは、スポーツをする人間自身が生まれながらに特別に強く身に付けているものだとは思わない。それらのものは、スポーツという自らの肉体と技を鍛え、その自ら鍛練して得た能力を存分に発揮して競技相手に立ち向かっていくという、その行為によってこそ強くすることができるものと思う。覇気というのは、競技相手に真剣勝負を挑む、また挑むまでの鍛練の過程で鍛えられていくものであると思う。このような覇気を鍛える訓練をしてきた者と、してこなかった者とでは、人生を生きる上で大きな違いがでるものと思われる。

私は、覇気や気迫というものはスポーツによって鍛えるまでもなく、全ての人間が生まれながらにして身に付けているものだと確信している。人間とは、すでにそれだけのものを持って生まれてくるのは間違いない。この世の中にまったく覇気がない人間、気迫のかけらもない人間、無気力の人間などいるわけがない。いや、そのような人間はたくさんいる。自分の周りにもいくらでもいると思う人もいるだろう。しかし、それはその人の単なる思い込みにすぎない。他人を勝手に外見だけで判断しているか、物腰の柔らかさを弱気であると勘違いしているだけである。人間は、そんなに中途半端な弱い存在ではないのである。

スポーツは覇気を鍛える

スポーツの効用というのは、人間が本来生まれながらにして持っている覇気や気迫といったものを鍛えて、より強くすることができるというものである。人間は、覇気を身に付けるのではない。鍛えるのである。スポーツマンが溢れんばかりの気迫を身に付けているのは鍛練のたまものなのである。

人間は、誰しもが生まれながらにして人生を存分に楽しんで生きていく、困難の壁にぶちあたっても、それをものともせずに微動だにしない、むしろその困難を睨みつけながら生きていくだけの気迫を身に付けているのである。しかし、その気迫を人生のどこかの段階で鍛えないと、いわゆる気迫の出し方というか表現の仕方が分からないのである。よく、普段おとなしい人が、口喧嘩などで興奮して大声を出して怒鳴り、周囲の人を驚かせたりすることがある。また、もっと極端に言うと、いじめられっ子が、いじめられている途中に突然あばれ出して、ものすごい力と勢いでいじめっ子のグループに飛びかかっていったりすることがある。これは、普段物腰が柔らかい、また声が小さくて何をしゃべっているのか分からない人、もしくは普段弱々しくて、いじめられやすい人などが、本来持っている覇気を表出した結果である。本来なら誰しもが持っているものである。ただ、それが突然発揮されるから周りが驚くのである。もっとも、最初から誰しもが相応の覇気を身に付けているのだとの当然の認識を持っていれば、別に驚くべきことではないのである。

　今、いじめを苦にした中高生、時には小学生の自殺が跡を絶たない。私は、非常に残念に思う。いや、残念に思う程度では済まされない問題である。なぜならば、いじめられっ子は本来弱いわけでも何でもないからである。常に自分の意志で表出でき、また適度に規制もできるように自らが本来持っている気迫を鍛えられていたら、けっして自殺することなどないであろうし、いじめの対象にすら、もちろんならないはずである。自分の本来持てる気迫を発揮することなく人生に自ら終止符を打つというのは、これほど悔しいことはない。

　自分は気弱だと勝手に思い込んでいる人は、まずそう思い込む前に、自らの気迫を存分に発揮できる鍛練をしてみたらどうだろうか。そうすれば、すぐに自分の誤った考えに気づかされることと思う。人間は、精神も体も鍛えれば鍛えるほど強くなるものである。人間の持つ潜在能力には何か計り知れないものがある。もっと自分の強さを信じることが重要である。強く堂々としている人間と気が弱くうつむいてばかりいる人間を隔てるものは、ほんの些細な心構えの違いにすぎないのである。

◎スポーツの効用②

対人態度を決定するもの

スポーツは、人生を生き抜く覇気を鍛えるために必要であると言った。覇気のある人間とない人間とでは、人生を生きる意味が決定的に違ってくる。社会へ出れば、様々な人間に出会う。私生活上での付き合いでも、仕事の上でも、人に会わずに生きていくことはできないのである。人生とは、いかに多くの人と出会い、その出会いから、いかに多くの人生の哲学を学ぶことができるかで決まると言っても過言ではないのである。人との出会いを避け、一人自室にこもってテレビゲームでも何でも、楽で自分の好きなことばかりをしている人生というのは、何ら学習のない人生である。学習がないというのは、学問などの単なる知識が足りないという意味ではない。人との付き合い方から始まり、はては挨拶の仕方までをも含んだ人生の知恵が、明らかに不足しているということである。そのような人は、いくら年齢を重ねても、人間として年齢に相応しい成長ができないのである。その顔には、何ら奥深さがないのである。

多くの人に出会い、様々な性格の人を見てきた。そのような人の人生には奥行きがある。人生経験とは、別に年齢に比例して増えていくものではない。その人の生き方にこそかかっているのである。年若くして立派な人間も多い。私達は、人とのふれあい、付き合いによってこそ、自分の人生を豊かにしていけるということを、もっと真剣になって認識するべきである。

さて、人とのふれあい、付き合いというのは、結局のところ人との折衝であるということができる。折衝というと大げさに聞こえるかもしれないが、社会へ出れば多くの見知らぬ人と出会うのである。いや、社会で出会う人間の八割以上は初体面の人であると言ってもよい。もちろん職種にもよるが、営業職についた場合、毎日必ず一人は初対面の人と出会うということもあり得るのである。社会での付き合いは、当然、大人と大人の付き合いである。大人には、それぞれ意地がある。自分の意志と主張をしっかりと持っている人が多い。家庭を持っている男であれば、家族の生活を支えているという自負もある。言うなれば、大人というのは、一人一人が皆、自尊心の塊なのである。間違いなく皆、プライドが高い存在である。それが大人なのである。ゆえに、大人と大人の付き合いというのは、お互いが相手の自尊心を傷つけまいとするのであり、時にはその自尊心をくすぐり合ったりすることもあれば、自尊心を掲げて対立することもある。常に自分に好意的であるわけではないし、時にはあからさまに敵意をぶつけてくる者もいる。その時、その場でいちいち心が動揺していたら、公的な人間関係は成り立たないのである。

相方が友好と敵対が相半ばする厳しい関係を続けていくためには、相手に対して、たとえその人がどのような人物であろうとも、けっして気後れしてはならない。私生活の上でもそうだが、仕事の上ではなおさらである。気後れしないためには、自分の気を強く前面に押し出して相手に対峙しなければならない。相手と対峙している間は、その人物と自分は対等の関係であるという気概を持たなければならない。それだけの精神力を身に付けなければならないのである。それこそが社会的な人間関係の基本であるとも言える。

気迫が人生を左右する

しかし、これだけの気迫を身に付けるというのは、言うは易く行うは難しである。一朝一夕に何とかなるものではない。それを鍛えるのがスポーツなのである。スポーツ競技を通した真剣勝負、対戦相手に気迫でぶつかっていく精神力、そのような実戦という体験を通して体に染み込ませた気迫は、社会における人間関係の基本となる姿勢である。そのような姿勢を身に付けていれば、ことさら難しく考えなくても、人間関係に悩むことはない。しかし、この基本ができていなければ、いくら人生論を読もうが、人間関係についての本を読もうが無駄である。私達は、人生のどの時点から始めても遅くはない。スポーツを通して、ここぞという時に気迫を押し出すことができる鍛練をしておく必要がある。

そのような訓練をせずに、いつまでも自分の持てる気迫を胸の奥底にしまいこんだままでいる人は、人生ここぞという勝負の時に失敗する可能性がある。人生には、そう多くはないが、必ずここは絶対に引いてはならない、勝負しなければならないという岐路に立つ時がやってくる。その時に勝負をするのか、それとも自分で適当な理由をつけて逃げるのかで、その後の人生がまったく変わってしまうということがある。もちろん、一生のうちに数える程度であろう。しかし、人生の勝負どころというのは、間違いなく巡ってくるのである。人生の岐路においてこそ、その人間の気迫が試される時である。人生は小さな選択のミスで失敗しても、たいした痛手は受けない。いくらでもやり直しがきく。しかし、その後の人生を左右するような試練の時で失敗すると、非常にやり直しが困難である。絶望的にすら見える時もある。試練を乗り越えようとする気迫があるかないかで、人生はマイナスにも転じるし、プラスにも動くのである。

もっとも、試練の時に、一度くらいは失敗してみるのもいいのかもしれない。人生には、そのくらいの余裕と懐の深さが十分にある。その失敗による大変な苦労をみごとに乗り越えられた時、その人は、その後の人生において絶対に試練から逃げない、それを絶対に乗り越えようとする力強い気迫を身に付けるに到るであろう。それは、大変な財産となる。

私達は、生きている以上、必ず戦わざるを得ない状況に幾度となく遭遇する。その時、常に立ち向かう姿勢をとるか、常に逃げ回って人生を終わるかはその人の心の持ち方次第である。しかし、繰り返すが、人間とは元々困難に立ち向かおうとする気迫を誰しもが心に宿して生まれてくるのである。それは、動物としての闘争本能か、生存本能の類のものかもしれない。気迫というのは、すでに脳の中に組み込まれている本能なのである。残念なことに人間というのは、文明の発達によりほとんど生命の危機に直面することがないという、穏やかで恵まれた環境で生活しているうちに、いつしか本能的に持っている気迫を忘れてしまったのである。その気迫を多少なりとも思い出させてくれるのがスポーツであるとも言える。本能を、わざわざ思い出さなければならないというのは少し情けない気もするが、現代の文明社会においては仕方のないことであるのかもしれない。

私達は、どんなに困難な状況に陥ろうとも、けっして絶望する必要はないのである。その困難を乗り越えるだけの気迫を持っているのだから。自分のことを弱いと思い込んでいる人間は大勢いるが、本当に弱い人間など一人もいないのである。

◎気の弱さ①

人間を突き動かすのは本能

私は常々思う。世の中、何と思い込みの激しい人が多いのだろうと。自分は優れている、立派な人間だ、ハンサムだ、美人だなどという、うぬぼれだったらまだましである。そうではなくて、自分は気が弱い、引っ込み思案だと思い込んでいる人間である。こういう人達は、自分は気が弱いために人生損をしていると言う。それは確かにそうであろう。気が弱く、毎日オドオドしながら暮らしていくというのはとても辛いことである。しかし、それは結局のところ、自分の勝手な勘違いのために人生損をしているのであるから困りものである。

私は、前述のスポーツの効用において、人間には、元々生存本能と闘争本能が備わっていると述べた。人間は、いざとなったら生きていくために何でもする。必死に働いて人生を生き抜こうとする。時には他人を陥れてでも、自分が生き抜こうとする。生存本能と闘争本能が一緒になって、こんなところで諦めてたまるか、こんなところで終わってたまるか、という強い意志を引き出し、立派な仕事を為し遂げる人物もいる。人間というのは、結局のところ野生動物の一種族にしかすぎないのである。動物の本能というレベルでは、まったく一緒である。人間の本能は、けっして野生動物のレベルから進化してはいないのである。人間が進化させたのは、あくまで、いわゆる高等動物になるほどよく発達していると言われている大脳新皮質の部分なのである。この脳の部分は、文明を発達させるには不可欠なものである。人間の創造活動は、この脳領域によって為されるものなのである。

しかし、高度な文明を発達させることができる人間も、生きていくという基本的な行動をまっとうするためには、野生動物と同じことをせざるを得ない。他の動物を殺し、その肉を食べる。それを非常においしいと感じる。時には、一人の女性をめぐって男同士で喧嘩をしたりする。そんな状況を表面上は悲しげに振る舞いながらも、内心ではうれしく思ったりするのも女性の本能の特徴である。これは、野生動物のオスがメスを取り合って戦うのと何ら変わらず、メスはその戦いを止めることなく、それがさも当たり前であるかのように観戦して、勝負の行方を見守っている。本能的に、種を発展させていくのに最良のオスを選別する方法を知っているかのようである。女性の方は反発されるかもしれないが、この本能は、女性がそのまま野生の時代より引き継いでいるものではないだろうか。男も女も生への執念や種を発展させようという欲求は大変に強いものなのである。そして、それがそのまま人間という動物のしぶとさ、図太さ、自分の欲求を何よりも優先させようという自己中心性につながっているのである。人間というのは、一皮むいてしまえば気が弱いなどという部分は、どこをどう探しても見あたらないのである。それだけの図々しさを兼ね備えているのが人間という動物の逞しさなのである。

気の弱さは理性の産物

もし、自分自身を気が弱いと感じているのならば、それは、その人の理性が創り上げた概念である。その人の人間として発達した脳が創造したものなのである。人間は、本来は気の弱い人などいるはずがないのである。気が弱いというのは、他人の心を傷つけまいとする、優しい気持ちから生まれるものである。こんなことを言っては、あの人は傷つくのではないだろうか、こんなことをしたら、あの人はきっと困るだろうなどというように、他人のことを心配しすぎるのである。実際、人間の心などというものは、ちょっとやそっとのことではビクともしないようにできているのである。だから、気が弱い人の心配などというものは、単なる杞憂にすぎないのである。しかし、その杞憂のために、気の弱い人の言動というのは周囲の人から見ると、態度がはっきりせずに煮え切らないものと受け留められてしまうのである。本人にしてみれば心外であろう。自分は、他人の心配をして気配りをしているつもりなのに、周囲の人は自分のことを優しいとは考えずに、言動のはっきりしない優柔不断な人と見るのである。

気の弱い人というのは、間違いなくその心は優しさに満ち溢れている。そして人と接する際には、相手のことを考えて相手の心を傷つけまいとするあまり、話し方や態度に過剰な気を遣ってしまい、そのためにこそ、時には相手に不信感をさえ与えてしまうのである。言葉が足りなかったり、よそよそしい態度をとってしまったりと。気が弱い人というのは、常に気苦労が耐えないものである。

しかし、その相手を思う強い気持ちというのは、その人の理性である。人間は、本来利己主義的存在であると述べた。それにもかかわらず、相手の立場を考えてあげられるという心は、人間が歴史を経験しながら苦闘の末に築き上げてきた利他主義の崇高な精神を、気の弱いとされている人はすでに身に付けているということである。これはすばらしいことである。人間として一歩先んじた立場に立っている存在であることは、歴史が証明している。誇りに思ってよい精神である。

しかし、そのすばらしい精神も、周囲の人に理解してもらえなければ宝の持ちぐされになってしまう。理解されないどころか、逆に不信感を持たれてしまっては元も子もない。重要なのは、周りの人にその優しさという立派な精神を理解してもらうことである。けっして、その優しさを捨ててしまうことではないのである。せっかく優しい心を持ちながら、その優しさを胸の奥に閉ざしたまま、人から誤解されて生きていくというのは大変に辛いことである。人間は、本来の自分の姿のまま嘘偽りなく生きてこそ幸せなのである。私は後述において、気が弱いと勝手に思い込んでいる人がその内に秘める優しさを存分に相手に伝えて堂々とした人生が送れるようになるためにはどうすればよいのか、考えてみたいと思う。

◎気の弱さ②

気の弱さと優しさは別

他人に気を遣いすぎるための気苦労。人を傷つけまいとする気遣い。それを通常、優しさと呼ぶ。優しいということは優れているということでもある。優しさとは、ただそれだけですばらしい心なのである。しかし、他人のことを思うあまり、相手を多少なりとも傷つけてしまうことを心配して自分の言動を萎縮させてしまっては、せっかくの優しさが台無しである。優しさが相手に伝わっていないのだから。物事は、全てまず人に理解してもらう努力から始まるのである。独りよがりの精神は、その精神がいかに立派であろうとも意味を為さないのである。

さて、よく優しい人は気が弱いと言われている。しかし、これは大きな間違いである。優しさと気の弱さとは、まったく関係がないのである。相手に対する物腰の柔らかさは、弱さではない。相手を傷つけまいとするあまりに、自分の言動を萎縮させてしまう、オドオドしてしまう、そのような態度こそが気の弱さの表れなのである。そして、優しさとは時にそれを過剰に意識しすぎると、相手への対応の仕方がぎこちなくなってしまうことがある。どういう言動をとれば相手を傷つけずに済むかが分からなくなってしまう時がある。そのような時に、周囲の人はそのぎこちない言動から判断して、その人を気が弱い、態度のはっきりしない人とみなすのである。

実を言うと、気が弱いと言われる人の言動が萎縮してしまう時というのは、その人の気が文字通り弱くなっている時なのである。気が弱いというのは、気を前面に押し出す力が弱いということに他ならないのである。せっかく、その人が優しさに満ちた心を持ち、その優しさを相手に示そうとしても、その人の発する気が弱いものであればけっしてその人の優しさは相手には伝わらないのである。その人が、優しさを自分の気に乗せて相手に伝えようとしなければ、けっしてその人の優しさが相手に理解されることはないのである。

これは、優しさだけに限らない。自分の考え、思っていることなど相手に伝えたいと思う全ての事柄は、その人が発する気に乗って相手に伝わっていくのである。萎縮した言動から発せられる気は相手の心に届くだけの力強さがない。気を自分の意志を伝えたいと思っている相手に発することによって、その気を伝わって自分の意志が相手に届くのである。自分の持つ気の力を無視しては、意志は何一つ相手に伝わらないのである。気力、気迫、覇気、強気、根気、元気、英気、血気、気概、気品、活気など、人間の精神や言動を司る言葉には全て気が伴うのである。気の伴わない行為は、その言葉と同様、全く意味を為さないものとなるのである。結局のところ、気が弱い人というのは、その人の全ての精神活動や言動が弱いということなのである。優しさも人間の精神活動の一つである。気が弱い人というのは、優しさという精神活動も当然に弱いということなのである。優しさと気の弱さというのは、全く別の次元の事柄である。優しさとは精神活動であり、気の強弱というのは、自分の精神活動や言動をいかに相手に理解してもらえるか、どれだけ自分の存在を相手にアピールすることができるのかを測るものとでも呼ぶべきものなのである。優しさと気の弱さは、けっして混同してはならないものなのである。

気の正体

では、気とはいったい何であろうか。気を高めると言ってもあまりに抽象的な表現ではっきりしない。科学で解明されていない超常的な意味での気について考えることも重要であるが、私は気というものを、もっと実際的に考えてみたい。

気というのは、言うなれば相方が醸し出す間の雰囲気ではないだろうか。場の空気と言ってもいいかもしれない。この空気は、その場に居合わせた者達の心のあり方や性格、態度によって形成されるものである。一人一人が持つ雰囲気が、お互いの心理に影響を与え合い、その総体として間の雰囲気が、その場の主役の座を占めてしまう。そして、気の弱い者とはその場の雰囲気にすぐに呑まれてしまう者を指すのである。この場の雰囲気は、複数人より成る場合もあれば自分と相手の二者間により成立することもある。

このような考察からも、気の弱さと優しさとは同一の範疇で論じられるべき性質のものではないことが分かると思う。優しさを発揮するためには、間の雰囲気を主体的に先導し気を配り、相手の心に安心感と満足感、また幸福感をも与えなければならない。場の空気に威圧されていては、人に優しく接することなど不可能なのである。

気の弱い者は、間の雰囲気にやすらぎと甘えや依存を無意識の内に求めているものと思われる。そのために少しでも自分を緊張させるような雰囲気や、自分の心を多少なりとも傷つける恐れのある人間との出会いを極端に意識してしまう。気の弱い者が苦手に思い恐れているのは、自分が接する相手ではない。相方が作り出す間なのである。間という実体のない幻影に怯えているに過ぎないのである。結局のところ、恐怖を抱く相手が単なる幻影であれば、気の弱さというのもまた意味のない幻に過ぎない。気の弱さを克服する第一歩は、まず無意味な幻影に怯える自分をしっかりと見つめ直すことである。

スポーツは、この幻影を取り払う最良の手段となり得る。対戦相手との真剣勝負は、まさに間の主導権の奪い合いである。白熱した戦いの間に、気の弱さなど吹き飛んでしまうはずである。

気の弱さは生まれついてのものではない。生育過程のどこかの時点で、間に対する甘えと依存の心理を持ってしまったのである。しかし、それは恥ずべきことでも何でもない。気の弱さの正体をはっきりと理解した人間は、すでに気の弱さを克服した人間なのである。

気とは動的なものである。相方が居合わせる間の雰囲気は絶対不変の固定化したものではない。相対する相手の身体的状態、心理状態によっても変化するものであり、極端に言えば、その日の天候などの気象条件によっても微妙に変わる。同一の人物でも、何もかも失敗続きで暗く沈んでいる状態と、幸運が続き人生が順風満帆に運んでいる時とでは醸し出す雰囲気はかなり違ったものになるはずである。気の弱さを、優しさや性格などと簡単に結びつけて考えるのは、あまりにも短絡的である。

強気、弱気という自ら作り上げる自分の雰囲気は様々な要素により影響を受けている。大人しくて活動的ではないから気が弱いなどという問題ではない。言うなれば、人生に対する真摯な心構えや真面目な態度、強い意志などが気の強弱を決めるのではないだろうか。

◎自　我

乳幼児期は両親が世界

赤ちゃんは、生まれてすぐにオギャーという産声をあげる。それが生まれて始めて持つ周囲の環境とのかかわり合いである。赤ちゃんは、始めの頃はよく目が見えない。そのため、赤ちゃんが自分を取り巻く環境を視覚的にとらえるのは困難である。聴覚、嗅覚、触覚などを通して感覚というものを最大限に使い、周囲の環境と接触をはかろうとする。視覚が、まだ不十分である赤ちゃんこそ、最も感覚が鋭敏であり、それゆえに最も周囲の環境の影響を受けやすい存在であるとも言える。十分に視覚が発達した後でも、それは変わることがないであろう。

赤ちゃんは、最も無力な存在である。無力な存在が生きていくためには誰かに頼るしかない。乳児は、まず両親に頼りながら生きていくことになるのである。それ以外に生きていく術を乳児は知らない。自分に何か不都合なことや困ったことがあれば両親に訴える。そして、その解決を両親に委ねる。自分で物事を判断するなどということはできないのだから当然である。両親は、もちろん我が子が困っていれば、自分の今までの人生体験で培ってきた考えを基に子供を助けようとする。子供の生活は、毎日がそのような依存と、問題を解決する際に両親が無言のうちに教授する人生哲学や物の考え方といったものを学びとるということによって過ぎ去っていくのである。乳幼児にとっての社会というのは、両親が協力して創り上げる家庭環境を指すのである。幼児は、やがて徐々に両親が作り上げた家庭という限定された環境を飛び出して、同世代の子供との遊びや両親以外の大人との接触を通して、もっと広い社会環境で生きていくための基本概念を学ぶのである。言うなれば、広く人と交際するための人生哲学を学ぶのである。そして両親は、無言のうちに我が子に社会で生きていくための姿勢を、自らの行動をもって教えるのである。子供は、特に幼児の頃は言葉でもって人生哲学を教えても理解できるわけがないのである。

幼児は両親の人生態度を学ぶ

さて、ここで最も恐しいのは、子供は無意識のうちに両親の物の考え方や生きる姿勢を自らの心の奥深くに取り込んでしまうということである。いくら言葉で言ってきかせても、子供には通じないのである。子供は、両親の言葉ではなく、実際の行動や態度に最大限の注意を傾け、自らの内に取り入れる。男の子であったら父親、女の子であったら母親を同性の手本として見るのである。両親は絶えず見られており、子供は絶えず抵抗できないまま、両親の生き方を取り入れてしまうのである。両親が人と争うことが嫌いであり、勝負事を避けようとする態度であれば、子供もそのような態度の人間に育つ。人と争ってばかりの両親からは、またそのように人と争うことを良しとする子供が育つ。陰気で人付き合いを避けてばかりいるような両親からは、人付き合いの苦手な子供が育つ。特に長男や長女、一人っ子などが強くその影響を受けやすいように思われる。子供は、少年少女時代を通じて、かなりの程度まで両親のコピー人形として、子供自身それを意識しないままに育っていくのである。人間は、子供時代に自我を確立することができない。それゆえに両親の自我とでも呼ぶべきものに、その子供本来が持つ気質といったものを少し付け加えて自分自身の自我とするのである。

両親から授かった自我は、高校生ぐらいまではそんなに大きな支障もなく保っていくことができる。まだあまり社会とのかかわり合いが大きくなく、両親の庇護の下で生活しているからである。保護された環境下では、そんなに強く自分というものを意識することはない。もっとも、両親を手本とした自我ではなく、自分自身が生得的に有する気質と他人とのかかわり合いの中から培った、自我を自覚し始めるのは高校時代であると言ってよいであろう。両親から影響を受け確立した自我と、自分が成長していく過程で培ってきた自我との不釣合に悩み始めるのは、大抵の人にとってはまさに高校時代なのである。

二十代は苦闘の年代

社会に出ると、その自我の不具合は徐々に大きくなってくる。社会に出れば自分の行動に伴う責任が大きくなってくる。また、人付き合いも、学生時代とは比べものにならない程、多く複雑にもなってくる。すでに両親の庇護もないのである。自立しなければならない。それゆえに、自分という存在を強く意識せざるを得ないのである。自分が、それまでの人生体験を通して得てきたものを集大成させて、自分の自我の確立に苦闘するのである。人生論を読もうとするのも、自我の確立のための苦闘の表れとみてよいであろう。二十代とは、男性女性を問わず、自分の自我を確立する闘いの年代ということが言えるであろう。

しかし、全ての人が自我確立の過程において苦闘するわけではない。なかには、そんなに苦労せずに二十代を過ごす者もいる。それは、両親から教授されて確立した自我が社会生活を送る上でそんなに障害とはならないか、それどころか社会を生き抜くのに大きな力を発揮する場合である。そのような自我を持っている人は、両親の自我を手本としてさらに発展させて自分の自我を確立すればよいのである。そのような人も、世の中には少なくないのではないだろうか。私は、それはすばらしいことだと思う。そのような人は、両親から受け継いだ自我を、さらに自分が理想とする方向へ修正改良して、それを自分の子供に両親から教わったように行動でもって教えていけばよいのである。

自我とは、一言で言えば自分はどう生きるべきか、どう生きればよりよい人生が送れるのだろうかという問いへの目覚めとでも言うのだろうか。つまり、まず始めに自我に目覚める。そして、その自我の目覚めに導かれて人生について悩み始め、その中から少しずつ人生哲学を学んでいくと言えると思う。子供時代の自我とは、言うなれば両親の人生哲学のことである。子供時代には、人生はどう生きるべきかなどという問いは思いつこうはずがない。しかし、それでも当然ながら子供は生きていかなければならない。それゆえに両親は、子供に自分の人生哲学を教えなければならない。両親は子供にほとんど無意識のうちに、自らの人生哲学を授ける。子供は、両親の人生を生きる姿勢から、自分自身の人生を生きる姿勢を自ずと身に付ける。子供は、自分はどのように生きるべきかという自我の目覚めを経験することなく、自らの生きる姿勢を確立していく。そして、それはその子供の性格を決定する重大な要因となるのである。性格には遺伝的な要因よりも、環境による影響が大きいことは確かである。

両親が子供に教える自我は千差万別である。自我の目覚めに対する回答は、極端に言えば一人一人違う。そして、自我の目覚めにより両親が学ぶに到った千差万別の人生哲学は、ほぼそのまま形を変えずに子供に引き継がれていく。やがて子供は、青年期に入り自分自身で人生とは何か、人はどう生きるべきかという命題に目覚めた時に、両親から教わった人生哲学と自分自身が見い出した人生哲学との間のギャップに苦しむのである。その苦しみは、二十代の半ば頃まで続くかと思われる。二十代の後半になると、少しずつ自分が本来有する気質に合った自我を確立させていくことができる。私は、物事の向き不向きを決定する素質や才能はある程度、遺伝的な要因が大きいと考えている。しかし、各々の人間が持つ性格というのはあまり遺伝的な要因は大きくないものと考えている。本来であれば、性格とはその人間の気質が基となり形成されるべきものである。しかし、複雑な人間社会では、性格を形成するのに、その人の気質よりも環境の影響が大きな威力を発揮してしまうのである。別の視点から見れば、青年期における自我の目覚めに対する悩みというのは、本来自分自身が有する気質にそぐわない自我を確立している自分に対する反抗の表れなのかもしれない。いずれにせよ人間は、自我の目覚めによる大きな悩みを経て後、本当に自分に自信を持って生きていけるようになるのである。それは、どんなに早くとも二十代後半ではなかろうかと思う。

両親とその子供は、別の人格を持った人間である。生い育つ環境も時代も当然異なる。ゆえに、子供が将来において目覚める自我は両親のそれとは異なるものである。そのギャップが大きければ大きい程、子供は青年期において深く悩む。その悩みこそが、青年期の特徴であるとも言えるであろう。そして、それこそが生きていく上での最大の障害の一つでもある。しかし、人間はいつの時代でも誰しもが、そのような悩みを抱えながら青年期を過ごす。もちろん、悩みの度合いの大小は人によって異なる。それでも青年期において悩むという事実においては皆同じなのである。私達は、自分自身の自我に目覚めた時の悩みが、どんなに大きなものでもそれを乗り越えなければならない。その人の心を支える偽りの自我は、人生の大きな試練と真正面からぶつかり合えば、耐えきれずに崩壊してしまう。後には、何も持たない裸の自分が残されるだけである。地の底へ引きずり込まれそうな無力感に噴まれ、圧倒的な絶望感に押し潰されそうになる。そして、始めて人は自分の内奥を見つめる。心を静かにして、世間一般の価値観と距離を置き自分はどう判断するのか、自分はどう思うのかを徹底的に追求していく。そこまで苦しみ、自分の心を深く掘り下げて、やっと一人立ちができるのである。二十代のほとんどは、この苦悩の繰り返しの内に過ぎてゆく。自我の確立は、二十代最大の難関である。

◎思いの力

まず自らに問う

人生がうまくいかないのは、自ら進んで過った道を選択しているからである。苦しみばかりの人生は、まさに苦しむべくして苦しんでいるのである。自分にとって正しい道を選ぶ術を知らない者は、人生をつまらなく、苦しみや悩み、そしてあきらめの多いものとする。そのような人生を送りたくない者は、正しい道を選ぶ術を身に付けなければならない。それによって、始めてその人の人生は、本来歩き出すべき道を進んでいくことができるのである。

人は、誰しも皆、生きる意味を持って生まれてくる。まったく無意味にこの世に生を受ける人間など一人もいない。しかし、非常に残念なことには、この世の中に自分が生きる意味を多少なりとも理解している者は、本当にごく僅かである。ゆえに、ほとんどの人間は自分が生きている意味など考えることなく毎日を過ごしている。過ぎゆく人生に物足りなさを感じながらである。誰しもが、自分の人生に現実的な納得を無理矢理与えて、迷い悩みながら生きているのである。

自らが生きる意味を心の内で感じ取り、実際に社会において有意義な形で実行している者は、毎日が充実した人生を送る。自分が真に為すべきことをしているのであるから当然である。人生に満足しているので、無理に自分を納得させて現実の厳しさという理由に必要以上に縛られることはないのである。本来、人生とは人間に充実感を与えるものであると思う。はっきりとした意味、言うなれば目的を持って生まれてくるのだから、人生とはその目的を達成するための重要な場である。その非常に意義深い場に臨んで、なぜ充実感を感じずにいられることができるのか。誰しもが血気に逸るくらいの気持ちで人生に臨んでしかるべきである。

それにもかかわらず、人生を充実して過ごせないのは、自分の生きる意味を見い出せていないからである。また、そのために大抵の者は、自分が本来歩むべき道を歩んでいない。それゆえに苦しむ。人は、まず素直に内なる自分の声に耳を傾けるべきである。無心になって感じ取る。けっして難しく考えてはいけない。競争、嫉妬、見栄、強欲などの感情は自分の目を曇らせ誤った判断をさせるものである。全ての人には、その人に固有の興味と素質が備わっている。絶対にそれを無視して、心の片隅にしまいこんだままにしておいてはいけない。自分が素直に感じる興味と素質は、まさにその人が行くべき道を進む手段なのである。

見えざる手に導かれる

一旦、自らの進むべき道を悟り、その道を進むための努力を始めた途端に、人生は自分が進むべき道を行くのに有利に進展するようになる。それは、まるで神の見えざる手が大きく力を貸してくれているようである。見えざる手に導かれて人生が進んでいるようである。自分を取り巻く環境が、自分が為すべきことをするのに有利な状況を提供してくれる。それは、真に不思議な現象である。

しかし、はっきりとは説明できないが、人間が自らの生きる意味に気がつき、自分の為すべきことをしようとすると、何か見えざる手が自分に力を与えてくれるのは確かなのである。もしかしたら、人間の持つ強い思いの力が、見えざる手を引き出し運命を切り拓く強い力を得るに到るのかもしれない。人間の思いとは、それほど強いものなのかもしれないのである。

自分の心の内に耳を傾けることなく、自分が生きる意味にまったく気づこうとはしない者には、見えざる手はけっして力を貸してはくれない。むやみやたらに金がほしい、名声を得たい、社会的に高い地位につきたいと、いくら強く願ったところで、そんなものは実現しない。仮に実現させることができたとしても、それはその人の生きる意味にとっては何も用を為さないことが多い。我欲は、その人の生きる意味を見つめる真摯な目を眩ませるものである。確かになかには、運命的に富や名声、社会的地位に恵まれるべき人もいることは否定できない。しかし、それはその人の人生にとって、それらのものを得ることが何らかの意味を持つからこそなのである。それらのものに恵まれた人生を送ることが、その人達に人生の意義を悟る上で重要な働きをするように運命づけられているのである。世の中に偶然はあり得ない。全ての事象は必然なのである。

我欲は二の次

さて、人間の強い思いが届くのはその心が我欲にとらわれていない時である。その人の思いが実現すれば、社会に貢献する、また人々の人間性の向上に大きく貢献すると認められた時、見えざる手はその人の人生に大きな力を与えてくれる。その人の素質や才能が発揮される分野における活動を通して、人々が幸福になれるように力を貸してくれる。自分が信じた道を行く者には、必ず相応の結果が用意されている。人生とは、そのようにできているのである。

人生を充実した実り多いものにするための第一歩は、素直に内なる自分を見つめること、我欲にとらわれないこと、そして思いを実現することを強く念じることである。その反対に、人生を必ず失敗するための条件は、内なる自分の声に耳を傾けることなく、自分の素質を全く無視する、そして我欲にとらわれる、さらにはすぐに物事をあきらめてしまい何事をも為そうとせずに、楽に流され毎日を無為に過ごすことである。このような者は、人生のどこかの段階で、必ず、若く才気にあふれていた時期に何事か為すべきであった、人生における大切な何かを為すことを忘れたという思いに強くとらわれ、後悔をすることになるのである。しかし、後悔するのは早過ぎる。人間は、いくつになっても物事を始めるのに遅過ぎるということはない。興味があり、自分の素質が活かせると思う事柄に真剣に取り組むことである。それで生計が立てられないということでも、自分が寝食を忘れるほどに熱中できる趣味として続けていけるはずである。強い思いを込めて取り組み続けてきたものには、必ず結果が伴う。自分が信じたものが、たとえ些細なものでも社会の発展に寄与する、人々の心を豊かにする働きを為すことが明白になった時、それまでちぐはぐであった偶然の歯車が突然かみ合う。そして偶然は必然となり、歯車はゆっくりと、しかし着実に回り始める。

偶然を必然に替えるのは、強い思いの力である。あきらめなければ必ず成果はでる。思いこそが運命を切り拓くのである。

◎男の才能

男は創造の天才

子供を見ていると、その自由闊達で鋭い感性に驚かされることがよくある。子供は、様々な遊びを考案する天才である。広い場所ではもちろん、たとえ狭い路地裏のような場所であっても、その場所にふさわしい遊びをいつの間にか考え出して楽しげに遊んでいるのである。遊ぶ人数が多ければ多いなりに、二、三人しかいないような時でも、その人数で遊ぶのに最も適した遊びをすぐに考え出してしまう。大人にはとても真似のできない才能である。大人は、すぐに世間一般の常識にとらわれてしまい新しい楽しみ方を考え出そうとは夢にも思わないし、それだけの発想の転換をする才能も衰えている人が多い。大人の方が、子供よりもよっぽど発想が貧困である。仮に大人と子供に木の棒を渡してみるとする。大抵の大人は、そんなものには価値を見い出さない。すぐに捨ててしまうであろう。ところが、多くの子供はそうではない。子供にとっては、たとえ何のへんてつもない棒きれ一本でも、その自由で豊かな想像力を広げるための大切な道具となり得るのである。子供は、その木の棒を剣にみたててチャンバラをするかもしれない。また、折ったり、ひもで縛ったりして鉄砲を作って友人とお互いに撃ち合ったりして遊ぶかもしれない。大人がくだらないと言って捨てる棒きれも、その使い方を考えればいくらでもアイデアが浮かんでくるはずである。それができないのは、育つ過程において、どこかの時点で想像力を自ら捨ててしまい大人になったからである。

このような自由な発想、豊かな独創性は女の子よりも男の子の方に多く認められるように思われる。男の子は、自由気ままに行動する。それが時には、イタズラになることもあるし、危険な場所に知らずに入っていってしまうことにもなりかねない。私は、このような男の子に典型的に認められる豊かな独創性は、そのまま男の性質につながるものであると考えている。個人差はあっても、男の子と女の子では遊びの内容も興味の対象も、行動の仕方も異なっている。男女差は、すでに子供の時分においてはっきりと表れているのである。

男の子は、単なる棒きれの工夫から砂遊びまで、遊びを通して何かを創り出そうとしている。物に手を加えて加工するようなことのない遊びでも、例えば単純な石投げのような行為でも、適当に標的を設定して、どの標的に当てれば何点、あの標的に当てれば何点というように点数を取り決めておいて競い合ったりするような遊びを創造する。ただ石を投げるという行為すら、考えようによっては遊びにまで発展させることができるのである。砂遊びでもそうである。そこには単なる砂があるだけである。ところが男の子は、その砂に水を染み込ませたり、時には水を流し込んだりして山やダムのようなもの、はては木ぎれや石を利用してお城のようなものまでを作ったりする。男の子は、創造の天才だといってもよいのである。

男の才能が生んだ科学

現代の生活を支える建築物、乗り物、電化製品、様々な生活必需品に到るまで全ての物は人間の創造力が生み出したものである。現代の鉄筋コンクリートによる頑強な建物も、近代以前の豪壮で華麗な城郭も、全ては人間の創造力によるものなのである。そして、このような創造性を発揮して時代を動かしてきたのは、男の性質によるところが大きいのである。子供時代の遊びを通した創造行為は、大人になるに及び人間の生活空間を取り巻く様々な物質を創り出すに到ったのである。男の性質は、無から有を創り出すものである。創り出す前に、まず自分が創り出したいものを強く念ずる。やがて男は、いつの間にか、その強い思いを実現してしまうのである。遠く何万kmも離れた場所からでもお互いに意志疎通ができる通信手段、また、そのような遠距離から音声だけではなく、映像までも伝えてしまうテレビという道具。絶対に不可能であると思えてしまうことをも可能にする創造力。まさに男の才能が現代文明を支えているのである。多分、男の才能をもってすれば、この世に創り出せない物質など無いのかもしれない。そのうちにタイムマシンですら創り上げてしまうのかもしれない。

よくＳＦ映画では、宇宙船や宇宙基地、光線銃、反重力装置などが登場するが、多分それらのものはいずれ実現するのであろう。なぜならば、男が想像しているものだからである。男が強く想像したものは、創造へとつながるからである。男が思い描いた夢はかならず実現する。男が本来持つ才能がそうさせるのである。空想から科学へというキャッチフレーズをどこかで見かけたことがあるが、男の空想こそが、まさに科学なのである。

現代は、物質文明であると言われているが、なぜそう言われるのかと言うと、それは男の性質が創り出した文明だからである。そのために、様々な弊害もでている。人間の心よりも物質を重んずる風潮が存在している。男の性質が強く出すぎているのかもしれない。物質を創造するのが男の才能ならば、人間の心を育てるのは女の才能である。どちらが欠けても世の中がおかしくなる。

物質文明が、環境破壊を引き起こし、人間の心の中を何でも物で満たそうとする風潮を生み出した。核爆弾という瞬時にして何百万人もの人間を消し去る殺戮兵器をも生み出した。科学の進歩を追及するあまり、人間の遺伝子にまで手を加え始めた。現代人の悩みの根本原因は、男と女の才能がうまくかみ合っていないことなのかもしれない。現代ほど、男も女もお互いにより分かり合いたいと強く思っている時代はないのである。

◎女の才能

女性は範を求める

小さな女の子が描く絵と男の子が描く絵を比べると、大抵、女の子の絵の方が上手である。男の子の描いた絵は、まるでピカソの絵のようである。人間を描いたつもりでも、ほとんど人間に見えなかったり、動物や風景なども、ほとんど描きなぐりのように見える絵もある。しかし、女の子の描いたものは、だいたい、きちんとしてまとまっているのである。人間を描写すれば人間に、動物を描けば、その描いた動物はだいたい誰が見ても理解できるものである。ただし、幼い女の子が描く絵には一つの明確な特徴がある。それは、だいたいどの子の描いた絵も絵柄が似かよっているということである。また、その絵柄は、どうにも少女コミックに見られる絵柄に似ているのである。これは、誰しもが認める事実であると私は考えている。

女性は、小さい時分から何かを模範として自分自身の考え方や行動を形作っていこうとする傾向があるように思われる。小さな女の子が描く絵が少女コミックのそれに似ているのも、女性のそのような特質の表れであり、また、おままごと遊びというのは、小さな女の子が自分の生き方の模範として母親を見ている証拠であり、母親の行動から自分自身の為すべき行為を学習しようとする表れであると考えられる。女性は、まるで子供の時からすでに、人間としてという以上に女性としてどう生きるべきかという問いに対する解答を学びとろうとしているようにさえ見える。それが、女性の本能的とも言える才能ではないだろうか。自分の生き方と同時に女性としての生き方を身に付けようとしている。それは、将来、子供を育てるために必要な、いや人間を育てるために必要な素質を持った存在になるための生き方を身に付けようとしているのではないだろうか。

小さな女の子にとっては、母親こそ、まさに人間を育てるという行為を現実に行っている生きた手本なのである。幼少の女の子が母親の言うことを、案外素直に聞くというのはもっともな話である。幼少の男の子よりも、女の子の方が静かで素直に母親の言うことをよく聞くので、子供を生むとしたら絶対に女の子の方がいいという母親も多いと聞く。幼少の女の子が、比較的静かで素直で、立ち居振る舞いも丁寧なのは女性の本能のゆえではないだろうか。それらの素質は、女性が幼少の時より本能的に学んで身に付けたものである。女性は、子を生み育てるという大変な行為をするところに、その本能の全てが集約されているような気さえする。子を生む性の本能として、自分の体をいたわったり大事にしようとする。子供を育てるために、自分自身が早く子育てを上手に行えるように自分の行動の様式や生き方を示してくれる人物を本能的に手本として見習おうとする。男の子よりも女の子の方が、しっかりしているという人も多いが、うなずける話である。夫が多少だらしなくても家庭は崩壊しないが、妻がだらしないと家庭はすぐに崩壊すると言われている。男は、経済的に、つまり物質的に家族を支える存在であるが、女性は精神的に家族を支えているのである。人間は、多少物質的に貧しくても生きていけるが、精神的に堕落したらおしまいなのである。

科学技術の行く末を見守る

現代は、科学技術の発達したすばらしい時代である。男の才能は、急速に科学を進歩させ、従来不可能であると言われてきたことをも、ついには可能にしてきた。物を創造する、無から有を創り出すということにかけては、男には不可能などないのかもしれない。

しかし、男は物質を創造することにかけては天才的でも、その創造した物質を人類にとって有益となるように使用しようとする精神、また常に人類の繁栄を前提として物質を創り出そうとする高尚な精神が欠けているところがある。男は、時として人殺しの道具を創り、それを用いて悲惨な戦争すら行うのである。悲しいことに、男は男だけでは、自分自身が創造した道具を人類にとって、また地球環境にとって有効となるように使いこなしきれないという矛盾を抱えているのである。

男が創造した道具が、人類にとって、地球環境にとって、様々な生きとし生けるものにとってバランスよく有益となるように使用されるか、また、そのような道具を男が創造しているかどうかを見極めるには、女性の才能が必要なのである。地球をも含めた様々な生命ある存在に対する優しさ、細やかな気遣い、それらのもの全てを生かそうとする調和のとれた偉大で優しさと暖かさに満ちた精神、それが女性の才能なのである。

もっと身近に女性の才能を見てみると、女性という存在がよく理解できる。例えば、お皿を一枚選ぶにしても男と女ではその選び方に差がでる。男は、皿を単なる食物の盛りつけのための道具として見る傾向がある。特に一人暮らしの男であれば、皿など何でもよいのである。形にまではこだわらない。ところが女性は、皿をただの盛りつけ用の道具としては見ない傾向がある。皿の図柄、形、色、使いやすさにまでこだわり、バランスよく物を見ようとする。子供を持つ主婦であれば、子供の喜びそうな図柄などをも考慮するであろう。気遣いが細やかなのである。だから女性は、調和のとれた思考が可能なのである。料理を作るにしても、夫や子供の好みから栄養までを考えて行っている。男は、多分何も考えずに自分の好みの料理だけを作ろうとするであろう。あまりバランスといったことは考えないのである。女性の才能は、身近なところでは夫や子供などの日常生活から健康管理に到るまで、家族が平穏無事に暮らせるように様々な事柄を念頭に入れて家族の生活をフォローするという行為によく表れているのである。調和のとれた細やかな才能を存分に発揮して始めて為し得る仕事である。この才能が、社会的に発揮されれば、それは人類の平和にとって大きな力となり、悲惨な戦争の勃発を避ける原動力となり得るであろう。環境破壊の問題解決にも大きな力を与えてくれるであろう。現代の物質文明が抱える様々な難問は、男だけでは絶対に解決できないのである。

家庭においても、社会においても、女性の才能は絶対に必要なものである。家庭においては、女性は家族全員のことを考えてきめの細かいフォローをする。男も家族の一員として女性のフォローと共に生きていく。ある意味では、家族は女性が中心となって活動していると言えるかもしれない。社会においては、女性の才能は、男が創造した物質文明が人類の生存をすら脅かすような誤った方向へ暴走するのを抑制するように働く。この才能が発揮されなければ現代文明は滅びる危険がある。

当たり前のことであるが、男と女はどちらが優れており、どちらが劣っているということはあり得ない。男が物を創り、その物がきちんと有効に使われるかどうかを女が見極める。これが男と女の重要な役割の一つなのである。この男と女のバランスシートが崩れた時に、社会は崩壊への道を辿ることになる。半世紀以上前の世界大戦が、まさにその好例であろう。男と女は協力しあわなければならないのである。人類の発展のために。

第四章　現代社会の悩み

◎過保護文化の終焉

過保護な現代日本の環境

過保護に育てられた子供は、世の中に出ると使いものにならなくなると言われている。幼い頃から何でもほしいものを与えられて自分の願いは両親の力の及ぶ限りかなえられてきた。両親は、子供の成長のために必要であると分かっていることでも、子供の嫌がることは極力避けて子供の好むことのみを行う。当然、子供はわがままに育ち、自分の主張のみを押し通そうとする人間になる。そのくせ、自分の嫌いなことは、それが自分に必要なことであっても無視するのである。このような人間が社会で一人立ちして生きていくのが非常に困難なことは明白である。このような社会不適応者が出来上がる背景には、その両親の過保護な子育てという免れがたい重大な責任がある。これは、犯罪に近い行為であるとも言える。もし、犯罪を起こした人間の未熟な人格がその両親の過保護によるものである場合、間違いなく両親は犯罪幇助の罪を犯したと断言できるのである。犯罪を犯す背景には、犯罪人本人だけでなく、その両親の存在をも見逃してはならないのである。

さて、過保護という行為は、実は親と子の関係のみにあてはまるものではない。この行為は、お金を支払う顧客とお金を受け取り、その代償としてサービスを提供する側との間においても成り立っているのである。このような関係は、いわゆるサービス業において特に顕著であるが、何もサービス業だけに限ったものではない。現代人は、もうすでに大抵の生活必需品は手に入れてしまっている。車や家電製品などは、過剰供給にすら陥っているのが現状である。私達は、必要以上の生活用品を供給されることに辟易している。資本主義の発展段階ならいざ知らず、すでに衰退しつつある現代においては、供給に需要が追いつくはずはないのである。

そのために供給側は、自分達が供給する製品に工夫を凝らし始めた。家電製品は、様々な使いこなせそうもない、またはっきり言って必要のない機能を付加されて売られるようになった。サービス業界では、至れり尽くせりの何から何まで顧客の望むようなサービスをしてくれるようになった。家電製品に特徴的な過剰機能付加によるサービスも、サービス業に見られる過剰な過保護サービスも、本来は不要のものである。生活を便利に、豊かにするのが文明の進歩の一つの特徴である。しかし、過保護サービスは、けっして生活を便利にするものでもなければ、豊かにするものでもないのである。私達は、単に欺かれているだけである。

このような特に日本において顕著に認められる過剰サービスによる過保護文化を、冒頭で述べた親による子供の過保護な子育てに対比させると、そこには様々な社会問題の根幹となる事実を見ることができるのである。過剰サービス程度が、様々な社会問題の一翼を担っているというのは、一見するとあまりに単純すぎる主張に思えるかもしれないが、事はそう楽観視できるものではない。私達を取り巻く環境は、想像以上に恐ろしい。

個人主義は過保護の産物

あまりに過保護なサービスは、私達消費者をわがままにする。そして、わがままを主張することに慣れてしまった私達は、自分達の欲望を満たしてくれるものにお金を支払うようになる。それが、たとえ将来において私達自身にとって害を与えるような嗜好品でも、自然環境にとって有害となるようなものでもまったくかまわない。自分達の欲望さえ満たせばそれでよいのである。個人主義というのは、欧米人から教えられたというよりも、お金さえ払えば何でも自分の望むものが手に入るような過剰サービスによる過保護文化が教えてくれたものである。お金さえ支払えば喜んで至れり尽くせりの過剰サービスを提供してくれる環境で生まれ育った人間が、どうしてわがままな性格にならないでいられようか。私達の文化は、社会をあげて積極的に、わがままで個人主義的な人間を育成しているのである。明治時代より西洋文明を取り入れてから、私達はわがままで堕落した人間になったのか、それとも戦後、金を儲けるためならば何でもするという経済発展を全てに優先させる風潮が生まれてから、私達の堕落が始まったのかをよく検討してみることが必要である。また、八十年代の経済発展の極みに達した時に、もっともさかんであった金銭第一主義による、金さえ払えばどんなサービスをも受けられ、いかなる欲望をも満足させることができるという考え方がはびこった時に、私達の堕落も極みに達したという事実も見逃してはならないであろう。

なぜ世の中に過剰なサービスを喜んで行う人間がいるのか。それは、金がほしいからである。過剰サービスを行う人間は、サービスを受ける人間がお金さえ支払ってくれればそれでよいのである。過剰サービスを無制限に受け続ける人間が、いったいどれほど堕落した人間になるかなど、まったく関係ないのである。法律で規制されてさえいなければ麻薬ですら平気で売る者も現れるであろう。

過剰サービスによる過保護文化というのが、経済発展を何よりも優先して突き進んできた日本において特に著しく発達したのは当然の結果である。過保護なサービスの提供を金を払って受けるという行為を、当たり前のように考えている私達は、我慢する心、足るを知る精神を忘れてしまっているのである。もっと的確に言えば、忘れさせられてしまっているのである。忘れてくれなくては困る人達がいるからである。私達は、いつまで精神を堕落させ続ければ気が済むのであろうか。どこまで社会環境を悪化させ続ければ気が済むのであろうか。足るの精神を忘れてしまうと、人間は今自分が置かれている状況に満足できなくなってしまう。たとえそれが、どんなに恵まれた環境であってもである。そのような人間は、ただ我欲ばかりを押し通して生きていくのである。

経済が現代のレベルに達する以前の社会に生きた人々の心は浅ましく、精神は貧困なものであったろうか。けっしてそんなことはない。現代人の方がはるかに堕落している。人間は、贅沢な環境などなくても立派に品性も礼節も身に付けることができる。いつまでも贅沢な生活にしがみつく理由はどこにもないのである。

科学技術の発展は、人間社会を豊かなものにする。これほど科学の発達した現代においては、どれほど大きな不況が来ようと、経済が衰退しようと戦前の暮らしに逆戻りするなどということはあり得ない。私達は、目を血走らせて経済を発展させるためではなく、人々の幸福と繁栄を願い科学技術を応用することによって人間の欲望を過剰に刺激することのない生活環境を実現できるのである。

◎労働の意味

労働の意味の喪失

社会に蔓延する、過剰サービスを当たり前のように考え、何とも思わない風潮が人々の精神を堕落させた。私達は、生きていくために必要だから労働するのではなく、自分達のわがままな欲望を満足させるために労働するようになった。お金さえ払ってくれれば何でも、どんなサービスでも提供するという堕落した精神が、ついには私達に労働の意味すら見失わせてしまった。私達は、いったい何のために労働しているのだろうか。労働の本来の意味は、生きるために行うというところにある。経済的な発展途上にある国々では、人々は間違いなく生きていくために働いているのである。そして、経済の発展が進んだ国々では、人々は自分達の生活の質を高め豊かにするために働いている。まず生活に必要な製品を購入する。そして、余剰な金を自分達の娯楽などに当てて生活を楽しく豊かなものにするのである。先進国の人間は、ただ生きるという人間の最低限度の欲求を満たそうとするのではなく、衣食住に渡って自分達の生活に彩りをそえようとする。人間が自分達の生活を少しでも便利に豊かにしようとするのは、当然の本能である。文化とは、人間が毎日の生活を豊かにしようとする努力の結晶であるとも言える。

国家発展のための労働

しかし、現代の日本人は生活を豊かに楽しいものにするために労働しているのではない。生きるために労働しているのかと言うと、そうでもない。私達の大部分は、生きるということを強く意識して、常に危機感を抱いていなければならないほど貧しい環境にいるわけではないのである。では、何のために働いているのかと言えば、経済を発展させるためである。戦後の正面きっての武力衝突が核兵器によって著しく規制されている世界においては、経済力こそがその国の強さを計る尺度となる。経済を発展させるということは、現代の常識で言えば国家を強大にすることにつながる。現代人は、特に日本人は、国を強くし大国とするために労働しているのである。最初から、生活を豊かにするとか、衣食住に渡って文明大国に住む国民にふさわしい生活環境を実現するなどという概念はほとんどないのである。お金さえ払ってくれれば、相手の欲望を満足させるために何でもする。また、お金を儲けるためであれば、いくらでも人間の虚栄心をくすぐり無理にでも贅沢をさせて金をはき出させようとする風潮は、戦後の、国民の生活よりも国家の発展を優先しようとした精神に端を発するものである。極論を言えば、明治時代における一刻も早く欧米列強に追いつこうとする精神にまでさかのぼるのかもしれない。ちなみに、ここでも繰り返すが、現代の日本人の堕落というのは、過った西洋の個人主義が日本に輸入されたためであるという世間一般の説は、的外れな面もあり、やや単純に過ぎ問題の本質を見失わせるものである。西洋の個人主義と日本人が名付けたものが欠陥だらけの間違ったものであるならば、ヨーロッパという国々はすでに世界の地図から消えていたであろう。日本人は、ヨーロッパ人から何も学ぼうとはしなかったであろうし、ヨーロッパ人自身も、何一つとして教えるべきものを持っていなかったであろう。日本人は、物事の本質を自分で考えて理解しようとする以前に、世間一般で常識とされていることを基にして物事を捉えようとする面がある。そのために、日本人同士の意見というのはだいたい均一化しており異論はあまり出ないか無視されてしまう。この精神構造は、皆が道徳や世間一般の規律を遵守するという面においては立派な成果を生み出すが、反面、ある特定のオピニオンリーダーの意見に皆の意見が集中してしまい、世論が簡単にある特定の人物の考えに左右されてしまう傾向を生み出すことにもなる。日本人は、世間一般の常識というものを鵜呑みにせずに、もう少し冷静な態度で考えていく必要がある。話はそれたが大事なことなので触れてみた。

私達の労働は、国家を発展させるために義務づけられている。私達の生活は常に何かに追いたてられている。私達は額に汗して一生懸命に働く。しかし、その働いて得た貴重な財産は、贅沢の強制、私達から足るの心を奪う、生活を豊かにするのにはほとんど不必要な製品や過剰なサービスの無理強いによって、奪い取られてしまうのである。私達は、ほとんど何の意味もない不用品を、あたかも生活必需品であるかのごとく見せかけられて洗脳されてしまい、自分自身で要不要の判断をする思考さえ奪われてしまっている。結果として、私達は真に生活の豊かさを享受することがないまま金銭をすり減らしていく。お金がなくなれば、私達はまた労働する。そして、また、お金を奪い取られる。この繰り返しの生涯を送ること。それが私達の労働の意味である。幸福な人生であろうか。とてもそうは思えない。

人間は、自分の頭で考えることを止めてしまった瞬間から奴隷となる。他人の意志にすがって生きていく精神的奴隷である。私達は、自分達の尊い労働が何物かに巧妙に利用されていないかどうかに常に注意を払う必要がある。少なくとも自分の労働の意味を自分自身の頭で考えてみることが重要である。

◎真の文化人の目覚め

豊かさの意味

私達の労働は、生活を豊かにするためのものではない。特に日本人にとっては、常に経済を発展させ続けることが義務であった。日本人は、戦後その義務を忠実に守り通してきた。そして先進国の仲間入りを果たし、その義務を終えたはずであった。しかし、実際には、私達は戦後の課題を果たした後にも義務を守り働き続けた。私達は、いつしか生きるために働くのではなく、労働するために生きるようになったのである。そして、その労働の目的は国家の経済を発展させることである。つまり私達は、国家を発展させるために生きているのである。私達の衣食住環境は、国家発展のための設備である。私達の働いて得た金は、巧妙な手段で奪い取られて設備投資にまわされる。労働の真の意味を悟られないように、過剰なサービスにより過保護文化に慣らして、国民が自ら考えるという能力を低下させるのである。

私達は、なぜ世界の先進国の仲間入りを果たした後も、自分達に課された義務を忠実に守り通しているのか。それは、私達の負っている義務が自分達の生活を豊かにすることではなく、国家を発展させることであるという事実に気がついていない人が多いからである。私達は、自分達に強制的に義務が課されていることにすら気がついていないのである。そのために、義務を果たした後にも義務を守り続けるというジレンマに陥っているのである。

もう私達は、いいかげんに、このジレンマに気がついてもよい頃である。私達は、すでに義務は果たしたのである。国家の経済発展に大きく貢献した。これからは、経済発展よりも、自分達の生活を充実させすばらしいものにすることが先決である。国家の強大さを誇示するための労働からは解放されるべきである。私達は自分の意志で働き、自分の考えで生活設計を行い、自分の生きがいを満たすことに喜びを見い出すのである。周囲からの、まったく不必要な過剰サービスにくるまれた過保護な状況に身を置くことに喜びを見い出すべきではないのである。今の私達に、もっとも必要なことは一人一人が自分の頭で考えるという習慣を持つことである。

自分の生活を便利に、そして快適で豊かなものにするのにほとんど不必要なものを買わされるために、強制的に労働させられる。また、私達が購入する意味のない贅沢品は、実際に私達自身が望んで購入しているのだと思い込まされているのである。このような最悪の状況から脱するためには、まず自分の生活を満足させるために何が必要であるのかを見極めることが重要である。製品を購入するのも、過剰なサービスの提供を受けるのにも金が必要である。私達は、金を使い何かを行う前に本当にそれが必要あるものなのかどうかを、じっくりと考えなければならない。ある過剰なCM放送により宣伝された製品が、本当に今の自分の生活にとって必要なものなのかどうかを冷静に考える必要がある。サービス産業による過剰なサービスを当たり前のように受ける前に、はたしてそこまでのサービスを享受することが自分の人生を豊かにすることにつながるのかどうかを、落ち着いて考えることが必要なのである。

私達の生活は、あまりに無意味で不必要な製品やサービスに取り囲まれてしまっているのである。そして、それらのものが、あたかも真に私達の人生に彩りを与えてくれるものであると信じ込まされているわけであるが、それには理由がある。国家が、経済発展を最優先させるために私達から強制的に金を巻き上げ経済を潤す必要があったからである。国民の経済活動の発展は、そのまま国家の税収入に反映するのである。

このような精神的呪縛から逃れるのは確かに容易なことではない。時間がかかると思う。しかし、幸か不幸か今は経済不況の時代である。私達には、この不況を利用して自分達が働いて得た尊い財産を、自分達が本当に満足できる人生を実現させるために使う学習をするチャンスが与えられているのである。けっして、このチャンスを逃してはならない。自分の人生は誰のためのものでもない。ましてや国家の経済発展のためのものではないのである。自分の人生は自分で決めるものである。

不必要な贅沢は無用

今まで国民は、必死になって義務を守り続けてきた。しかし、私達が必死に努力した結果掴みとることができたのは、八十年代の最高潮に達した経済発展によるバブル経済であった。十年くらい続いたのだろうか。それとも、もっと短かったのであろうか。私は経済の専門家ではないので詳しいことは分からないが、いずれにせよ、あまりにも短い栄光であった。九十年代に入り不況が始まったというのが、だいたいの経済の動向であろう。私達が戦後必死になってきた努力の結晶は、十年ももたなかったのであろうか。私達は、バブル経済を引き出すために働き続けてきたのであろうか。そして、今の不況になり何を得たのであろうか。

労働とは、社会を、そして自分の人生をも豊かにするために行うものである。そのためには、もう不必要な贅沢とは早急に縁を切る必要がある。贅沢のためならば平気な顔をして地球環境を汚染するような、あまりに自分勝手な精神をけっして黙認してはならない。金をかけて贅沢をすることばかりが人生ではない。無駄に金を使わなくとも、人生を豊かにする方法はいくらでもある。また、無意味な贅沢に振り回されている間は人生の本当の意味も見えてこないはずである。人間は、食べて、寝て、心臓を動かして体を維持するためにこの世に生を受けたわけではない。人間ではないというのであれば、それでもいいのかもしれない。しかし、人間として生まれたからには意味があるのである。物質的な贅沢に溺れているようでは、人生損をするばかりである。人間は、本当に人生を生きてこそ幸福であると言える。現代人は、特に日本人こそは、真の文化人として目覚めなければならないのである。

◎走り続ける悩み

走ることを求められる

日本では、国家の意向が全てに優先する。経済が発展して世界における日本の重みが尊重されるようになったのは、日本政府がそれを望んだからである。戦前においては、日本は西欧諸国の国々と時には同盟して、また場合によっては孤立しながらも対等に戦い抜き、勝利を収めてきたのである。原爆の投下という卑劣な行為により日本は戦争に負けたわけであるが、元々、日本は太平洋戦争において勝利するだけの戦力がなかったことは多くの識者によって指摘されてきたことである。アメリカが、あえて原爆を投下した背景には、日本人のしぶとさと底力をアメリカが非常に恐れていたという事実があったのであろう。日本は強かったからこそ甚大な被害を受け、非常な悲しみを背負わざるを得なかったのかもしれない。戦前の日本の欧米諸国と伍してきた強さと原爆投下は、幕末以来、わき目もふらずにひたむきに突っ走ってきた日本の成果であり、終着駅であるのかもしれない。幕末以降の努力が、戦前の日本の日清・日露戦争の勝利、そして第一次世界大戦後の五大国の一員としての地位の獲得という絶頂期を迎え、原爆の投下で終わりをとげたことと、戦後の経済最優先による不眠不休の努力の結末によるバブル経済という絶頂期と、バブルがはじけた後の九十年代の不況とは同じ軌跡をたどっているような気がするのである。

日本人は、常に何かに向かって走り続けているような気がする。それも、自ら望んで走っているわけではない。走らされているのである。全国民が、望むと望まざるとにかかわらず生まれた時からスタートをきることを求められる。スタートラインはすでに定められており、私達が走り続けるコースもだいたい定められている。だが、ゴールはどこにあるのかはけっして私達に知らされることはない。ゴールラインを教えてしまうと、私達が、そのゴールに到達しさえすればよい程度の努力しかしないようになることや、ゴールに到着した者が、もう努力をしなくなり走るのを止めてしまうことを恐れているからである。私達の生涯は、ゴールのないコースを追い立てられて走り続ける内に、やがて時間切れを迎えるのである。

なぜ走るのか

政府は、非常な努力と共に戦後の経済復興を可能にするための体制を構築した。それは、人間の幸福を実現するという目的さえ無視すれば見事な社会体制であった。国民は、国家を豊かにし強大化するための体制に無理矢理組み込まれ労働させられてきた。この時点で国民は労働の意味を見失った。そして、政府もまた何のために国家を発展させる必要があるのかを見失ってしまったのである。

社会体制というのは、それが完璧で見事なものであればある程、いざ、その上に人が乗っかり機能し始めると、必ず一人歩きをしてしまうものなのである。戦後の日本は、政府も国民も先を見透す目を失って、ただ一人歩きする社会体制に乗っかって生きてきたのである。社会体制に歪みが生じるまで、誰一人として、その呪縛から逃れることができなかった。日本の全国民は、社会体制の前に等しく主体性を失っていたのである。

社会体制を構築する際には、その体制を作り上げる目的を必ず明確にしなければならない。社会体制の理念である。理念なき社会体制はすぐに制御が利かなくなる。戦後の日本は、まさにブレーキの利かない馬車馬であった。日本人は主体性を放棄し、社会体制に身を預けることに甘んじてきた。その結果が現代の日本人の姿である。

倒幕を果たし新政権を樹立した明治政府には、少なくとも理念があった。かなり無理をして欧米列強に追いつき追いこせと猪突猛進してきたのは確かであり、そのスタートも、欧米列強による半ば強制的な開国という止むに止まれぬものであった。しかし、確実に自分達の意志で走ることを選択したのである。なぜ社会体制を作り上げた戦後の日本人は、理念を掲げることを忘れてしまったのだろうか。戦後の日本が理念ある発展を遂げてさえいれば、ここまで日本社会が歪むはずはなかったであろう。日本の社会体制が悪かったというよりも、極端に言えば、何も考えずにただ体制だけを作り上げたことが間違っていたのである。

太平洋戦争によって日本は徹底的に叩かれた。原子爆弾まで落とされた。それまで高々と掲げていた国民のプライドは、無残にも引き裂かれてしまったのである。プライドを失うということは、進むべき道を見失うということである。日本人は、戦後の日本をどう立て直していけばよいのか暗中模索を繰り返した。とにかく進むべき道を見い出すのに必死であった。加えて、日本はＧＨＱの占領によって完全に国家としての自主独立性を抑え込まれていた。もがこうにも、手足を動かすことさえできなかったのである。プライドを失い、進むべき道を見失い、どうしていいのか全く分からない状況で身動きすることすら許されなかった。このような状態では、理念を掲げるどころの話ではなかったであろう。むしろ、戦後の日本は理念を持つことを封じられていたと言える。理念なき社会体制を作り上げ、根本的な過ちを放置したまま戦後を突き進んできたのは、ある意味では仕方のないことであったのかもしれない。

日本人は、全くの絶望感と無力感の淵に沈みながらも進むべき道を模索する意志は捨てることがなかった。絶望はしても、けっしてあきらめることはなかった。それが日本人の持つ底力である。そして、日本人の意志は、壊滅的であった経済を立て直すことに強い信念を見い出すのである。そこには、明確なビジョンも理念もなかった。ただ信念だけがあった。全てを失い、何も持たず、体の自由を奪われ、自分の意志を主張することすら封じられた日本人は、信念だけで国を立て直したのである。

見事な社会体制と岩をも貫こうかという堅い信念が、皮肉にも日本人に絶対に休むことなく、はてしなく走り続けなければならないという強迫観念を植えつけた。なぜ走り続けなければならないのかではなく、走り続けずにはいられなくなってしまったのである。もはや、走り続ける理由は必要なくなっていた。そのためにバブル経済が出現し、必然的に崩壊したのである。現在の不況は、理念を持つことができずに突き進まざるを得なかった日本人の悲劇である。

現在の日本人に必要なことは、さらに進み続けることではない。走り続ける日々に見落としてきた、あらゆる問題に目を向けることである。そうして始めて日本は、経済、教育、福祉のバランスがとれた豊かで質の高い国民生活を実現することができるのである。それが文化国家である。

◎資本主義は崩壊する

資本主義の役割は終わった

資本主義が発展段階に入ったのは、十九世紀の半ばである。二十一世紀には資本主義は崩壊するので、その寿命は二百年ももたないということになる。突然私達の歴史の前に姿を現わし、世界の人々に欲望と破壊と混乱を招き瞬く間に去って行った凶賊のようであった。二十世紀の世界に我が物顔で幅を利かせ、自分の意に従わぬ人々を容赦なく痛めつけてきた。世界を、あくまで自分の手中に収めようとした。そして、その試みは確かに成功するかに見えた。しかし、そのような愚かな野望が達成されるほど、世界の人々は愚鈍ではなかった。二十一世紀という新しい時代を迎え、ついに資本主義は、そのひずみを露呈し始めた。そのひずみは今後、加速度的に拡大していくはずである。

資本主義を支える思想は、一言で言えば独占である。資本の独占、自分だけが幸福で贅沢を享受できればよい、自分もしくは自分の組織だけが競争に生き残って優位を占めることができればよい、などという自分だけがという考え方が人々の心を支配し資本主義を生み出したのである。この独占欲が原動力となり、人々は経済だけではなく、社会も政治も動かしてきたのである。十九世紀から二十世紀にかけて大きく発展し拡がりを見せた帝国主義も、極端な資本主義の先鋭化と軍事力が結びつき生じた、その当時の時代背景を色濃く反映したものであった。資本主義というのは、良くも悪くも常に発展し拡大し続けることを望む思想なのである。

さて、二十世紀の人間は資本主義の理念に突き動かされて、常に発展し続けるべく経済を前へ、前へと動かしてきた。そして、政治も、社会も経済活動に先導され牽引されてきた。人間社会のあらゆる活動は、進み続けることを余儀なくされてきた。人間は、絶え間ざる前進の結果、非常に物質的に豊かな社会を作り上げた。これは、まさに資本主義の面目躍如たるものであったと言えるだろう。資本主義は、二十世紀において、その役割を存分に果たしたのであった。

現代社会は、あらゆる贅沢品で溢れている。現代人は一人一人が豊かさを独占し、十分に満たされている。あまつさえ満たされ過ぎて贅沢に飽きてきている感さえある。止むことなく膨張し続ける欲望に心が不安を感じ始めているのであろう。必要以上に満たされた環境では、人々は徐々に資本主義を疎ましく感じるようになるのである。

二十一世紀には、人々の要望に答える新しい社会体制が必要である。すでに十分に豊かな社会では、資本主義はうまく機能しないからである。社会全体がまだ貧しく、様々な生活必需品が不足している世の中では、資本家はいくらでも人々の需要を引き出すことができる。人々の需要に対応して恒常的な供給体制を敷くことが可能であった。多少供給過剰になりながらも、需要と供給の平衡は保たれていたのである。しかし、必要以上の贅沢品に囲まれ、すでに嫌気がさしている人々の心をいくら刺激したところで、もう十分な需要を期待することはできない。物質的に恵まれ過ぎた社会では、需要と供給のバランスは崩れざるを得ないのである。このバランスの崩れが決定的となった時に資本主義は崩壊するのである。

循環型社会

資本主義を崩壊させる社会的気運が、現在高まりつつある。循環型社会への移行である。資本主義は、消費を美徳として、また使い捨てを大いに奨励して人々を贅沢へと駆り立ててきた。循環型社会は、このような考えとは真っ向から対立するものである。そして、この相方の考え方の相違は社会体制に大きく反映されるのである。

循環型社会の根幹は、再利用という概念である。消費したら後は捨てるだけという考えではない。自分が使用する物は再加工された物、そして自分が消費したものは再利用され他の人々が使用するのである。日常生活に必要な製品の多くは、何か他のものに再利用できる素材で生産する。または廃棄したとしても、自然環境に悪影響を与えないものとする。さらに各家庭でいらなくなった衣服を修繕したり、不用となった家電製品を修理して安価で販売する事業を普及させる。まだ十分使えるが、すでに使う必要のなくなった物などを各家庭で交換し合って再使用するのもすばらしいことである。

生産と消費を繰り返し、常に新しい製品を世に送り出し続けるのが消費文化である。製品を購入した消費者は、完全にその製品を独占する。独占された製品は、消費者の意のままに使われた後、それがまだ十分使用できるものであるかどうかにかかわらず捨てられる。資本主義の発展とは、人々の消費と使い捨ての意識が顕在化したものなのである。このような意識が社会全体を包んでこそ、人々の消費意欲という需要は高まるのである。安心して資本家は、過剰供給体制を組めるのである。

しかし、循環型社会においては、人々の製品に対する需要は低下する。簡単に言えば、人々は次から次へと製品を消費することがなくなるのである。生産された製品は、一個人により独占されるのではなく、人から人へと循環するのである。そのため、資本家は恒常的な供給体制を整える必要がなくなるのである。需要が落ち込めば、当然に供給の低下を招く。人々の収入も減少するであろう。循環型社会では、人々は、あくなき贅沢を求めて必死になって走り回る資本主義の社会よりは多少物質的贅沢のレベルを落とさなければならないだろう。もちろん、その違いは、自分を取り巻く製品が全て自分の独占的所有物なのか、それともその中のいくつかは循環して自分の手許に渡ってきた製品なのかというだけの、ほんの些細なものである。

循環型社会では、企業のあり方も変わらざるを得ない。人々の需要が低迷している状況では、企業は生き残りを賭けて合併、吸収を繰り返すであろう。やがては非常に限られた巨大企業のみが中心となり産業構造を支えることになるであろう。では、これらの巨大企業同士が激烈な競争を繰り広げて市場の独占を競い合うかと言えば、そうはならない。循環型社会では、独占できるほど市場の規模は大きくはならない。企業は、独占していかに効率の良い大量生産体制を構築するかなどという策略に頭を悩ませる必要はなくなる。需要に合わせて供給量は自ずと限定されざるを得ないのである。

全てを独占するという考え方は、もう時代遅れである。消費し使い捨てて、物がなくなったらまた競争して製品を供給すればよいという感覚では、二十一世紀を非常に肩身の狭い思いで生きていかなければならなくなる。人々は、共存共栄してこそ心から幸福を感じることができるのである。市場の独占を図る経済活動が資本主義であるならば、製品や資源を循環させ独占という行為そのものを無意味なものとして、共に生き、共に栄える社会体制は共栄主義と呼べるであろう。資本主義に替わる新しい思想の幕開けである。

共栄主義とは、日本人の和の精神に通じる思想である。二十一世紀は、日本が世界に先駆けて共栄主義の範を示す必要がある。日本こそが世界のリーダーシップを執らなければならない。共栄主義の時代が目の前に到来しつつあるのに、いつまでも、すでに継ぎはぎだらけの旧体制にしがみついていてはいけない。資本主義は、けっして武力では破壊することができない。この体制を崩壊させるには、人々が逸早く共栄主義に目覚め、そのための社会体制を築き上げる行動を起こすことである。一人一人の意識の変革が、ついには行き詰まり、いびつな姿をさらけ出している資本主義を打破するのである。

◎自ら考える力を失った人々

自主独立の日本人

日本人は、よく自主性がないと言われる。個性がないとも言われる。それは、まるで外国人から見た日本人の代表的特徴のようでさえある。政治のレベルで言えば、諸外国に対して自国の立場や意見を堂々と表明できない首相、国民レベルで言えば、何ごとも団体で行動することに慣れ、自分の意志によって自らの行動を決定するのではなく、団体の一員として常に他人任せの行動をとろうとする習慣というように、政府から個人の立場に到るまで日本人の自主独立ができない精神は、様々な立場の人々に浸透しているのである。

しかし、私はこのような特徴は、日本人に本来備わった性質ではないと考えている。かつての日本人は、もっと自立性があり、自主独立の気風を抱いていたのではないであろうか。それゆえにこそ、江戸時代にはあえて諸外国との接触を規制して貿易を制限する政策をとったのであろうし、明治時代には、欧米諸国に追いつき追いこせの精神で、欧米諸国と対等の立場に立つことにより国家の威信を保持しようとしたのではないだろうか。個性がない、自立性がないどころの話ではない。日本人独自のすばらしい文化を生み出した個性を守り抜こうという強い自主独立の精神を有していたのである。日本文化を生み出した日本人の個性は、欧米諸国の持つ文明の底流を為す欧米人の個性に対して、どこかしら相容れないものを感じ取ったのではないだろうか。そして、欧米諸国の文明に日本が呑み込まれることに強い危機感を覚え、それが明治時代以降の日本の輝かしい発展への原動力となったのであろう。日本人は、欧米の個性とぶつかり合おうとするだけの強い個性と気概と自立性を有していたのである。それこそが、まさに日本人の特徴であり、日本という国が有していた威信であった。現代の日本の姿とは正反対であったと言えるのではないだろうか。

皆一緒は最低の精神

現代の日本人の特徴は、間違いなく戦後に形作られたものである。戦後に導入された不自然な平等主義、これが日本人を徹底的に堕落させることとなった元凶ではないだろうか。他にも民主主義やら個人主義などと言った主義が導入され、それらのものが日本を駄目にしたとよく言われているが、平等主義の弊害に比べたら民主主義や個人主義の弊害というのは、あまりたいしたことではないと考えている。言うなれば、取り立ててさわぐほどのことではない。民主主義について言えば、すでに日本には納税額にかかわらず二十五歳以上の男子に選挙権が与えられており、現代とは社会状況や法律も異なるとは言え、民主主義という概念の方向性はすでに戦前において示されていたのである。個人主義についても、自己の意見を堂々と述べ、政治について議論を交わし合った。そして自分の考えや意見をしっかりと持っていた。自分の頭で何も考えることなしに他人の意見に翻弄され安易な集団主義に陥ることはなかった。そのような国民の態度が基本となって明治時代の自由民権運動が大いに発展したのではないだろうか。国民の間には、自分勝手なわがままではなく、堂々とした、確固たる個人主義が根づいていたのである。そうでなければ、明治時代の自由民権運動は現代の政治のレベルと何も変わるところがなかったはずである。

平等主義が導入されて、日本人は自己主張をすることがなくなった。強制された、本来日本人には馴染まない表面上の平等主義は、日本人から自己主張をする気風を奪った。また平等主義は、日本人は皆水平上の同レベルに立っているとの認識にすり替わってしまった。本当の意味での平等主義の下では、お互いが各々の個性を認め合わなければならない。しかし、江戸時代まで厳然たる身分制を敷いていた日本で、戦後突然にお互いの個性を認め合おうと言っても、それは不可能である。お互いの個性を尊重し合った上での平等主義であれば、確かにすばらしいであろう。しかし、そのようなレベルの平等主義を享受するには、日本に平等という概念が持ち込まれるのが、あまりにも早過ぎたのである。そして、あまりにも急激に全てが変わり過ぎたのである。すぐに、そのひずみが現れることとなったのは、きわめて当然のことであった。個性の尊重という平等主義の根幹となる精神が完全に抜け落ちた、全ての人が同レベルで小競り合いをしながら生活する幼稚な平等主義がはびこった。その結果、日本人は個性を失った。そして、個性の必要のない社会が出来上がったのである。いくら表面的に個性の尊重が叫ばれたところで無意味である。個性的な人間というのは、好奇の対象とは成り得るが社会的に歓迎されるべき存在とはならないのである。

考える力を失った日本人

自己主張も必要ない。個性的な人間は、時には嘲笑や蔑みの対象にすらなる。このような環境は、人間から徐々に自ら考える力を奪い、人間の頭をぼけさせるものである。日本人は、間違いなく頭が悪くなってきている。よく年配の方は、今の若者は物をよく考えなくなったと言うがそれは違う。今は、日本国民を挙げて、ありとあらゆる立場の人間が自ら物事を考える力を失ったのである。皆一緒の下では、自分が考えなくても誰かが考えてくれるのである。誰かが考えてくれたことを、そのまま鵜呑みにしているだけの方が生き方としては楽である。

国民を挙げて自分で考えるという習慣を持たない国の政府が、国際社会で自らの態度を明確にするなどというのは不可能である。政府は国家の代表である。一国の首相の姿は、国民の姿を反映したものとなる。もういい加減に、不自然な平等主義を考え直すべき時がきているのである。

お互いの個性と素質を、もっと認め合う気風が生まれなければならない。そのような環境があればこそ、人々は自分の頭で物をよく考えるようになるのである。少なくとも、物事の考え方や性格、外見などによって簡単に学校でいじめに合うなどという状況はなくさなければならない。大人社会が不自然な平等主義を採用している限り、学校での陰湿ないじめはなくならない。他人と違う自分を極度に恥じ、無理にでも自分を殺して他人に、自分の全てを同調させて生きていくだけのくだらない人間が育つだけである。自分の頭で考えることは不必要であるとさえ思い込む人間が生まれるのである。そのような人間が大勢いる国家が発展していくとは、とても思えない。

人間は、自分と同じような人々に囲まれている間はけっして成長することはない。様々な人間に会い、様々な意見を聞いて自分自身を成長させていくのである。精神的にひ弱な人間を創らないためにも、様々な意見に触れる必要があると言える。今のままでは、いつか日本は世界のどの国々からも相手にされなくなってしまうのではないかと心配するのである。

◎平等な社会

皆一緒は日本人に馴染まない

日本には、昔は身分制度社会が存在した。江戸時代には士農工商という歴然とした社会的立場の違いが存在していたのである。明治時代以降にも、かつての大名や公家は華族としてその特権的立場と家柄を継承し、明らかに一般市民とは一線をかくする高位の身分を有していた。それまでの武士も、社会的、経済的には特権的地位ではなかったのかもしれないが、たとえ名目上であったにせよ士族という身分を与えられて、一応は一般の市民とは異なる立場であるとされたのである。日本においては、身分制というのは当たり前の制度であった。士農工商のうち、農工商の身分の差異は、確かにあまり意味を為すものではなかったように思う。江戸時代には、総人口の八割以上が農民であったとの記録がある。そして農民には、当時五公五民、六公四民、時には七公三民などといった重い年貢が課せられていたのである。農民が、一応武士の次に高い社会的身分であるとされていた背景には、重税を課される農民の生活苦をまぎらわせるための精神的ガス抜きとしての政策的意味あいがあったのであろうことは、よく指摘されることである（もっとも農民はけっして重い年貢を課せられていたわけではないという意見もあるが）。しかし、いずれにせよ社会には、公家、武家、民衆の三階層が存在していたのである。そして、戦前までは華族と一般市民という身分の差が明治時代以降続いていたのである。現在の日本は、人種、貧困による差別もほとんどない、世界でも稀に見る平等社会である。経済的地位の相違は多少あっても、他の国々ほど大きなものではない。一億総中流階級と皮肉られるほど国民の収入には大差がないのである。

しかし、このような社会環境は、日本人が自ら望んで創り上げたものではない。私は、このような、経済的立場ですらほとんど同じという不自然な平等主義は日本人には元々馴染まないものであるように思う。日本には、このような社会環境は存在しなかったのである。今、日本という国が堕落して久しいと言われており、最近特に社会的モラルの低下が強く叫ばれているが、それは日本人が偽りの平等主義にはっきりと嫌悪感を抱き始めた証拠でもあるのではないだろうか。

平等主義に見る安定心理

国民の収入に大差のない社会では、人々の日常生活にはそう大きな生活レベルの格差は生じない。国民の大部分はサラリーマンであるので、生活パターンにも大差はない。言うなれば、皆が企業に勤めて、皆が大差のない給料をもらい、皆が同じような時間帯に働いて日々を過ごしているのである。東京の朝のラッシュアワーは、日本が一億総サラリーマン社会であることを如実に物語っているのである。

このような社会環境は、国民に安定志向の心理を生じさせるものである。皆が同じような収入で、似たような経済レベルの生活を送っていれば、誰も上流階級の暮らしぶりを見て羨ましがる必要などないからである。その暮らしぶりの豪華さを人々に羨ましがらせるほどの富豪というのは、日本には皆無である。信じられない程の広大な敷地に荘厳な屋敷を構えて何人もの給仕人を雇っている富豪などいるわけがないのである。日本では、年収が三千万、四千万の人間をもって金持ちと呼んでいるのが関の山である。そして、そのような人々は都内の高級マンションに住んでいる。これが日本の上流階級のレベルであろう。この程度の上流階級の生活を見ても私達は、けっしてそこに夢を見ることはない。表面的には羨ましがってみても、心の奥底では、むしろそこに現実というものをみている。上流階級の生活にしてこの程度かという現実である。住んでいる場所が、遊びを含めて日常生活を快適なものにするのに都合がよいというだけの違いであり、後は毎日の食事の材料をスーパーで買うのか、デパートで買うのかといった程度の、どうでもいいようなレベルの違いである。

私達は、そのような人々の暮らしぶりを垣間見ても嫉妬心を抱かない。それよりも、むしろ自分達が自負する中流の暮らしと比較するところから始める。そして最終的には納得するのである。自分達の中流の暮らしは、彼ら上流階級の暮らしぶりと比べて、けっして見劣りするものではないと。日常生活が多少快適であり、娯楽に困らない、繁華街まで地下鉄を利用して十分で行ける暮らしと、電車で三十分かかる暮らしの違い。比較しても、そう大差はない。中流階級の人々は、特に意識はしていないであろうが、常に他人の暮らしと比較して、その比較に対して何らかの結論を出すという行為をくり返しながら生活しているのである。そのようにして、日本国民の大部分は自分達の生活に満足して、より一層、毎日の安定した生活を維持しようと努力するのである。つまり、日本国民が自分達の生活に満足して安定指向の心理を抱き続けるためには、一億総中流社会でなければ都合が悪いのである。もし、日本国の人々の間に大きな収入格差が生じるような芽が出てくれば、政府は全力でもってそのような芽を早急に摘みとってしまうであろう。他の、重大でさし迫った解決を迫られている問題を放っておいても、一億総中流社会を崩しかねないような問題があれば、それがどんなに小さくて表面化していない段階であれ、政府は目の色を変えてその問題を潰しにかかるであろう。政府は、日本国民の間の収入格差が、比較することができない程拡大することを最も恐れているのである。それは、日本の経済発展を阻害する要因となり得るからである。

日本国民は、安定志向の心理を抱くことを義務づけられているのである。いや、義務づけられていたと言った方がいいかもしれない。すでに日本は、資本主義大国としての役割を十分に果たしたのである。これからの私達は、徐々に義務から解放されていく。他人との比較による偽りの安定心理は、もはや必要ないのである。

◎平等社会の本質①

抑圧された社会

全ての人々が平等な社会というのは、すばらしい。しかし、その平等とは、全ての国民に平等に個性や才能を伸ばしていく機会が与えられている社会のことを指すのである。どんなに才能や能力があってもサラリーマンで一括され、収入に大差がなく、国民の大部分が似たような生活レベルを強制される社会というのは、平等社会とは呼べないものである。それを、抑圧された社会と言うのである。私達は、あまりに何も考えずに平等な社会に暮らしていると信じ込みすぎている。確かに、抑圧された社会に生きているなどとは誰も思いたくないであろう。私達は、抑圧されている不満を無意識のうちに感じとり、その不満をまぎらわせるために安定指向を抱いているのかもしれない。または抱かされているのかもしれない。

平等な、実は抑圧された社会において、私達は国民が皆、中流階級という安定した満足な生活を送っている。日本人同士で人種差別などあり得ない。身分による差別など考えられない。何から何まで皆一緒なのである。これは、ある意味では優れた社会なのかもしれない。

最悪の競争社会

しかし、収入格差がほとんどない、大部分の国民の生活がお互いに比較の対象となり得てしまう社会には、けっして見落としてはならない重大な特徴が存在する。そのような社会は、激烈な競争社会だということである。私達は、不自然に生活レベルをある一定範囲内に抑え込まれた環境に暮らしている。自分達の生活とは比較の対象とならない暮らしをしている富豪を見い出すことは、ほとんどあり得ないのである。

私達が安定した生活を送るための根底には、生活レベルは皆一緒という心理が存在していなければならない。けっして比較の対象とはならない、競争してもどうなるものでもないという富豪は存在してはならないのである。政府は、そのような富豪の暮らしぶりが一般大衆の目に触れることを、けっして好まないのである。私達は、同じ生活レベルを保ちながら、皆が一緒に走り続けることにより安定感と満足感を得ている。一人一人が才能を発揮して別々に走ることを望むことはできないようになっているのである。国民は、学校教育によっても、個性や素質を発揮して物事に取り組むことを阻まれているのである。

そのような状況において、もし頭一つ分だけ自分よりも前に走り出た走者がいたら、私達はどうするであろうか。当然、自分も負けじと頭一つ分だけ前を走ろうと努力する。体一つ離されれば、自分も体一つ分だけ前を走ろうとするのである。皆一緒の偽りの平等で安定した社会においては、人々は多少なりとも、ある人が前へ進み出ることを黙って見過ごすことができないのである。それは、ほんのちょっとした差でよいのである。ある人が八百万の年収を得ていたとする。その人に競争心をおこさせて日本経済の発展のために尽力してもらうには、隣に一千万の年収の人がいさえすればよいのである。そして、一千万の年収を得ている人は、一千二百万の年収の人にライバル意識を燃やしてくれさえすればよいのである。

大学生活でも同様である。自分の通っている大学に満足感を得るためには、自分より一ランク下の偏差値の大学に通っている学生のことを思い浮かべさえすればよいのである。しかし、そのようにして満足感を得ている学生も、自分よりも一ランク上の偏差値の大学に通う学生が、自分達の大学に対する優越感を得るための存在にすぎないのである。これは、けっして言い過ぎではない事実であろう。安定した横並びの社会では、学校生活においても、社会生活においても、私達は自分達の安定心理の根幹である同レベルの人々の集団という生活環境を脅かすような一歩抜きんでた人間の存在は、けっして我慢できないのである。私達は、そのような人間に激しい嫉妬心を抱くように、そのような人間を揶揄し、時には無視するように仕向けられているのである。そして、その成果は絶大であり、現在、欧米人から指摘される程に、日本人の気質を改造するに到ったのである。

国民の間に、多少経済格差のある社会は、競争社会として最もふさわしいものである。あまりに生活レベルの違う富豪に対しては、通常、人は嫉妬心を抱かないし競争相手として意識はしない。むしろ、そこに夢を見て賛嘆の対象とする。しかし、その夢は、私達に日本経済発展のための原動力を与えることはない。賛嘆してはならないのである。嫉妬しなければならないのである。私達の気質は、そのように変質させられている。国民が賛嘆の対象を見い出すことがないように、私達を取り巻く環境は歪められているのである。

その人の才能と努力により、生活レベルに大きな格差の生じる社会は、競争社会とはまた違ったものである。そのような社会では、人々はそれぞれ自分達の才能や個性を伸ばそうと努力する。皆が一様にサラリーマンになるために全力を注いでいるわけではない。各々が、それぞれ異なった分野で努力する。人間とは、本来それ程、多様な個性と才能を持った存在なのである。そのような社会では、人は違う分野で努力して成功を治めた友人を誇りに思い、素直に祝福することができる。お互いに、その成功を讃え合うことができる。自分の選んだ道で成功するか失敗するかは自分次第なのである。他人の生活レベルとの比較などといったことは、まったく関係がないし意味を為さないのである。もちろん、個人の才能により収入格差が大きく拡がる社会には、また様々に複雑な問題が存在するはずである。そのような社会システムをすばらしいものと決めつけ、何も考えずに歓迎するのは危険である。しかし、激烈な競争社会という面から捉えるならば、ほとんどの人間にサラリーマンになるという、ただ一つの道が与えられ、収入格差の拡大を制限され、学校時代からサラリーマンになるための道を歩かされるという、非常に限定された選択肢しかない環境においてこそ、人間同士の競争は過熱するのである。

さらに、企業が能力主義によるサラリーマンの間における収入格差の拡大を容認するとなれば、競争はさらに激しくなる。収入格差の拡大は、あくまで人々に将来の自分のビジョンに対する選択肢が数多く様々に用意されている社会においてこそ容認されるべきものである。現状のように、サラリーマンという選択肢のみが半ば強制されているような社会には絶対に適さないものである。恐らく、ほんの一握りの飛び抜けた勝者と大多数のどんぐりの背比べで争い合う敗者を生む結果になるであろう。競争心と嫉妬心は、このどんぐりの背比べの間で益々激しくなるのである。

本当に恐ろしい最悪の競争社会というのは、限定された閉鎖的な環境においてこそ現実のものとなる。サラリーマンの収入格差が抑制されている横並びの環境では、サラリーマン同士の間で、つまりほとんどの国民の間において競争が意識される。また、収入格差の抑制が取り払われたサラリーマン社会では、収入を大幅に増加させることができない大多数のサラリーマンの間で競争が激しく行われる。いずれにせよ、一億総サラリーマン社会が改善されない限り、企業や学校における国民を挙げての競争や嫉妬心の抱き合いはさらにひどくなる。無理に平等にさせられている社会ほど人々は少しでも他人との差を持ちたがるものなのである。

◎平等社会の本質②

経済発展のシステム

日本という国は、非常に巧妙に経済発展ができるように仕組まれた国家である。社会主義国家のように、一握りの政府機関の支配層以外は皆労働者という被支配者層であるわけではない。一応は民主主義国家であり、国民は政治家を選ぶ権利を持っている。また、中小企業のオーナー社長は資本家と呼べる存在である。国民の間には収入格差もある。しかし、その収入格差は常にある一定の範囲内にとどまっており、その範囲を大きく越えた収入を得ている人物は一握りもいないのが実状である。何十億もの収入を得ているような、まるで貴族や財閥のような身分の者は、日本にはいないと言ってよいであろう。日本では、資本家の立場の人間でさえ、その収入はある程度抑えられてしまうのである。信じがたい程の高い税率により収入の大半は税金として取られてしまうのである。また、法的に財産を没収するかのような相続税などにより、日本国民は、国民の間で収入格差が拡大しないよう巧妙に様々な規制によって縛られているのである。このような法的規制は、同時に国家の財源でもあり、経済発展のためにはまさに一石二鳥の巧みな政策なのである。この政策により、国民はいくら働いても経済大国に暮らす豊かさを実感できないが、国家は着実に経済大国への階段を一歩一歩登っていくことができるというシステムになっている。

日本国民には、自分達の生活を豊かにするために働くことが許されていなかった。国家を強大にするために働いてきたのである。国民の収入にも大差はない。このように言うと、日本は社会主義的な特質を帯びた国家である。しかし、表面上は民主主義の皮を被っているからやっかいなのである。日本国民は、自分が民主主義の国に住んでいると思うからこそ働き続けることができる。もし、日本が社会主義国を標榜し、国民全員を国家の発展のために尽くす労働者だとすれば、国民はやがては働くことに嫌気がさしてしまうであろう。そのような社会で公務員としての地位が与えられても、日本国民はけっして満員電車に乗ってまで働こうとはしないはずである。

日本国民は、社会主義によって官僚に統制されているなどとはまず思わない。自分達は民主的で自由と平等が保障された国に生きていると思い込んでいる。一億総サラリーマン、均質化された収入、何のためにか自分でも訳も分からず過労死を招くほどに強いられる労働。このような、明らかに非民主的な環境には蓋をして見ようとはしないのである。

国民の収入格差の拡大を極力抑えるという政策は、間違いなく国家の経済発展という目的のために考案されたものだと私は考えている。そして、その政策はみごとに功を奏し、日本を焼け野原から経済大国へと発展させたのである。国民の生活レベルをほぼ一定に保つことにより、日本国民が無意識のうちに集団主義を持つように導いた。極端に言えば、皆が能力的にも、素質の面でも全て同一のレベルであると思い込まされていたのである。そのような集団内では、個性や素質の違いなどは認められるものではない。自らの才能を磨く、素質を活かした仕事をするなどもっての他なのである。ただし、一つの目標に向かって全員が一丸となって前進することにかけては大きな力を発揮する集団である。日本経済を壊滅的な大打撃を受けた状態から立ち直らせるには、個人の才能よりも統率された集団による機能や効率のみを追求した歯車的な協同作業の力がものを言うのは当然である。焼け野原という全てが破壊され尽くした何もない地上は、皮肉にも様々な可能性を秘めた未開の地となり得た。経済復興の社会体制を築き上げた日本人は、溢れ出る情熱を以て未開の地を開拓した。そこでは、一人一人が素質を発揮する必要はなかった。また、未開の地では素質を活かす場などはなかったのである。全ての人は平等に、歯車の一部品として働くことを余儀なくされた。すでに歯車を動かすシステムは完成していたのである。システムの下では、皆平等であった。全ての国民は、システムの下に統一されたのである。日本国民の平等とは、才能や素質、性別、年齢にかかわらず、等しくシステムの一部に組み込まれる存在であるという意味である。

日本人の楽しみ

経済発展のための社会体制はみごとに機能した。日本国民は、とにかくひたすら働き続けた。しかし、日本国民は、ただ、社会システムに沿って生きるだけで何も楽しみや喜びはなかったのだろうか。過重な労働の割には暮らしはたいして豊かにならないという状況下で生活をしながら、いったいどこに満足感を見つけていたのであろうか。

国民は、けっして暮らしが豊かになることに満足感を見い出していたわけではない。他人よりも収入が多少なりとも増えるということ自体に最大の満足感を覚えていたのである。収入格差が極端に抑えられた横並びの社会では、人は他人よりも少しでも収入が多い状況に自尊心をくすぐられて満足するのである。それは、その人の生活レベルを向上させるのに、ほとんど何の役にも立たない程度の収入増で十分なのである。他人は、少しでも収入の多い者に強い嫉妬心を抱く。国民の収入格差を抑圧する政策は、国民の間に集団主義と競争心を生み出し、また生活が豊かにならなくても十分我慢ができるように注意をそらす役割を果たしている。さらに一方では、生活レベルから個性や才能まで皆一緒という安心感、安定志向の心理をもたらすのである。

政府は、国民の収入格差の抑圧という政策により、不自然な平等社会の前提条件を提示した。その提示された条件下で激烈な競争社会を創り上げたのは私達自身である。大人から子供までが、過酷な競争に日夜さらされているのはあらためて述べるまでもない事実である。私達の自尊心はみごとに繰られ、他人との取るに足らない収入格差という現実に振り向けられている。日本は激しい嫉妬社会なのである。

日本の平等社会の裏には、抑圧された人間の嫉妬心が渦巻いている。安定志向の心理、嫉妬心による競争心理、他人より多少上に立った時の優越感。それらの人間の感情が交錯して日本国を創り上げている。これが、平等社会の本質なのである。

私達はけっして民主主義と個人の自由と人権が保障されている国に住んでいると思い込んではいけない。安定志向と常に他人との比較の内にのみ優劣の感情を抱く国民が、なぜ自由を保障されているなどと言えるのか。また、他人との比較の中でしか自分の存在を確認することができない国民は自主性のかけらも持ち合わせていない。自主性の無い国民が、なぜ民主主義を持つことができるのか。抑圧された統制社会で苦しむのは当然である。

第五章　人間へのアプローチ

◎日本人の気質

反骨精神こそ日本人の気質

日本人の気質とは何であろうか。それは、集団主義、強い嫉妬心、競争心などではないし、欧米人からよく指摘されるような没個性、自己主張の弱さ、寄らば大樹の陰のような安定志向、従順性などでもけっしてない。むしろ、これらの性質は、戦後の日本経済復興のために政策により強制された人工的に創り上げられたものである。せいぜい約半世紀程前にしか、さかのぼれない程度の長い日本の歴史の上から見れば本当にごく最近の日本人の性質なのである。しかし、現在を生きる人間にしてみれば、五十年は長い。私達は気付かないうちに、現在の日本人の姿が日本人の気質をよく表していると思い込んでしまっているのである。すでに、戦後に形作られた、本来の日本人の気質に合わない不自然な社会環境が私達に拒絶反応をおこさせているにもかかわらずである。私は思う。今、日本は経済を始め、政治、教育、道徳などあらゆる面で行き詰まっているが、それらの行き詰まりの根本にはそろそろ日本人が本来有している性質に矛盾しない生き方をしたがっているという心理があるのではないかと。最初から無理をして日本人は戦後を出発したのである。

日本人の気質を簡単に表現するならば、それは反骨精神であろう。これこそが他でもない日本人にこそ備わった、日本人に特徴的な気質である。現在の日本人とは正反対であると思われる人も多いであろうが、これは日本の歴史を見れば一目瞭然の事実である。

日本人は、その歴史を通して代々反骨精神をこそ大事にしてきた。日本の歴史は、反骨精神が背骨となり血肉をなしていると言える。中国大陸の圧倒的な文明を吸収し消化することで日本国の自主独立を保持しようと努力した奈良時代、中国に自ら進んで学問を始め様々な文化を学ぼうとした逞しい意志、平安時代の中央貴族に反発し地方において自らの時代を築き上げた武士、欧米列強の脅威に対抗するために明治維新を為し遂げ、積極的に西洋の文明を取り入れて日本国を欧米と対等の国家にしようとした明治時代の気概。このような行為の基を為すのは反骨の精神である。強大な権力や脅威には絶対に屈しないという強い意志の表れである。奈良時代の日本人は、圧倒的な中国大陸に対し絶対に屈しないという精神を持っていた。ゆえに中国から積極的に文明を採り入れ、自国の発展に全力を尽くした。奈良時代より前の時代である約千四百年前の飛鳥時代に、聖徳太子は「日出づる処の天子、日没する処の天子に致す。恙なきや」という国書を中国の皇帝に送っている。中国からの返書では、日本はあくまでも服属国扱いされており、日本は当時の世界情勢としては当然のことであったが、中国との対等な国交を結ぶことはできなかった。しかし、この聖徳太子の国書には、当時の日本人の反骨精神と中国大陸に対する激しい自主独立の気概が強く読み取れるのである。平安時代の武士も、明治時代の日本人も同様である。いつの時代でも日本人は、常に自分達の自主独立の精神を脅かす権力や脅威には、徹底的に強い反抗の意志を示してきたのである。

民衆の底力

戦国時代においては、政権に携わる限られた人々だけでなく民衆こそが強い反骨精神を誇示した事例がある。それは、一向宗の門徒による一揆である。特に加賀の国で起きた一向一揆の力はすさまじく、加賀国の守護大名を追放して、民衆が一国を支配するに到ったのである。また、織田信長とも十一年に渡り戦い続けたのである。相手がたとえ守護大名であろうと、天下に君臨する人物であろうと自らの宗門を脅かすものには徹底的に対抗したのである。権力者の言いなりには絶対にならないという態度である。

一揆は何も戦国時代という下克上の世の中にだけおこっていたのではない。江戸時代にも農民は、自らの生活を守るために、しばしば一揆をおこした。幕府や藩に鍬を持って力ずくで自分達の要求を押し通そうとしたのである。もちろん、当時においては一揆の代表者は、一揆が終結した後には裁かれ打首に処せられたのである。しかし、それでも一揆はしばしばおこったのである。農民は、生きていくためにどうしても必要とあれば、命を投げ出す覚悟で一揆をおこし、自分達の生活を、そして家族を守ろうとしたのである。江戸時代には、人口の八割以上が農民であった。つまり、日本の民衆のほとんどは農民であったのである。一揆に見る農民の底力は、そのまま日本人の底力であると言えるものである。

戦国時代や江戸時代に見る民衆の底力、この強い力があって始めて明治維新も為し遂げることができたのである。江戸幕府という強大な権力を覆し、欧米列強の脅威から日本国を守るべく立ち上がったのは、一部の歴史に名を残す人物だけではない。それらの人達を守り立て、倒幕の気運に勢いをつけたのは、他でもない民衆の力なのである。明治維新は、日本人の一人一人が持つ反骨精神が結集されたからこそ成功したのである。いくらごく一部の限られた人々が倒幕を訴えてみても、民衆がおよび腰であれば、それを為し遂げることはできないし、日本の国内情勢が混乱している隙に乗じて欧米列強が待ってましたとばかり一気に押し寄せてきて、日本国は欧米諸国の植民地となっていたに違いない。日本人全体に強い自主独立の精神と、欧米列強の脅威に対し徹底して対抗しようという意志が、明治維新の際に欧米諸国につけ入る隙を与えなかったのである。明治時代における短期間での日本のめざましい発展の原動力は、日本人にこそ特有の何ものにも屈しないという反骨精神であった。

明治人の気風は、頑固なほどの反骨精神であると言われている。私は、その気風の基には江戸時代に培われ、代々受け継がれてきた心意気があると考えている。

江戸っ子と上方民衆

江戸っ子のべらんめえ言葉は、何でも相手の言いなりになってたまるか！　こっちにも意地ってもんがあるんだ！　という自立と反骨の精神の表れではないだろうか。べらんめえに続く、こちとら江戸っ子でえという言葉には、江戸っ子としての誇りと何ものにも負けないぞ！　という意気込みがある。火事と喧嘩は江戸の華と言われている。江戸っ子にとっては、いざとなれば喧嘩は望むところであったろう。また、木造住宅であった当時の家の造りでは、火事などおこったら一大事であり大災害となっていたはずである。それすらも江戸っ子の楽しみだと言い切ってしまうのが江戸っ子の気質である。火事がどうした！　どんなに大きな災害がこようとも負けてたまるか！　という態度である。江戸っ子気質には、日本人の持つ反骨精神が最もよく表れているのではないだろうか。

江戸時代から、上方の者は商売が上手であると言われていた。恐らく江戸の町でも上方の商人の店が大繁盛していたのであろう。江戸っ子は商売上手などという話は聞いたことがない。やはり、商売といえば上方である。

しかし、なぜ上方は商売上手なのであろうか。これは、私の考えであるが恐らくは的を射ているものと思っている。それは、京阪地方が一貫して日本の文化の中心地であり、源頼朝の鎌倉幕府や徳川家康の江戸幕府という武家政権を除けば、ずっと日本の政権の中心地であったという地理的条件によるものではないかと考えているのである。

京阪地方は、卑弥呼の邪馬台国以来、幕府に到るまで一貫して約千八百年の長きに渡り皇都であり続けた。天皇を始め公家百官は京阪地方に居住し政治を執り行っていた。政権の中心が貴族から武家の手に移った後も、天皇は京都に住み、政治的にはもはやほとんど力を持たない存在ではあったが、日本国の身分階級の最上位者としての威厳を保ち続け、その存在感を誇示していたのである。天皇家は、日本国の求心力であったのである。

それゆえに、戦国時代に天下を掌中に収めようとする大名は、武力を行使して皆、天皇の存在する京阪地方への上洛を目指したのである。他の大名よりも一歩でも早く中央を占め天皇より征夷大将軍の地位を賜ること、それが、すなわち天下に号令するための条件であった。戦国大名を次々に滅ぼして、朝廷をも滅ぼして自らが日本国の頂点に立ったと宣言しても、民衆はそのような人物を天下人とは認めなかったのである。あくまで日本国の中心は天皇であり、日本国を治めるには、天皇よりそのための職位に任ぜられることが必要であったのである。民衆も、戦国大名も、日本国民の全てが天下を治めるだけの大義名分を満たした人物を天下人と認めた。それを満たす決定的な条件を与えてくれる者こそ、天皇をおいて他にはないと日本国民は考えていたのである。

戦国大名が、皆、皇城の地を目指すのは当然のことであった。鎌倉幕府を倒した足利尊氏は京都に室町幕府を開いた。織田信長も京都上洛を目指した。京都には、天下を狙う大名の目が一斉に注がれていたのである。

それゆえに京阪地方は、しばしば大名同士による戦場の地となったのである。応仁の乱では十一年間に渡り京都は荒らされ荒廃した。京阪の民衆は、大名同士の都合によって、しばしば戦乱に巻き込まれることを余儀なくされたのである。自分達の生活だけではなく生命をも自らの力で守る必要があったのである。

戦国大名は、武力でもって実力で京都に近づいてくる。それに対して民衆には抵抗できるだけの武力はない。京阪地方の民衆は、お互いに力を合わせて大名に対抗し、自分達の生活と生命を守る手段を模索した。その結果、京阪の民衆が見い出した道が経済力の蓄積なのではないだろうか。武力に対して、民衆が力を合わせて経済力で対抗しようとした。その精神が上方の商売上手を生み出したのではないだろうか。大阪弁の持つ明るく人なつっこい雰囲気も、いつ巻き込まれるかも分からない戦乱において、お互いに助け合おうとする心と、武力に物を言わせて近づいてくる大名に対してお互いに協力して自衛しようとする気風のなかから生まれたものではないだろうか。

上方の民衆の経済重視、商売上手には明らかに反骨の精神が見てとれる。圧倒的な武力で押し寄せてくる力に対して、いつまでもやられっぱなしではないぞ！　相手が武力でくるのなら、こちらは経済力で徹底的に対抗するぞ！　という強い自主独立、反骨の精神がうかがえる。これは非常に重要なことである。戦国大名に、いつまでも自分達の生活を荒らされっぱなしで無抵抗であったのと、自衛のために強い意志をもって立ち上がった民衆とでは、その後の歴史には取り返しがつかない程の大きな差がでるのである。上方の民衆の活力は、この時に培われたのであろう。立ち上がる勇気が上方民衆の気風を創り上げたのである。現代の日本の中心地は、東京と大阪である。大阪人の日本経済に及ぼす影響力には絶大なものがある。もし、戦乱の世に、上方の民衆が戦国大名に無抵抗のままであり続け、立ち上がる勇気を持っていなかったら、現在の日本の発展はあり得なかったであろう。日本は、その根底から活力のない国になっていたかもしれない。日本人には、元来、事があれば、いつでも立ち上がるだけの精神が備わっているのである。その精神が、しばしば戦乱に巻き込まれることを余儀なくされるという地理的条件に居住する人々において存分に発揮されたのである。

鎖国政策に見る自主独立

日本の歴史は、武士から民衆に到るまで自主独立と反骨精神が基になり展開されている。江戸時代には、鎖国政策をとり海外との貿易に制限を加えていた。しかし、これは他国との交渉を絶って自国のみの状勢にだけ目を向けていればよいという後ろ向きの消極的な精神では断じてない。鎖国政策とは、日本国の自主独立性を保つためのものであったはずである。その目は、いつでも広く海外に向けられていたはずである。鎖国とは、日本の海外との交渉の方策であった。交渉を絶つための政策ではないのである。

鎖国政策を生み出した背景には、日本人の持つ反骨精神が息づいている。日本国の自立性を保った上での海外との交渉手段なのである。鎖国は、日本が世界に対して行った最初の政策ではないだろうか。日本人は、世界に対して、日本という国の独立性を保つ態度を以て接する対応をとったのである。それが日本人の意志であった。

日本国の自立性を大切にすることにより、日本人は、個性的な独自の文化を生み出した。江戸時代の約二百六十年間は、日本の文化を発展させ、日本人の気質を熟成させる期間であった。日本人の気風は、江戸っ子や上方の商いを追及する厳しさとなって表現され、現代の日本人にまでつながる気質となったのである。鎖国政策は、日本人の自主独立、反骨の精神を強めたのである。それだけの強い精神が、欧米列強による植民地政策に日本が呑み込まれるのを阻止し続けたのである。日本人の気概が欧米諸国を日本に近寄らせなかったのである。

不況こそ契機

現代の日本人にも、歴史を通じて受け継がれてきた反骨精神が備わっているはずである。しかし、現代の日本の政治家は、どうにも欧米を始め諸外国からは低く評価されているように思えてならない。日本国民自身も、自国の政治家を低く評価しているように思える。また、日本人全体が、しばしば諸外国より、個性がない、集団主義が先行しており個人の力が弱く自立できていないと指摘されている。個性豊かな日本文化を生み出し、何ものにも負けない、絶対に屈しないという精神を有している日本人がである。

日本人が戦後の経済発展最優先、そして、そのための一億総中流意識を植えつけられる歪んだ政策により見失ったものは、あまりにも大きかった。欧米諸国からは、本来、日本人の有する気質とはまったく正反対の姿である日本人像を指摘され批判されているのである。

現在の不況は、日本人が本来の姿に立ち戻るための良い機会であると考えている。贅沢品ばかりに関心を向けて金ばかりを追い求める姿勢は、もう止めにしたらどうだろうか。いつまでもそんなことをしていると、ついには、どの国からも相手にされなくなってしまうだろう。経済力を身に付けることが悪いわけではない。その経済を追求することだけに全力を注ぎ、日本人の本来持つ気風までも邪魔だと言わんばかりに投げ捨ててしまうことが問題なのである。

不況であれば、贅沢をすることは難しいであろう。しかし、毎日の生活を送るのには、たいした支障はないはずである。贅沢品を扱っている商売は振るわないであろう。不当に利益を貪っていた企業は倒産するか、業務姿勢の転換を余儀なくされるであろう。民衆は、贅沢品の購入を控え、日常生活において金を無駄に使わずに暮らしていくように工夫するであろう。このようにして、徐々に日本人は、その本来の姿を思い出していくのではないだろうか。

贅沢品に囲まれて、食べきれないほどの食事で腹を満たし、太った体を重そうに揺すって歩くという生活習慣は日本にはなかった。日本人の気質の歪みは、現代の生活習慣にも如実に表れている。今の生活習慣を見直すことは、かつての凛々しい日本人の姿を取り戻す第一歩となり得る。現代の日本に蔓延する様々な問題も、日本人の体格と顔つきの回復と共に解決していくはずである。

◎時　間

苦難の体験が知恵を磨く

人間の悩みのうちで最も大きいものは、もしかしたら時間かもしれない。時間というのは、誰にでも平等に過ぎていくものである。忙しい人にも、暇な人にも、何事か為すべき目標を持っている人にも、何もせずに無為に過ごしている人にも時間は平等に与えられているのである。人生とは、時間の使い方次第で決まると言っても過言ではない。それは、金の使い方などというものよりも、はるかに重要な問題なのである。

時間の使い方は、人生において最も重要なものである。金の使い方はよく分かっていても、時間の使い方をよく理解している人というのは、もしかしたら世界中どこを探してもいないのかもしれない。その証拠に、人は誰でも大かれ少なかれ必ず人生のどこかの段階で後悔の念を抱くものである。生まれてから現在まで、人生のどの時点をとってみても自分の人生に対してまったく後悔したことがないという人は皆無であろう。現時点で、ほとんど後悔の念を抱いていない人も、年齢を経るにつれて徐々に後悔の念というのは強いものになっていくし、後悔の念を抱く回数も多くなっていく。それゆえ、通常、人は年齢を重ねるにつれて悩みが増えてくるものである。

人間というのは、何も単純に年齢を重ねていくことにより悩みが増えていくのではない。年を経ていくに従い、社会とのかかわり合いが増え、様々な人間に出会い、多様な環境に接していくことによって悩みを深めていくのである。幾多の楽しい経験をして、数多くの苦難や辛さを味わう。そのくり返しの中で、人は悩むのである。そのため、悩みの大きさというのは、その人を取り巻く環境によってかなり違ったものになってくる。十代の頃から大いに悩んで育つ人もいれば、十代、二十代をあまり悩みもせずに無難に過ごし、三十代でやっと悩み始める人もいる。十五歳の時から夜間高校に通いながら働き詰めという人もいるであろう。二十歳で大学に入学して六年間大学生を経験して、二十六歳から働き始めるという人も、なかにはいるかもしれない。十五歳で働き始めた人の方が、二十六歳の大学生よりも人間的に深みがあり、社会で生きていくための知恵も、より多くを学んでいることであろうと私は思う。つまり、それだけ苦悩を重ね、様々な社会で生きていく喜びを経験し、辛酸も嘗めてきたということである。人間として一段と成長したと言えるのである。

しかし、皮肉なことに人は人間として成長することにより、一層、悩みを深く大きなものにしていくのである。自らの人間性を高め、知恵を身につけていくことによって、人は社会で生きていく上で生じる様々な諸問題をどのように解決するのが最も適切なのか、また、それらの問題を解決するには、自分はどのような行動をとればよいのかが理解できるようになってくる。知恵は、自分が人生の中で大きな失敗をおこすのを回避させる力を持っている。相応の知恵を身につけた人間は、大抵、大きな失敗をおこさないものである。偉大な知恵を有する人間の人生は、苦しみが徐々に減り、喜びの方が多くなってくる。それが知恵というものである。知恵を持つ人間は、人生の随所で生じる問題を、あまり頭を悩ませることなく解決することができる。すでに解決方法の会得が体験を通して為されているからである。

後悔こそ最大の悩み

人間が真に悩み、その悩みの度合も最大限であるものは後悔の念である。その時々に生じる問題がもたらす悩みなど、大抵の場合、取るに足らない小さなものなのである。しかし、後悔の念は知恵を身につけた人間ほど強く大きなものなのである。過ぎ去った時間は、もう取り戻せない。ゆえに、その悩みはあまりにも重過ぎるのである。人間は、自らを成長させることにより、人生の悩みを解決する知恵をいくらでも学ぶことができる。ゆえに、本来ならば人間にとって、この世の中は楽しむべき所であり、人生とは喜びの方がずっと多いのである。後悔の念、そして二度と取り戻すことができない過ぎ去った日々、この二つが人生には常につきまとう。その人の心は、時間の経過と共にさらに重くのしかかる悲痛な思いに責め苛まれるのである。

人間として成長した自分から見て、過去の自分の稚拙さ、物の考えの甘さ、十分にあり余る程あった時間を無駄に過ごした日々、他人が何かをしてくれることだけを望み、自ら積極的に他人に対し働きかけようとしなかった自分の傲慢な態度、気付かないうちに友人を傷つけてしまい壊れてしまった友情、積極的に行動し、自ら様々な新しい環境にその身を乗り出し数多くの人々と出会い、自分を成長させる機会を無視して過ごした日々。一を学び十を悔いる。人間の心の内には、すでに苦悩が用意されているのである。

人生には苦難が多いのではない。後悔が多いのである。苦難が多いというのは、他でもない自らが苦難を創り出しているだけである。苦難を経験せざるを得ないような考えで行動するからこそ、当然の結果として苦難を味わうことになるのである。そして、後悔とは、この過去におこした苦難を悔やむことである。ゆえに、後悔も言うなれば自らが当然の結果として創り出したものに過ぎない。

人は年を経るに従い心の内に苦悩を積み上げていく。しかし、その苦悩は普段は意識されることはない。人間の苦悩は、本人の気がつかないままにしっかりと心に根をおろすのである。そして、その苦悩は、ある人との出会い、はっとさせる何気ない言葉との出会い、一冊の本との遭遇によって深い後悔の念へと転じるのである。それは大変な衝撃である。しかし、その衝撃は、取りも直さずその人の人間性の飛躍的な向上の表れなのである。

◎野心家

野心家と詐欺師は同類

分不相応な望みを野心と言う。野心家とは、己の力量をかえりみずに、常に他人より少しでも秀でることばかりを考えている者のことである。他人よりもっと多くの金がほしい、他人より社会的に上の立場に立ちたい、有名になりたいなどと心に抱いている。なかには、もちろん、ある程度成功する者もいるだろうが、大抵の者は失敗する。多くの人間は実力がついていかないのである。野心家とは、現実社会を冷静に見ることができない人間である。ゆえに、己の力量を過信してしまい、かえって周囲が見えなくなってしまうのである。

自らの力量を過信している人間とは、我欲をむき出しにしている者である。常に自分の利得となることしか考えていない。自分の利益が、常に他人の幸福に優先している。極端に言えば、自分のせいで他人が不幸になっても、そのために自分の利益が確保できればかまわないと考えている。このような人間は、始めのうちはうまく立ち回っているつもりでも、月日を重ねるにつれてだんだん旗色が悪くなり、最後は没落するものである。常に自分のことばかりを主張して、自己の利益につながるような行動ばかりをとっていれば、当然にその人の周りからは人が離れていく。社会生活を送るのに、人が自分の周りから離れていくようでは、社会的な成功どころか世間一般の平凡な暮らしを送るのも困難になってくるのである。すでに成功とか失敗とかのレベルの話ではなくなっているのである。

しかし、そのような我欲むき出しの野心家の下にも残ってくれる人がいるし、むしろ近寄ってきてくれる人もいる。それは、その人のむき出しの我欲を利用して、その人を騙して金を巻き上げようとする人達である。そのような人達は、ニコニコしながら人格者の笑みをもって近づいてくる。人を騙すのに悪党面をして近寄ってくる者はいない。詐欺師は、皆立派な似非紳士である。もし、そのような人物に実際に会って、よく観察してみたいと思えば簡単である。楽をして金をもうけたい、自分の実力は無視した上で簡単に楽に有名になりたいという心構えで生活していさえすればよいのである。そうすれば、必ず詐欺師がほほえみながら飛んでその人の下にやってくる。それが世の中の仕組みである。我欲をむき出しにして生きている者には、必ず、人を騙して自分の利益を確保しようとする者が近づいてくる。そして騙されて、場合によっては取り返しのつかない事態に陥る。結局、騙す者も騙される者も同類のレベルなのである。類が友を呼んだだけの話である。我欲むき出しの野心家は、その本質は詐欺師と何ら変わりがないのである。

野心家は天職を選べない

野心家の失敗は、詐欺師に騙されるということだけではない。大抵の者は、仕事を選ぶ際にも失敗するのである。野心家は、仕事を選ぶに際して、自分の能力や適性よりも、より金のもうかる方法、楽に有名になれそうな方法を判断基準として仕事を選ぶ。そのために、本来の自分の能力にはまったく不向きな職業を選ぶ羽目に陥ることが多い。不向きな仕事を選択してしまう程度ならまだしも、法律すれすれで人を騙して利益をあげるような仕事や、外見ばかりをとりつくろって実際の経営は危機に瀕しているような会社を選択することも多いのである。

結局、我欲のあまりの大きさのために目が曇ってしまい、物が見えなくなっているのである。労働基準法などをまったく無視して安い賃金で不当に社員を労働させなければ経営が立ち行かない会社が、美辞麗句を並べて、うまい話で社員を募集しようとするのは当たり前のことである。いかにも華々しく見える仕事をしている会社が、実際に蓋を開けてみると綱渡り経営の連続で社員は得意先からのクレーム処理に追われ、売れない在庫品が山のように積まれているなどといったことは別にめずらしくも何ともないことである。このような会社は、楽をしてすぐに大金が得られるかのような、あり得そうもない話をでっち上げる。また、高度な教育も専門的な知識もない者でも、すぐに大舞台で活躍できる魅力的な仕事をしているかのような話をする。そのようなことは、実際には絶対にあり得ないと冷静に考えれば分かるはずなのに、我欲に眩んだ目には、それが分からない。結局、仕事選びも我欲のために失敗する。

同じように我欲をむき出して人を騙すことで生きている人間を引き寄せ、内実の伴わない人生にとって無益な仕事を選ぶ。これが野心家の人生である。野心家は失敗するのである。

野心家は失敗する

実を言うと、野心家は失敗するとは私の母方の祖父の格言である。口ぐせのように言っていたということである。祖父は、大工の棟梁であった。何人もの大工や職人を雇い、仕事の依頼を受けては現場に赴き建物を建てていた。町から依頼されて学校の体育館や町営アパートなども建てていたとのことである。神社などの建築にも携わったことがあるらしい。また、自分でも一件屋やアパートを建てて賃貸住宅経営もしていた。祖父の建てた貸家は今でも立派に建っている。田舎のことであるから賃料収入はわずかなものであるが、現在でも借り手がいる。

祖父は、貧乏な百姓の家庭に生まれた。昔のことであるから、一般的には、小学校かせいぜい中学校を卒業して、後は家業である農業を継いで生家で一生を終えるというのが当たり前であったであろう。しかし、祖父は、その当たり前の人生コースを選ぶことを嫌がった。祖父は、地元の学校を卒業した後、上京して東京に出た。確か最終学歴は小学校卒であったと聞いているが、定かではない。祖父は、東京で夜学に通いながら昼間は大工の見習いとして親方の下で働いて建築を学んだ。そして建築士の資格を取って意気揚々と地元に戻ってきた。それから建築の請負事業を始めて幾人もの大工を雇い仕事をするに到ったのである。祖父は、自ら設計図を描き、鋸や鉋を使って現場作業も行っていた。弟子をとって教えることもしていた。家族は、まったく生活に困ることなく暮らしていた。今は亡き祖父の人生は成功であった。自分でも満足できるものであったはずである。

その祖父が言うのである。野心家は失敗すると。祖父の人生は、上京して建築の資格を取ろうとした時点で、すでに野心的であったと言えるかもしれない。地元で大きな仕事をして名声を得たい。多くの収入を得たいという思いが当然あったはずである。これは、明らかに野心的である。

私は思う。恐らく東京で夜学に通いながら昼間は働き詰めという厳しい環境の下で、祖父には様々な誘惑があったのではないかと。そんなに辛い勉強をしなくても、もっと楽に名声を得られて、金ももうかる方法、資格などなくても手取り早く始められる建築の仕事など、東京で貧乏暮らしをしていれば、様々な話が飛び込んでくる。祖父は、我欲をむき出しにして、また楽に簡単に物事を為そうとして、それらのくだらない誘惑に乗って失敗して堕落していった者を何人も実際に見てきたのかもしれない。そのような者達を見て、我欲に目の眩んだ野心家は失敗するという思いを強く抱いたのかもしれない。また、もしかしたら、祖父自身も資格を取った後、東京で事業を始めようと準備を進めていたところを、人に騙されて事業を断念せざるを得ない状況に陥った経験があるのかもしれない。いずれにせよ、我欲を前面に押し出し、俺が、俺がといって他人を押しのけてばかりで周囲が見えなくなってくると、必ず人に騙されるなどというように、その我欲を利用されて結局失敗するということを東京で深く学んだのであろうことは間違いない。

祖父は、地元で事業をおこすべく帰郷した。それが祖父の人生を大きく変える結果となった。祖父が帰郷してすぐに関東大震災がおこったのである。あの時帰郷していなかったら多分、自分は死んでいたであろうとは祖父の語っていた言葉である。

関東大震災がおこる前に帰郷するか、東京に残るかの決断による命運を分けたのは、我欲であったと思う。東京に残り、下手な功名心にすがって仕事をするのではなく、地元において自分の為すべき仕事をしようという思い。それが生へとつながったのではないだろうか。

祖父の為すべきこと

祖父の地元には、当時大工がいなかったわけではないであろう。しかし祖父が小学校の体育館や町営住宅から個人の家まで幅広く請負い事業をしていたという事実を考えると、当時、祖父の地元は非常に建築に携わる人が不足していたのではないかと思う。そして、そのために町の発展も大きく遅れていたのではないかと思う。そのような状況の中で、祖父の存在は、町の発展のために大きな力の一つとなり得たはずである。祖父が東京に残って事業を始めて、それが仮に成功を治めたとしても、町の発展のためには何の貢献もできなかったであろう。祖父が地元において事業をおこしたからこそ、少なからず町の発展のための力と成り得たのである。

祖父は、何者かの見えざる手に導かれて郷里に戻ったのかもしれない。見えざる手が、祖父に町の発展のために尽力させようとして祖父を関東大震災から救ったのかもしれない。建築を通して町民の生活を豊かにし、人々を幸せにする。それが祖父がこの世に生を受けた理由なのだと私は思う。人間は、誰しも皆、何か為すべき目的を持って生まれてくる。理由もなくこの世に生を受ける者など一人もいない。しかし、我欲をむき出しにして、自分の都合ばかりを考えている人間の心は、自分が真に為すべき生きる目的を見い出す目を曇らせる。そのような人間は、せっかく自分が為すべき目的を持って生まれながら、その目的に全く気がつかないまま一生を終えることになる。自分の人生の一生を失敗して終わるのである。これほどの悲劇は他に例えようもないほどに恐ろしいものである。

◎人の心

外界は心の内の反映

世界の人口が六十億とすれば、この世の中には同時に六十億もの世界が存在することになる。一人一人の人間は、それぞれが違う世界に生きているのである。A・B・Cの三人がいるとする。仮にAさんは、明るく快活で豪放磊落な人物であったとすれば、BさんとCさんは、Aさんに接してみてどのような感想を抱くであろうか。Bさんは、Aさんを裏表のない気軽に何でも話せる付き合いやすい人と見るかもしれない。しかし、Cさんは、Aさんを無遠慮で厚かましく、相手の心の内に土足で入り込んでくる人と捉えるかもしれない。同一人物に接しているのに、人によってAさんの性格はまったく異なって解釈されてしまうのである。人間の性格などというものは、その人に固定的に備わったものではなく接する人それぞれによって、その都度付与されるものではないかとさえ思えてくるのである。言い換えれば、自分が接する人々が自分にとって友好的で望ましい人柄であるのか否かという単純な事実も、多くは自らの心の内の反映とみることもできるのである。周囲に自分のことを理解してくれる人間がいないというのは、まず自らが相手を理解しようという目で人を見ていないからに他ならない。自分が初めて出会った人に嫌悪感を抱いたとすると、その人の心には相手に対する悪いイメージが刻み込まれる。二度目に相手に接する時、その人は自分が初対面で抱いた感情を以て対面するであろう。その人の心の世界では、すでに対面する人物についての情報は確立されているのである。その心の内の世界が外界に投影され、その人を取り巻く環境は形成されたのである。

その人の性格というものが、接する人々によって多様な形で捉えられてしまうとなると、性格というものの主体性は存在しないのだろうか。性格を決定づける因子の全ては、客体が握っているものなのであろうか。

外向と内向

精神医学者であるユングは、人間を外向的と内向的の二つのタイプに分類している。外向的タイプの人間は、常に自分の思考や行動様式の対象を外界に求める。その心の動きは、常に外部環境の事象に働きかけることを求め、また外界の事柄によって影響を受ける。それに対して内向的人間は、外界よりも、むしろ自らの内面に深い関心を寄せ、自分の心の動きを思考の対象とする。外界より知覚される情報に重きを置かず、心奥の世界の探究を重視し内的空間の豊潤に浸ろうとするのである。性格というのは、確かに、その決定要因の大部分を他人である客体が握っているのは否定できない。しかし、対面する相手の性格を方向づける性格決定の重要因子は主体者にそれぞれ備わっているのである。

外向的な人間は、自分と同じ外向型の人間に接しても違和感は覚えない。相手の心情も理解しやすいし相方共に親近感を抱く場合が多い。主体と客体は、相方がお互いに心の内で認知している自分の性格と相手が抱いている自分に対する性格との間に大きな乖離を感じることはない。つまり、相方共にお互いに分かり合える物の見方を共有しているのである。これは、内向型の人間同士でも同様である。基本的に人は、自分と同じタイプの人間を理解し好意を抱くことは容易なのである。

では、外向型の人間と内向型の人間はお互いに理解し合うことができないのであろうか。外向型の者は同様のタイプの者だけで世界を形成し、内向型の者は同じように内向型同士で生活環境を形作ってしまうのであろうか。私は、人間の心的世界というのはそんなに単純に割り切れるものではないと考えている。外向型の人間も、内向型の人間も、お互いに相手を理解し合う積極的な意志があれば、心の内を分かり合えるものと考えている。自分の心の内を限定し狭い世界に生活空間を設定してしまうのは何ともさびしいものである。

外向型、内向型と言っても、世の中に完全に外向型の人間、そして完璧な内向型の人間など存在しない。もしいるとすれば、それは精神障害を患っている者と見て間違いない。人間の心のあり方は、はっきりと外向と内向に分別されるものではないと私は考える。外向的と内向的のどちらの特性をより多く有しているのかの差によって考えるべきではないかと思う。より多く優位を占める特性を以て、その人のタイプは決定するのである。

このように考えると、人間のタイプや性格というものを流動的かつ幅広く捉えることができる。例えば、同じ外向型に属する人間を取り挙げてみても様々な人物像を解釈することができるのである。豪胆でいつも大きな声で会話をするが、好きな女性の前では緊張してしまい一言も口をきけなくなってしまう。また、普段大人しく後輩や同輩の面倒をよく見る細かい心配りをする人物が、先輩や教師に対しては遠慮せずに堂々と物を言い、時には喧嘩も辞さない強硬な態度を示したりする。このような人物の行動様式は、単純に外向的、内向的という二元論で説明できるものではないのである。人間の心のあり方には質的な相違はあり得ない。諸特性の量的差異によって特徴づけられているのである。

さて、外向型と内向型の人の知覚する外部環境は、各々が持つ関心の対象が異なっているために様々な相違が認められる。どちらも、その型特有の世界に生きているのである。言うなれば、外向型の人は外向という一つの型で世界を狭めて生活環境を形成している。内向型の人は、自ら生活領域を内向的な思考や行動様式で埋めつくしてしまい、外向的な雰囲気を排除してしまう傾向がある。そのために、タイプが極端に外向に向いている人や内向に傾いている人というのは、どちらも非常に片寄りのある極めて限定された狭い世界に生きているということになる。狭量な心のあり方が、そのまま外的世界に表現されているのである。

外向的なタイプの人は、内向型の人を理解しようとする努力が必要である。同様に、内向型の人は外向型の人にも関心を向ける積極性をもたなければならない。相方がお互いに交流を持つことによって、各々の内にある劣性の特性が刺激を受け育まれていくのである。お互いが、自らの内にある劣性の特性を伸ばすことによって心の成長が促され、人格が練られる。人間として望ましい心のあり方は、外向と内向が調和し、どちらか一方の特性がやや有利に働いて性格を形成している状態ではないだろうか。そのような人間こそが、もっとも広く自由で囚われのない世界に住んでいると言えるのではないだろうか。

人を理解するというのは大変に難しいことである。しかし、それは私達が自ら視野を狭め世界を見ているからに他ならない。ゆっくりと継続的に視野を広げていく努力が、少しずつ自分の世界を開放していくのである。

◎人付き合い

自己防衛意識

人付き合いの上手な社交家もいれば、人との交際が苦手で引きこもりがちな人もいる。社交家は、自ら積極的に人の前に進み出ていくが、交際下手な人は、なかなか自分から人前に進み出る勇気がでない。自分から積極的に行動できる勇気を持っているかどうかで、人生はまったく異なってくる。それは、ほんの小さな勇気である。何も多くの観衆が見守る舞台でピアノの演奏をするわけでも、自分の演技を披露するわけでもないのである。普段の日常生活において、ほんの少しだけ意識のあり方を変えるだけでよいのである。人前に積極的に進み出よう、自分から進んで行動できる人間になろうという心構えを意識しているだけで、人は少しずつ心のあり方が変わってくるのである。元々、積極的な人と消極的な人との差は、驚くほど小さいものなのである。

人付き合いの下手な人というのは、例外なく自己防衛意識の強い人である。自分を守ろうとする意識が過剰に働くから、その行動が消極的になってしまうのである。消極的な人は、自分の心が傷つくことを最も恐れている。自分の心を堅い殻で覆い、けっして他人に見せようとはしない。心の内を見透かされることを恐れているので、自分の心の動きを表す感情表現にも乏しいのである。自分は、どのような特徴を持った人間なのかを表現するような行動はとれない。そのような行動は、自分という人間を、相手に対してあからさまに示してしまうからである。自己防衛意識の過剰な人は、常に他人との距離を適度に保つことにより、自己の安全を確保しているのである。もっとも、自分で安全を確保していると思い込んでいるだけであり、実際には他人との距離など置かなくても、その身は危険でもなんでもないのである。自分の行動を自分自身の単なる思い込みにより束縛し、狭めているだけに過ぎないのである。

では、実際に自己防衛意識の過剰な人が、自分から積極的に人前に進み出るに際して、最も大きな障害となっている感情は何であろうか。それは、他人からよく思われたいという感情である。なぜならば、自分が接する全ての人が、自分に対し好意を抱いてくれる環境というのは、自分にとって最も安全なものだからである。消極的な人は、行動をおこす上で、常に、この安全性の確保を何よりも優先して考えるのである。

心の平穏を過剰に求める

自分の心の平穏を乱されることを極度に恐れ、常に心の内を安定させていたいという感情、それが相手に対し、自分の心を開いて接する勇気を奪い、さらに相手から話しかけられることで、自分の心を開き打ちとけて会話をしなければならないような状況になるのを嫌い、人との交際を避けたがるような後ろ向きで消極的な性格を創り上げてしまうのである。ゆえに、積極的で前向きな人間になるには、自分の心を常に安定させていたいと考えるのではなく、多少のことでは何を言われてもビクともしない強靱な心を養うことをこそ考えるべきである。誰しも心の平穏をかき乱されることを喜ぶ者など一人もいない。誰もが自分の心の安定を求め、心を平穏に保つように行動するのである。要は、自分の心のあり方である。物に動じない強い心を持った人物でも、やはり自己の心の安定を求める。しかし、そのような人物は、多少のことでは何がおこっても平気なので過剰に自分の心が傷つくのを恐れる必要がないのである。ゆえに、その行動は前向きで積極的であり、明るい性格になるのである。根本的には、人間は誰しもが心を傷つけられることを恐れるという感情を持っている点で一致している。違いがあるとすれば、その成育過程において、自分の心をある程度開いて人と接しても、自分の心の平穏を保ち続けられるような訓練をしてきたかどうかというだけである。ただ、それだけの、些細なことなのである。その程度の訓練ならば、誰しもが、いつでも始められるのである。心を開いて人と接していきたい。積極的に人前に出ていける人間になりたい。その程度のことは非常に簡単なことなのである。難しく考えるから、難しいと思うだけのことである。

人前に出ていくためには、こんな話をしたら恥ずかしいとか、相手に変に思われるのではないかという邪念を、真っ先に捨てることである。そのような自己保身は、自分の勝手な思い込み以外の何ものでもない。恥ずかしがることなどまったくない。もし相手と会話をしてみて、話が合わなければ、ただ単にお互いに気が合わなかったというだけのことである。世の中には、自分と気の合う人もいれば気の合わない人もいる。別に気の合わない人がいたからといっても不思議でも何でもない。当然のことである。その当然のことを避けて、自分勝手な妄念を抱くようなことだけは絶対にしないように気をつけたいものである。

三つのキーワード

自分から積極的に人と接していくのが恥ずかしいという過剰な自己防衛意識を改めるには、ほんの些細な事実を心の内にしまっておくだけでよいのである。一つは、積極的な人も消極的な人も、人間は誰しも皆、自己の心の平穏を保つことを最優先に考えていること、消極的で口下手な人だけが自己防衛意識をもっているわけではないことである。二つ目は、自己防衛意識の強い人とそうでない人との差は、その成育過程において、自分の心を開いて人と接する訓練をしてきたかどうかという程度の差でしかないこと。言い換えれば、成育環境の影響により、成長する過程で自らの心を開いて積極的に人前へ出ていく習慣を無意識のうちに身につけてきたか、もしくはその逆の習慣を身につけてしまったのかという差である。積極的で明るいか消極的で暗いかという性格の差は、無意識的に積み重ねられた習慣の差に過ぎない。しかし、その習慣は、自ら意識して行うものではなく、物心ついた時よりずっと自分自身で意識することがないまま自らの心の内に積み重ねてしまった習慣である。そのために、そのような習慣は自分でも気がつかないうちに性格の一部となってしまうのである。性格というのは、その大部分は習慣化された行動のくり返しなのである。

さて、三つ目は、このような話をしたら恥ずかしい、相手から変に思われるのではないかという思いに過剰にとらわれすぎる必要はないということである。世の中には気の合う人もいれば気の合わない人もいる。それが当たり前である。とらわれずに、心を開いて会話をすることにより、心が軽くなり気持ちはずっと楽になるはずである。

以上の三つの要因をまとめると、自分の心を開放するのが苦手な人は、過剰に自己の内的世界の安泰を求めるので強固な自己防衛意識を持つようになる。そして、自己防衛意識が強いために人前で恥をかくことを極端に恐れるようになるという心の動きが成り立つのである。また、心の平穏は全ての人々が望むものであり、その思い自体は何も特別な心性ではないことも述べた。つまり結論的に言えば、人付き合いの苦手な人は自己の心の内を堅く閉ざし微風一つない、また美しいメロディーの入り込む隙のないほどの完全に静態の空間にして安泰させようとしているのである。しかし、そのような完璧に静態の心の空間は、その人に心の安穏どころか強い緊張感を生じさせるのである。

さらに、過剰に心の平穏を求めるというのは、内向的特質が過度に肥大してしまい極度に自己に関心が向き過ぎているということである。ゆえに、このような心の状態を改善する第一歩は、サークルや趣味の活動などを通して人々との交際を持つことである。積極性と消極性の差異など、環境とその人の意識によって簡単に乗り越えられるものである。

◎財産と孤独

物欲と孤独

富は人の心をかたくなにするという言葉がある。財産を持つ者は、それを守ろうとして必死になる。その財産が多ければ多い程、人は財産を盗られることを警戒する。財産とは、自分の欲望を満たす手段である。大きくて豪華な屋敷に住みたい、綺麗な洋服が着たい、美味しい食事がしたいなど、それらの贅沢は全てお金が満たしてくれる欲望である。人は、誰でもが贅沢をしたいという思いを持っている。ゆえに、その贅沢をさせてくれる財産は喉から手がでる程に欲しいものである。

一般的に言うと、人は贅沢をするためというよりも生活のために働いている。金持ちでもない庶民にとっては贅沢な暮らしをするどころの話ではないのである。しかし、毎日財布の紐を締めて苦しい生活を強いられている家族が、裕福とは言わないまでもある程度金銭的に余裕のある暮らしが送れるとなったらどうであろうか。家族は喜ぶだろう。では、さらに今度は裕福で贅沢な生活ができるとなればどうか。家族は、あまりの嬉しさに狂喜するであろう。しかし、ここで家族には贅沢をするにあたって条件を提示する。まず、父の仕事は全く面白味のない、当然誰もが絶対に興味の持てないものになること。また、その仕事を行うことによって公害を引き起こし、環境破壊や周辺地域の住民の人々に公害病を発症させるものであること。この二つの条件を十分に理解してもらった上で仕事に携わってもらう。もちろん、その代償として非常に高い賃金を保証する。

さて、このような条件をつけられてもなお人は承諾して贅沢を享受できるものであろうか。多くの人々に苦しみを与えてまで贅沢な暮らしをすることなどできないという選択をした人は、まともな人間である。しかし、世の中には、まともではない常識を外れた人間も数多く存在する。他人に迷惑をかけることなどかまわない。贅沢な暮らしをして、毎日物欲を満たして快楽を得られれば仕事などつまらなくても、興味を持てなくてもかまわない。ただ贅沢できる金があればいい。自分だけが満足できればそれでいい。このような自己中心的な選択をする者も多いのである。

貧乏暮らしをしている者は、皆必死で働く。人との交流を積極的に持って汗水流して動くのである。時には誰かを助け、時には人に助けられる中で生きていくのである。そして、贅沢に遊び暮らすとまでいかないが、日常生活を余裕を持って過ごす者は生活の面でお互いに助け合うということはないが、自分達の趣味を通じて人々と親交を深めたり、気の合う者同士で遊びに出かけたりして気楽に楽しく過ごす。貧乏暮らしをする者も、余裕のある生活をする者も共に孤独のわびしさを感ずるということはあまりない。

ところが、物欲を存分に満たせるほどの贅沢ができる立場にある人間は孤立するのである。あり余る金銭を全て自分のためだけに使おうとするからである。人間とは、なぜか大金を掴むと人との交流を避けるようになるのである。

財産を築いて後、人は何をするのだろうか。海外旅行に行くのだろうか。豪勢な食事をするのだろうか。高価なアクセサリーを身に付け、華美な洋服に身をかため、豪壮な屋敷に住み、贅をつくした広大な庭園を大理石で固めたガラス張りの風呂場から眺めて、独りで悦に入るのであろうか。何が楽しいのか、私には理解できない。

資産とは身分

財産を持つということは、身分を持つということである。財産を持つ一族は、当然に所有する財産に相応しい生活環境や行動様式を期待される。貧乏人のようになり振りかまわずという訳にはいかないし、毎日の生活に追われて教養も道徳も持ち合わせていないという言い訳も通用しない。貧乏人は金が無いために毎日の生活に縛られているが、資産家は社会的立場と一般大衆の目に縛られているのである。

富を所有する者には、財産の使い方を誤ってはならない義務が課されている。資産家は、その財産のゆえに一般大衆よりも大きな社会的貢献ができる立場にある。自分達ではできない大きな仕事を、一般大衆は資産家に望むのである。資産家は、福祉施設の開設や身体障害者への支援、その他の社会的意義のある活動を積極的に行うべきである。そして身だしなみを立派にして品のある立ち居振舞いを常に心がけるべきである。それでこそ人々は、さすがに莫大な資産を所有する一族は我々とは違うという賛嘆と敬愛の念を抱くのである。このようにして、大衆と資産家は社会貢献と尊敬の関係で結ばれることになるのである。

しかし、人々への貢献などお構いなしで、ただ自分達の物欲ばかりを追求する単なる金持ちもいる。このような者達は自己中心的に我欲ばかりを押し通しているので品がない。振る舞いや、話し方一つを挙げてみても、まったく洗練されたところがない。金は持っているが、中身は一般大衆と何ら変わるところがない。それどころか、飽くなき物欲を満たす金を持っているために、我欲が顔中に嫌というほど表れている醜い姿ですらある。どんなに立派で品のある洋服を着ようとも、その醜い姿は脇からはみ出た贅肉同様、際立ちこそすれ、覆い隠すことは不可能なのである。

品格の伴わない、我欲に振り回されている金持ちは、話し相手のいない広いテーブルで豪華な食事をして喜びを覚える。しーんと静まりかえった広大な屋敷に、ぼそぼそと生気のない会話が飛び交うが、これも周囲の静けさにすぐに掻き消されてしまうのである。

我欲ばかりが前面に押し出た金持ちというのは、人々からの尊敬を集めることができない。むしろ人々は軽蔑して遠ざかる。そのために人々とのつながりが持てずに孤立するのである。

もちろん、仕事上の付き合いはあるだろう。しかし、その付き合いは業務命令を与える人と指示を受ける人という関係であって、人と人とが心から受け入れ合うような親交の情は皆無である。

著しい内向性

我欲に囚われている金持ちは、見方を変えれば自分の欲望を満たすことに、あまりに関心が集中してしまっている状態に陥っていると捉えることもできる。一見、金銭という外界の対象物に興味が過剰に注がれているように見受けられるが、何も彼らは金自体を追い求めているわけではない。金によって得られる様々な快楽をこそ求めているのである。つまり、先に述べた外向と内向の関係で言えば、内向への片寄りが著しい状態ということになる。内向とは別に内気で消極的という性格を指すわけではない。ここでは、自分の欲望という内面世界の充足へ過剰に心的エネルギーが注がれているという状態を指しているのである。そして、心的エネルギーが自己の内側へばかり向かっているために外側へ向かって心的エネルギーが発揮されなくなってしまうのである。下品な金持ちの心的世界は、外向特性が著しく劣化してしまっているのである。そして、外向特性を劣化させた原因は我欲である。我欲は莫大な金銭によって身に付けてしまったものである。

醜い金持ちにはなぜ品がないかと言えば、それは心的エネルギーが内向に向かい過ぎているからである。そのため外部環境への配慮が希薄になってしまい、他人から自分の姿をどう思われようと一向に頓着しなくなってしまうのである。贅沢な洋服に身を包み、金の成金指輪をはめて自分が満足できればそれでいいという心境になってしまうのである。

品のある資産家は違う。自分の服装や立ち居振る舞いが相手にどのような影響を与えるのかに非常に気を配る。自分さえ満足すれば何を着てどんな恥知らずの行動をとってもよいとはけっして考えない。心的エネルギーは内界と外界の両方向へ働きかけているのである。福祉などを始め様々な社会貢献についても、当然、内向と外向のバランスがとれた人間でなければ不可能なことである。品格の高い人間だからこそ、積極的に社会のため、人々のために働き、その成果を以て自己の心の充足感を得るのである。下品な内向のみに心が傾いた人間は、福祉どころか自分の行為によって多くの人々が嘆き苦しむことになろうとも、まったく気にしないのである。

金銭をただ自分の欲望のみのために浪費して、多くの人々との親交を無視して、それだけの力を持ちながら助けを必要としている人達にまったく手を差し伸べることなく生きてきた金持ちは、最後にはさびしいと言って死んでいく。その人にとっては、何のための金銭だったのか。

莫大な資産を誤ることなく使いこなすには、資質が必要である。卑しい我欲は、人間の心を内側へと際限なく引きずり込む。常に意識を外側へ向ける努力が必要なのである。

◎孤　独

孤独を求める

デンマークの哲学者キルケゴールは言った。絶望とは死に到る病であると。確かにその通りである。しかし、私はもっと的確にこう言いたい。孤独とは死に到る病であると。孤独は十分に人を殺す力を持っている。ゲーテは、人格を磨くには人波にもまれろ、才能を磨くためには孤独になれと言っている。しかし、人間は、ただ一人になりさえすれば才能を磨けるわけではない。才能を引き出すためには条件が必要なのである。

自らの才能を引き出したいと思う者は、人波にもまれるべきである。それと共に孤独の内に思索を深める時間を持つことによって、初めて才能は花開くのである。何も考えずに一人になったところで、才能など引き出せるはずがないのである。一人でいると楽だからという理由で孤独を求めてはいけない。そのような安易な考えに囚われると、自分からは何の行動も起こせない人間になる。一人でいること自体に意味があるわけではない。独りの時間とは、人との触れ合いを通して得た人生を切り拓く力を存分に発揮するための準備期間と言えるであろう。一人であること自体が人に力をもたらすのではないのである。

自分から積極的に動く。重要なのはこの一点である。後のことは動いている内に少しずつ理解できてくる。物事の全ての始まりは、まず行動することである。下手な理屈をこねていつまでも重い腰を上げるのを躊躇している者には、けっして道は拓けないのである。意識を変えない限り、一生孤独と暗黒の牢獄に囚われ続けることになる。

孤独である心と孤独になる意志とは全く異なるものである。孤独であるとは、自ら積極的に動く意志がないので周囲から取り残されている状態に陥っていることである。孤独になる意志とは、自ら望んで独りでいることを求めることである。これは大変な違いである。なぜならば、自ら孤独を求める者には大きな飛躍のチャンスが与えられているからである。気楽さを求めて一人で部屋に閉じこもっている者には何もない。

人生論や哲学、様々な思想に触れる機会を与えてくれるのは、自ら孤独を求める意志である。多くの先哲が苦悩と艱難の中から見い出した真理は、全ての人々に深い感銘を与え希望と人生を切り拓く強い意志を教えてくれる。その心は、けっして孤独の深淵に落ち込んでいるわけではない。それどころか、その心は自由に駆け回る大空へと開かれている。天高く登って宇宙にまでも広がっている。天衣無縫の心で自由に飛び回り雲間に隠れた真実を見い出す。神が創造した宇宙の神秘に触れて深い感動に心を震わせるのである。

もし、あなたが自らの意志で孤独を求めるならば、あなたの前には無限の世界が広がっている。しかし、一つだけ心の奥深くしっかりと憶えておかなければならないことがある。あなたが孤独の中から掴み取った哲学は、実生活に応用されるべきものであるということである。あなたが、どんなにすばらしい哲学を学び取ろうとも実践されなければ意味を為さないのである。

社会に出れば、あなたとは考えが違う人もいる。あなたが正しいと思っていたことの間違いを指摘され、深く悩むこともある。社会生活を通して当初自分が考えていたことの思い違いを、自ら訂正することもある。自分が学び取った全ての思想は、実体験を積み重ねることによって、さらに深遠なものになっていくのである。

逡巡するエネルギー

現代の若者は、自ら孤独を求めるだけの意志を持っているであろうか。独りでじっくり物事に取り組んで何事かを根気強く学び続ける持続力を有しているであろうか。残念ながら、そのような意志も力も持ち合わせていないと言わざるを得ない。現代社会の風潮として、独りでじっくり何かに没頭する人間を疎んじる傾向がある。表面的な判断で熟慮なしに能率的に動くことが求められるのである。若者は、独りでじっくりと時間をかけて物事を完成させることを、ひどく嫌うようになる。自己の内面を深く掘り下げて苦悩し、その中から新しい自己のあり方を模索していく行為は、時に通俗的な事柄を嫌い世の中の真実、人としてのあり方を見い出そうとする青年期独特の心理により、本来であれば若者にとって極めて自然な成長の一課程なのである。しかし、現代青年の多くは不自然にもそのような自己錬磨の時間を求めていないのである。

では、若者は自ら積極的に動いて自分を取り巻く環境を変えていこうとする力強さを発揮するのかといえば、そうでもない。内へ向かう意志もなければ、外へ力強く踏み出す逞しさもない。現代の若者は、あり余る贅沢品に囲まれ、幼少の時より常に何かを与えられる環境に精神が順応してしまっている。また、金銭を払いさえすれば何でも贅沢品が手に入ることを実体験を通して身体に染み込ませてしまっているので、自ら何かを作り出そうとする前に、すぐに金を払って苦労せずに事を済ませようとする。若者は、外部環境に対して常に受け身の姿勢を身に付けてしまっているのである。

外に発散することも、内へ向かうことも妨げられた若者のエネルギーは、どちらへも向けられぬ中間領域で逡巡している。何をしていいのか、どのように行動すればよいのか分からない状態で、欲求不満を無理に振り払うかのように度を越えて明るく振る舞う若者もいる。また、為すべきことを何も見つけられずに一人自室に閉じこもって無気力に陥る若者もいる。外面的にいくら楽しげに見えても、若者の心は暗闇に覆われている。社会が、若者の心に光を照らさなければ新たな時代を切り拓く活力は生まれてこない。若者が孤独に喘いでいる苦しみからは、国家の発展はあり得ないのである。

◎慢　心

すぐ有頂天になるのは愚か

人は、物事がうまく運び、人生がよい方向に向かっている時ほど失敗しやすいものである。自分の能力を過信して、必要以上に色々なものに手を出して最後は目もあてられないような悲惨な失敗をする。また、自分の能力以上の難しい仕事を安請け合いしてしまい、その結果、結局仕事を為し遂げられずに中途で放棄してしまい、積み重ねてきた仕事における信用を失い、今までしてきた全ての努力を水の泡にしてしまうということもあり得る。

物事が順調に進んでいる時、人はどうしても周囲が見えなくなってしまう。悩み事を抱えることなく、失敗することもない状況は、人から注意深さと観察能力を奪う。注意して周りを見ることがないから、小さなミスや過失に気がつかずに見落してしまう。細かい事柄にまで目が行き届かなくなるので、自分の仕事を失敗へと導く、些細な、しかし重大なシグナルに気がつかないことが多い。有頂天になり、周囲が見えない状況というのは、これだけの失敗を招くための条件を人の心に生じさせるものである。これでは、むしろ失敗しない方が不思議なくらいである。人は、物事がうまく進んでいる時こそ、最大限の注意を払わなければならないのである。

有頂天になっている人間というのは、優越感の塊である。有頂天とは、自分が全ての人の頂点に立ったかのように錯覚する心である。これは、他人から見ると滑稽にしか見えない感情である。しかし、有頂天になっている人間は、そのような他人の心の内を注意深く読み取ることなどできるわけがない。まるで自分が他人よりも非常に優れた存在であるかのように振る舞うのみである。優越感を前面に押し出して人に接するので、皆がその人を徐々に避けるようになる。人は、優越感を撒き散らして歩くような者に対して嫌悪感を抱く。誰も、その人に近寄ろうとはしないのである。

物事が順調に進んでいるのは、自分だけの力ではない。この世の中の全ての事柄は、他人の協力があって初めて進展していくのである。物事がうまくいく背景には、必ず自分に協力をしてくれる人が自分の何倍もの努力をしてくれたり、自分の仕事が順調に運ぶように気配りをしてくれたりするという他人の手助けがあるのである。他人が十の仕事をしてくれて始めて、自分は一の仕事ができると考えれば間違いない。それを忘れて、自分が最も偉いなどと言って、他人に対して優越感をもって接していくというのは、人の恩を仇で返す行為である。このような人間は失敗しない方が不思議である。

優越感に浸っている人間は、相手の立場や心の内に気を配ることなく行動する。そのために人の心を不用意に傷つけやすい。さらには、人の心を傷つけてしまったことにすら気がつかずに、同じような過ちを繰り返すという失態をしてしまうのである。他人の協力の上に人生を生きながら、相手に対しては心を傷つけるという行為で接する。これほど愚かな行為はないであろう。しかし、このような常識外れの行為を、有頂天になり周囲が見えなくなっている人間は平気でするのである。

慢心で人徳を失う

人は、普段から十分に注意していなければ、多少なりとも人生が順調にいっている時になると、たちまち有頂天になってしまう。慢心を抱き、せっかく円満の内にある人間関係に簡単にひびを入れてしまうものである。また、自分の能力を過信しているので、他人の能力を見下し協力者の力を低く判断してしまうことが多いのである。

人が、自分の人生が順調に運ぶように協力してくれるのは、それだけ、その人物が人間的に魅力があるからである。人徳の優れた人間が創り出す雰囲気というか、言うなれば暖かい光のようなものに魅かれて、人は、その人物の下に集まってきてくれるのである。また、そのような人徳を備えた人物の側には、同じように人望のある人々が同調して近づいてきてくれるものである。相応の人物は、それ相応の人物と引き合う。ゆえに、そのような人物の人生は、すばらしい協力者に恵まれて順調なものとなるのである。

大切なのは、自分の人生がうまくいっているからといって、けっして優越感を抱かないことである。有頂天になり、盲目になると同時に人は人徳を失う。人徳を失った人間の周りには、まるで精巧な機械で測ったかのように、同じように人徳のない、程度の低い人間が集まってくるのである。

全てが順調に進んでいる人生が、急に失敗が多くなり、気がついたら全てが間違った方向に向いているということが、人生にはよくある。それは、何もその人の運が悪いとか、偶然に失敗が重なったとか、そういう問題ではない。失敗を重ねる前に、すでに失敗を招くような心のあり方を自ら創り上げてしまっているのである。人生は、意味もなく急に失敗が多くなるということなどあり得ない。失敗するべくして失敗するのである。

自分でも気がつかないうちに、いつの間にか驕り高ぶる心になってしまい、慢心を抱き、優越感を漂わせた言動が目立つようになる。そのために人心が離れ、自分の人生にとって大切な人が少しずつ離れていくのである。そして、それと入れ替わるように自分の周りには、人徳のない、心の卑しい人間が少しずつ増えてくるのである。

このような人の入れ替わりというのは、急に進むわけではないし、一気に総入れ替えが行われるわけではない。徐々に本人が気がつかないくらいの速度で、ゆっくりと、しかし確実に進行する。進行の途中で、本人が気がつき自らの慢心を戒めれば、また人心は戻ってくる。しかし、気がつくことなく驕り高ぶる心を戒めずに慢心を抱き続ければ、自分の人生を順調に運ぶのに大きな力となってくれる人は、全て自分の下を去っていくのである。その時になってやっと自分の慢心に気がつき心を戒めても、再び人徳のある人物を自分の周囲に集めるのには、かなり時間がかかるのである。全てを失った人間は、また一からのスタートを切らなければならないのである。

人間の心は弱いものである。環境が変われば、それに合わせてすぐに心も変わってしまう。本当に強い人間とは、自分を取り巻く環境が変わっても、驕り高ぶることなく常に平常心を保っていられる人間である。平常心が身に付いている人間は、身にかかる不幸をものともせず、降り注ぐ幸運を身に受けてもいつまでもその場に立ち止まってはいない。常に前へと進んで行き、幸福も不幸をも受け入れることを厭わない。その行動は、いつも自信に満ち溢れているのである。

◎上徳の人

優越感も劣等感もない

人間として優れている人物とは、その人の社会的地位、名声、富とは直接的には関係がないことは明白である。社会的に高い立場の人で優れた人格者もいれば、単なる俗物以外の何者でもない人間もいる。社会に対する貢献度の高い事業で成功して富を築く者もいれば、人を騙すことで富を創り上げてきた人間もいる。また、地位も名声も富もないが、多くの人に好かれ、ひっきりなしにいろいろな人が訪ねてくるという人物もいる。莫大な財産を所有していても、心を開いて話せる友人もなく、訪ねてきてくれる親友がなく、たて続けに訪ねてくるのは財産目当ての善人づらをした詐欺師だけであり、そのような詐欺師から財産を守るために、資産管理に目を光らせて、屋敷の警備を厳重にして、よけいに心をかたくなにしてしまい自ら積極的に人を遠ざけようとする人もいる。財産以外には目もくれず他人を信用しない。人々から疎んじられ、むしろ人々はその人の下から積極的に去っていくのである。

人は、人格が優れてくると、他人に対して優越感も劣等感も抱かなくなる。常に平常心を失うことがない。人は、通常、誰しもが時には他人を見下し、時には他人に見下されながら生きているのである。ゆえに、人は、その人生の中で優越感と劣等感を交互に抱きながら生活をしているのである。優越感と劣等感、この二つの感情は誰しもが人生の中から切り離すことができないものなのである。しかし、この二つの感情を意識することなく生きられることができれば、人は、他人に接するのに心を構える必要がなくなるのである。自分の心の内を開いて人に気軽に接することができるのである。相手の立場によっては、常に気さくに話しかけるというわけにはいかない。相手によっては、非常に丁寧に接しなければならない場合もある。しかし、それでも、その心の内に相手に対して必要以上に構えるという感情がなければ、堂々と臆することなく接することができる。気後れしない態度で臨めば、相手もさほど優越感を抱くことなく接してくれるものである。

人を見下すことなく、また見下されるような態度をとらず、もし見下されても平然として無視していられるだけの心構えがあれば、大抵の人と分け隔てなく接していくことができるのである。人を見下せば、自分もまた人から見下される。人を見下さない人間は、他人からも見下されることはないのである。優越感とか劣等感とか、そんなことは気にしないという広く堂々とした心構えの人物には、多くの人々が訪れてくるのである。

また、自分の周囲に多くの人を引きつける魅力を持った人物というのは、大抵、物事にこだわらないものである。贅沢な食事がしたいとか、広い屋敷に住みたいとか、どうでもいい些事には捕らわれない。自分の今の生活に充足して、自らの為すべき仕事を一生懸命に行っている。自分の仕事を忠実にこなした結果、名声や富を得るのは厭わないが、何が何でも成り上がってやろうという我欲はない。ゆえに、自分の仕事において有名になるとか、財産を築くということなど二の次、三の次である。いや、相応の人物になれば、そんなことは意識すらしないのである。自分の望む仕事をする。それ以上のことは求めない。食事は質素なものでよい。たまには贅沢な料理も食べたいが、普段は手作りの愛情込もった料理が十分に心と腹を満たしてくれる。質素な毎日の中に楽しみを見い出し、今を大切にして満足する。その心のあり方が笑いと活気のある生活を生む秘訣なのである。物欲や名声にこだわり、いつまでも我欲を押し通して、まだ足りない、もっと欲しいと言い続けるのは人間ではない。それを餓鬼というのである。

床屋のおばあちゃん

私が以前に一人暮らしをしていたアパートの近所に、おばあちゃんが一人で切り盛りしている床屋があった。年齢は定かではないが、当時すでに七十歳くらいであったのではと思う。気さくな人で、話し好きな、とても元気のいい人であった。気軽に話しかけてくれるので、こちらもまた気軽に話す。店は小さく古めかしい雰囲気であったが、ひっきりなしにお客さんが訪ねてくる店であった。お年寄から若い人まで、年齢層も幅広かった。お年寄の人などは、そんなに髪が伸びてなくても話をしに店に来るという感じであった。小さな取立てて言うほどの特徴もない床屋に、それほど多くの人達が訪ねてきてくれるのは、おばあちゃんの人柄によるところが大きい。

おばあちゃんは、店に隣接する、けっして立派とは言えない一軒家に、息子夫婦と暮らしていた。孫もいる。こう言っては失礼だが、二世帯が住んでいるのだから、もう少し広くて立派な家に改築すればいいのにと、その床屋に行くたびに私は思っていたのだが、おばあちゃんは、そんなことはまったく気にしている様子はない。息子夫婦と一緒に暮らせて、孫がいて、自分はいまだ現役で床屋を営むことができる。おばあちゃんは、それでもう十分満足しているのである。だから、その他のことは別にどうでもよい些細なことなのである。

おばあちゃんは、床屋を営むことによって自分の腕で収入を得ている。自分の好きな仕事に一生懸命取り組んでいる。髪を切っている時には、いくら気さくに話しかけてはきても、その目は真剣であった。別に床屋で名声を得ようとか、儲けてやろうとか、そんなことは、まったく考えていない。ただ自らの望む仕事に一生懸命に取り組んでいるだけである。そして、息子夫婦や孫と暮らせる環境があれば、それで十分。あとのことはどうでもよい。まったくこだわっていないのである。優越感も劣等感も、ほとんど意識することなく、気軽に人に話しかけられる。贅沢をしたいとか、こうでなければならないとか、そういうこだわりがない。自分の為すべき仕事をしっかりと行う。人生これで良しと大きく構える度量がある。まさに、上徳の人と言えるであろう。

名声や富に惑わされてはいけない。それ自体が悪いわけではないが、それを追い求めることが人間の為すべきことではない。人が自然と集まってきてくれる人間になる。そのような人物になることこそが、人の為すべきことなのである。人生の目的を取り違えると、取り返しのつかない悲劇を思い知らされることになる。途中で間違いに気が付く人はいいが、中には最期まで気が付くことのないまま終わる者もいる。上徳の人の生き方は、世間一般の目から見た成功ではない場合も多い。しかし、その心は幸福に満ちているのである。今この瞬間を大切にし、人生これで良しとするゆとりと足るを知る心を大事にしたい。

◎品　格

贅沢に溺れる

質素な暮らしで何か困ることがあるのだろうか。高級レストランで豪華なフランス料理のフルコースは食べられないが、おいしい家庭料理は何時でも食べられる。何十着ものブランド品の洋服を着ることはできないが、流行にとらわれないのであれば数着程度は着られるであろう。現代社会の豊かな環境で食べられないということなどほとんどあり得ない。むしろ贅沢に溺れて堕落する危険さえ孕んでいる今の時代である。生活が贅沢に傾かないように注意しなければならないくらいである。どちらかというと貧乏くらいで丁度よい。

人は、存分に贅沢な生活ができるだけの金銭があれば、いくらでも贅沢をする。本来必要のない贅沢品でも、不用意に手当たり次第購入する。最初から手に入れることは不可能であると分かっていれば諦めもつくが、手に入れられるとなれば、手に入れたくなるのが人間の心理である。そして金の使い道に困れば、高級リゾート地に別荘を建て一度だけ訪れて後は放っておく。本人も、すでに何のために金を使っているのか分からない。受け留め切れない贅沢の洪水に心が溺れ、やがてその心は深い地の底へ沈んでいくのである。

また、贅沢に溺れる心理には劣等感によるものもある。劣等意識による心の空しさを何とか埋めようとして、取りつかれたように贅沢に走る。いくら贅沢をしても晴れぬ心にあせりと戸惑いを感じながらもがき苦しみ続ける。自分を苦しめているものの正体を見い出すことができずに、この苦しみから逃れるためにさらに贅沢に耽るが、不安は去らずにいつまでも心に留まり続けるのである。

人は、とにかくどのような方法を用いても自分の心を安定させ満たされたいと考えている。そのため、自分の目の前にある方法を安易に採用して充足感を得ようとする。劣等意識を持つ者で贅沢ができる立場にある人間は、訳も分からず贅沢に溺れることで心の安定を図るという手段を採る。しかし、この方法は採用することによって、さらに劣等感を深めさえするかもしれない。

さて、心を安定させる手段は他にも存在する。それは、優越感の誇示を目的とした贅沢である。人間には程度の差こそあれ、誰にでも競争意識がある。優越感を示すことにより、人は勝者の高みに立ってこの上ない幸福感を得ることができるのである。まさに競争に勝って勝利者となりたいがための贅沢なのである。これは、非常に単純な理解し易い人間の心理なのかもしれない。

しかし、この心理は同時に大きな危険を孕むものである。優越感の誇示は相手に嫌悪感を抱かせるものだからである。華美で贅沢な品々に包まれた自分を相手に見せて、誰が自分に好感を抱いてくれるというのか。相手は気分を害して、必要な時以外は二度と自分に会おうとはしないであろう。優越感の誇示を至る所でくり返していれば、徐々に人は離れていくのである。

優越感の誇示には、他人の存在が不可欠である。その人を勝者にして持ち上げてくれる人間が常に必要なのである。しかし、贅沢をすることによって、勝利者の愉悦に浸りたいという欲求は自分がそれを望めば望むほど満たされにくくなってくるというジレンマに陥るのである。そうなると人間は、いくら贅沢をしても心が満たされないという苦しみに終始囚われ続けることになる。すでに贅沢は、この苦しみを増長させるものでしかないのである。また、優越感の誇示により自分の周りに人がいなくなれば、その人は孤独になる。自分から求めてなったわけではない。一人取り残された状態に近い。孤独は、人の心を不安にする。勝利者としての優越感を満たそうとする者は、すぐに自分を賞賛してくれる者を遠ざけ自分の思いを遂げられなくなる。さらに孤独に陥り、心は不安で満たされる。優越意識による贅沢は、何の益ももたらさないどころか、その人の心を荒んだものにするのである。

普段贅沢とは無縁であった庶民が大金を持つと、突然贅沢が享受できる立場に立ってしまった環境に、心が順応できない。このような者は、有り余る金銭に振り回され身も心も荒廃してしまう。大金のために一生を台無しにする者もいる。また、劣等感を抱く者も財産を所有し続けることができない。他人よりも自分は劣っているという思いが、人よりも無理をしてでも秀でた存在になりたいという欲求を生み、自制のきかない極端な贅沢に走らせるのである。優越意識により心を満たそうとする者も、結局は贅沢では心を満足させることができずに、どうしていいのか自分でも訳が分からなくなり、ただ無意味に贅沢に耽る。

富貴に耐える精神

小銭を自由に使うことは誰にでもできる。しかし、莫大な資産を抱えて泰然としていられる者はごく一握りもいない。なぜならば、その者は、自制心に富み劣等感に心が支配されることもなく、勝者の喜びに心が溺れることもないからである。貧苦に喘ぐ生活に耐えるのは、大変に辛いことである。しかし、富貴を維持する生活の方がはるかに耐え難いものなのである。

資産も地位も十分に備え、なおそのような境遇に身を置くに相応しい気品がただよう人のもとには、人が集まる。そのような人物は、気品溢れる品々を身に付けてもまったく人に嫌みを与えない。身に付けた品々は、ごく自然にその人の品格を際立たせるのである。

心の充足感を得るための贅沢も、その人の心のあり方によっては、まったく意味を為し得ず自らを苦しめることになる。端的に言えば、品格の伴わない卑しい精神では富貴に耐えられないということである。そして、品格を身に付けるためには、優越感と劣等感の感情に振り回されないことである。この二つの感情の間で心が揺れ動いている者には、いつまでたっても品格は身に付かないのである。

競争して勝者となって感じる優越感、他人と比較して引け目を感じる劣等感。人と比べての優劣にこだわり続ける限り、その人は成長しない。競争心だけが異常に発達した品の無い人間になるだけである。品位や風格というのは、自分に厳しくある態度によって身に付いてくるものである。他人との比較ではない、自分で心から納得のできる生き方をしているのか、また自分を賞賛し認めることができる成果を出すことができたのかを常に自らに問い続けることである。

自分に対し厳しさを要求することができる心は、同時に贅沢に耽る自分を戒める精神でもある。また、優越感や劣等感に振り回されぬ心は、落ち着いた高雅な品格を育む。むやみやたらに金を追い求め贅沢な暮らしに憧れる前に、まず自分にそれだけの資質が備わっているかどうかを自ら問うべきである。

◎素　朴

自然はシンプル

読売新聞社とNHKの主催で、ノーベル賞受賞者を囲んでの化学フォーラムが開かれた。三人のノーベル賞受賞者による論議が展開され、各々の方々が、それぞれ自分の研究分野を基に、二十一世紀の科学のあり方や役割について論じていた。会場には、高校生から一般の社会人まで幅広い年齢層の人々が集まったようである。会場からは、様々な科学に関する質問が飛び交った。高校生も積極的に質問していたようである。科学は、人間をも含めた自然界の法則を追求する学問である。人間とは何か、生命とは何か、自然とは何か、宇宙とは何かなど、人間が本来、素直に知りたがっている疑問、それを考察するのが科学なのである。人間の偉大な魂は、自然の深奥にある神秘を追求して止まないのである。

科学フォーラムの基調講演のなかで、イギリスの化学者が、アホウドリの何千マイルも休みなく飛び続けることができるという特異な能力を取り上げていた。アホウドリは、ほとんどエネルギーを消費することなく、非常に効率的に素朴で簡潔な数式に従って飛行しているのだという。アホウドリは、本能的に、力を抜いて無駄なエネルギーを使わず、素朴に、素直に飛行する方法を自然に会得しているのである。

物質の構成単位である原子も、その構造は非常にシンプルである。原子核があり、その周囲を電子が自転をしながら回り原子構造が形作られている。その原子は、全ての物質構造の最小単位である。もちろん人間も例外ではない。さらに原子構造は、太陽系の天体運動とも比較することができる。太陽系に属する諸惑星は、太陽を中心にして様々な軌道を描きながら周回しているのである。原子構造と太陽系との近似関係は、シンプルだが簡潔の内に神々の偉大な叡知を表している。物質の最小単位から広大なる宇宙の秩序に到るまで、自然は簡潔に、そして完璧に形成されている。理論物理学の分野では、宇宙の始まりを解明するための仮説が様々に唱えられているが、恐らく、いや間違いなく宇宙の始まり、宇宙という存在そのものの意義や本質というのは、解明されてしまえば非常にシンプルで簡潔な、万人が素直に納得し理解できるものであろうと思う。現代科学ではまだ実現不可能なタイムトラベルも、いつかは実現されるものと思うが、多分、それが実現した時、人はそのタイムトラベルのシンプルで簡潔な原理に驚きさえするのであろう。

人間も自然の一部

自然は、ありとあらゆる生命体を包み込みながらも、全く矛盾を見せない。完璧であり、歪みは一切ない。その本質は素直、素朴、シンプルであり、異質な存在同士も、同質なものも全ての存在が見事に調和している。そして、異質なものも、同質の存在同士も、その構造は原子により構成されており、全ての原子は陽子と中性子、そして電子の基本粒子から成り立つという共通性を有している。根源的に異質なものなど、自然には絶対に存在しないのである。

人間も自然の一部である。人間だけに自然の法則から外れた行動が許されることなどあり得ない。自然のあり方は、そのまま人間のあるべき姿を表している。科学を追求するという行為は、自然の本質を学び、そこから人間の本来あるべき姿を学びとるということなのではないだろうか。本来、学問とは、それを学ぶことによって人間性が向上するものであると思う。なぜならば、科学も、社会学も、歴史学も、全ての学問に本質の部分で共通するものは、人間の存在という命題であるはずだからである。科学は、自然の本質を追求すればするほど、人間とは何か、人間は本来どうあるべきなのかというテーマを考えざるを得なくなる。社会学、歴史、哲学、文学、経済学なども、人間の営みを考える学問である以上、究極的には人間とは何かという問いを避けて通ることはできないはずである。全ての学問は、高度になれば なる程、その本質的テーマは共通してくるのである。

自然は、人間に対して、素直、素朴、調和の三つを教えてくれる。これが全人類に共通する普遍的精神であることを無言の内に語りかけている。科学者は、この自然の声を、理解するのである。

科学が発達するに従って人間は尊大になるのではない。偉大になるのである。科学が自然の本質を学ぶに従い人間は偉大な存在となり、その精神は素直、素朴、調和の方向へ歩み出す。そして、これは世界のありとあらゆる宗教が説く人間のあり方とも一致している。もしかしたら、全ての人間の精神活動というのは、根源的には共通しているのかもしれない。

人間の精神活動の出発点は、宗教と哲学であった。人間は、宗教と哲学を手段として人間とは何か、自然とは何かを追求した。歴史を経るにつれて、人間は科学を手段として自然の本質や人間という存在を追求し始めた。歴史を経るにつれて、人間による自然の本質に対する追求の手段が、徐々に高度になってきている。

人間は、歴史を経験するにつれて人間性を向上させてきたが、それは人間による自然の本質に対するアプローチの方法の発展とも関連しているものである。人間は、少しずつ自然の本質を理解することによって人間性を向上させてきたと言える。人間の歴史を発展させる原動力となっているものは、自然に対する人間の理解度なのかもしれない。間違いなく人間の歴史は、素直、素朴、調和の三つを学ぶ方向に向かって進歩している。利己主義から利他主義への必然的な人間の発展を、自然は静かに見守っているのである。

◎人間の成長　第一段階

原始の人間は自然を恐れた

人間は、科学の発展と共に進歩する。科学の発展とは、自然に対する理解度の進展である。自然とのかかわり合いを通して、人は自らの人間性を高めていくことができる。それは、個人レベルでの話ではない。個人レベルでの人格形成には、人波にもまれるという経験が重要な役割を果たす。しかし、科学の発展は、人類全体の人間性の向上に深くつながっているのである。自然を理解すること。自然現象の法則を解明し、自然の本質に触れる体験。それは、全人類が為すべきことを義務づけられている偉大なる仕事なのかもしれない。地球上における全生命体のうちで、人間だけが自然の本質に触れることができる能力を兼ね備えている。このような事実が、単純に偶然の積み重ねによって現実化したものであるとは考えがたい。間違いなく必然によるものであろうと考えられる。人間は、人間として、その身を進化させるべく木上生活を捨てて初めて地上に降り立ったその瞬間から、自然との関係を通して人間性を向上させていくことを運命づけられていたような気がする。もしかしたら、それは地球上に生命が誕生した瞬間から、すでに運命づけられていたのかもしれないし、地球という惑星が誕生した、まさにその瞬間から定められていたことなのかもしれない。

原始時代の人類は、強大な力を持った自然を恐れた。古代人が自然を崇敬した心理の裏には、多分に大自然に対する恐れの気持ちが存在したはずである。それは、自分達の力ではどうすることもできない。それでいて自分達の生活の糧を全て握っている圧倒的な存在への恐れである。古代人の自然信仰は、大自然の前に敬虔な気持ちになっていたという以上に、恐れて従属していたという気持ちの方が、はるかに強かったであろう。古代人は純朴で自然を愛していたとは一概に言えない。大自然に隷属することにより自然の意に逆らわず、自然と自分達とを一体化させることにより生活していたのである。それ以外の生活は考えられなかったのである。それは、大自然という大いなる力の前に平伏すという精神であった。

人類は、大自然に対し恐怖心を抱いていたからこそ、それがたとえ表面的な態度であったにせよ、素直に、素朴に、自然との調和を保ちながら生きていくことができたのである。古代の人々の素朴さや調和の精神は、言うなれば力で強制されたものであった。しかし、人間は恐怖心で平伏した態度からは、心から自然に対し素直で、素朴な調和のとれた精神で接することができない。そのような精神は、自然そのものを真に理解することにより始めて可能なものなのである。

原始の人類は、けっして自然に逆らった生活をしようとは思わなかった。そんなことは、考えることすらできなかった。大自然の怒りに触れることを最も恐れたのである。自然は主であり、人間は従の立場であった。人間が自然に対し何らかの働きかけをするということはなく、常に自然が人間を意のままに翻弄していたのである。

この状態の人類は、基本的には人間以外の動物と何ら変わりはなかった。唯一、違いがあるとすれば、それは人間だけが大自然の脅威に恐怖心を抱くことができたというだけのことである。人間以外の動物は、大自然の前に恐怖を感ずることすらできなかったであろう。何の感情も抱くことがないまま、大自然に与えられた環境の中で生きていくだけである。ゆえに、けっして進歩することはあり得ないのである。

恐怖心が第一歩

何よりもまず恐怖心を抱けたこと。これが人類の進歩の第一段階であった。自分達が接するものに対して、何の感情も抱くことができなければ、人はそのものに対して何も考えをめぐらそうとはしない。しかし、何らかの感情を抱けば、必ずそのものに対して考えるという精神活動を行わざるを得なくなる。人類の大自然に対する考察は、まさに恐怖心から始まったのである。

大自然に恐怖心を抱いた人類には、二つの選択肢しか用意されていない。一つは、いつまでも恐怖を感じたまま無抵抗で従順な精神でいつづけること。もう一つは、自分達が恐怖を抱く対象を少しでも理解して、恐怖心を克服しようとすることである。

人間は、幸いにも様々な道具を生み出す能力を持った存在である。人間は、原始の時代から石器や土器などの、あらゆる道具を使用するに到っている。これらの道具は、多少なりとも人間生活に役立つものであり、自然に対する人間の働きかけの第一歩である。石器を用いて狩りをし、土器を用いて食物の貯蔵や簡単な調理を行い、寒い季節には、獣の毛皮を着て寒さをしのいだ。人間は、道具を用いることにより、少しずつ自然に対するアプローチを始めたのである。

道具の使用は、人間に、大自然に対する恐怖心を克服するための自信をもたらしたのである。人間は、道具を用いて自らの生活を豊かにすることにより、大自然に平伏し恐怖するだけの段階を脱し、次の段階に到るのである。それは、大自然の脅威に対して人間の自信が表れ始める段階である。人類は、自然の摂理を探り始める。

◎人間の成長　第二段階

宗教そして哲学

最初の人間は、無知であるがゆえに自然を敬った。自然の秩序を維持する力もなければ、自然の秩序を破壊する力もない。自然の秩序のなかに身を置き、自らを自然の一部とした。皆が素朴に自然を信仰の対象としていた。それは、まだ宗教と呼べる段階のものではなく、自分達を取り巻く自然環境に対する何か不思議な力への敬いと恐れが入り交じった感情であった。最初の人間には、自然を理解する知識があまりにも欠如していたのである。

しかし、稲作を始め、次々と自分達の生活を安定させ豊かなものにしていくための手段を開発していくにつれて、人間は自分達の存在に自信を持ち始めてきた。生活の中に、自信を持つだけの余裕が生じてきたのである。多少なりとも心に余裕を持って、人間は始めて様々なことを考える。人間が、最初に思考の対象としたのは自然についてである。自然とは何か、人間と自然とのつながりとは、また我々人間とは何か、我々はどこから来た存在なのか等々を深く考え出す。このような人間の思索は、やがては哲学を生み出す結果となる。

だが人間は、哲学の前に宗教を生み出している。正確に言うと、哲学と宗教の間には、当初は境界はなかったのである。それは、一体となり理解されていた思考体系であった。時代が降るにつれて宗教と哲学が区別されるようになってきたのは、哲学が神という超越的な存在を徐々に切り離して思索を発展させるようになってきたためである。また神という存在そのものについて考えるに際しても、神の存在そのものを素直に直観的に肯定して捉えるのではなく、論理的に理解し納得しようという態度で臨むようになっていくのである。宗教では、自然現象や人間という存在が直観的、感覚的に捉えられている。ある意味では自然という存在に対して素直な心で接していたとも言える。自然の本質を分からないままに素直に感じとっていた。しかし、哲学では、自然の摂理をも含めて全体を、まさに理解しようとするのである。これが宗教と哲学の大きな相違点であり、このような哲学の特徴は、後に科学の発展へとつながる重要な精神活動の根幹を為すものである。

宗教という思索体系を展開する上で、人間はまず神の人格化を行った。大自然を司る神々を人間的な存在として位置づけて理解を試みたのである。ここに到り、ついに人間は大自然を恐れ敬うだけの存在から、人間が自分達の力を及ぼせる存在であるという意識を持つことが可能となったのである。実際には、まだまだ人間は自然の秩序に対して無知のままである。しかし、人間が自然の圧倒的な力の前に、ただ為す術もなく平伏しているだけの状態から、多少なりとも自然現象に自分達の力を及ぼすことができるという自信を身に付け、人間的な姿形をとった神々が自然の秩序を司っているという思索を持つに到るようになったことは、人間として大きく成長したことの証である。人間は、思考することを義務づけられた存在である。人間の思索が自然を理解する方向に向かうことは、必然である。人間は、自然に対するかかわり合いを深めていくことを運命づけられているのである。

人間は、人間の姿形をした神々が自然現象を引き起こしていると考えて自然の法則を理解しようとした。それは神話と呼ばれているものである。神話では、神々は自然現象を司り人間を翻弄する存在であった。人間に対する特別な配慮はほとんど見受けられない。しかし宗教では、神々はその叡知を傾けて人間を救済する存在として認知されている。つまり、神話や宗教の神々は人間の主観的態度によって存在意義が大きく異なるのである。それに対して、哲学や科学では、自然現象は常に客観的事実に基づく論理により貫かれている。言うなれば、神話や宗教の捉え方には人間の直観や感覚が大きく関与しているという点で哲学や科学とは異なるのである。

宗教と哲学の違い

宗教及び神話と、哲学及び科学の間には、最初の出発点から物事の考え方が異なるという大きな違いが存在する。どちらも、同じく人間の存在や自然現象について思索をめぐらせるという点では、確かに一致している。しかし、事物の捉え方が決定的に違う。これは、一見すると単純だが重要な問題なのではないかと思う。宗教や神話における、人間という自分達自身の存在や自然現象を理解しようとする、自分達の存在に自信を持った態度、この自信は、やがては時には過剰になりながらも、哲学や科学へと引き継がれていく精神を生む。それは確かである。しかし、宗教や神話に認められる直観や感覚を論理に先行させて事物を捉えようとする思考のあり方と、その反対に理論を先行させて、直観や感覚を隅の方に置いて事物を考える思考のあり方、これほどの大きな対象の捉え方の大革命がなぜ生じたのか、また、それはいつ頃生じたものなのか、これは依然として残り続ける最大の疑問なのである。

さて、大きな謎を残しながらも人間は、やがては宗教や神話の段階を脱して哲学的な物事の考え方を身に付ける。これにより主観的に捉えられていた、別の言葉で言えば、直観的、感覚的に認知されていた自然現象は徐々に冷静に分析され理論体系化されていくことになる。人間の精神活動は、より精緻に自然現象を理解しようと試みるのである。この人間の試みは、当初行き詰まることなく順調な展開を見せた。哲学は前進を続けた。そして、神話の神々は徐々に力を失い、宗教は神の意向を無視した人間の主観によって時に堕落した。しかし、精神の大革命以降も宗教は大きな影響力を保ち続けた。人間が解決し乗り越えたいと願う難問は、哲学だけでは対処することが困難であった。人間は、哲学では不十分な問題に関しては宗教で対応したのである。

人間はなぜ苦難多きこの世に生を受け、これほどまでに苦しみ死んでいくのか。また、人間はこの世を去った後どこへ行くのか。人間がもっとも理解したいと願っている事柄に対して、哲学は全く納得のいく答えを出すことができない。そのため人間は、哲学のみによって自分を支えることは不可能であった。哲学は、宗教と共存する時代を生きながら科学への橋渡しをせざるを得ないのである。しかし、科学もまた完全に宗教を取り込むことができないのである。

人間は、宗教という主観的態度を経て哲学、科学における客観的思考態度を身に付けたはずである。哲学は、人間の精神という主観的存在を客観的態度によって理解しようとして失敗した。科学は、宗教を乗り越えることができるのであろうか。今はまだ分からない。

◎人間の成長　第三段階

哲学は自然の本質に迫る

人間は、神という存在を仮定して自然現象を理解しようとする思考方法から徐々に神を事実上、否定する方向に変わってきた。神は、だんだんと空想の産物となっていく。人間という存在や自然現象は、冷静に分析され洞察されていく。神という存在を前提とした自然現象の理解は、あやふやで根拠のないものとされる。人間の姿形をした神は、人間が大自然に対して抱いている恐れや畏敬の念を具現化したものとして理解されるだけの存在にまで成り下がってしまうのである。

哲学は、その最初の段階から論理的に、人間とは何か、自然とは何かという難題に取り組んでいく。哲学では、論理的思考による解釈という特徴が強く前面に押し出される。人間は、物事の全ての問題を論理的に解決していこうという試みに全力を尽くすようになるのである。

さて、哲学では物事を論理的に理解しようとする態度が、その大きな特徴であるが、実はそれに加えてもう一つ大きな特徴がある。それは、物事の根源を理解しようとする思考態度である。哲学は、けっして物事の本質をあやふやなまま理解し納得しようとはしないのである。全ての問題は、その核となる本質が理解できれば、解決方法はいくらでも見つけることができるはずである。物事の本質を問い詰める。この思考態度を手に入れた人間は、それ以降、人間及び自然という存在に対して様々な理論を展開しながら、その本質に迫ろうとするのである。

科学の誕生

しかし、そうは言っても哲学は、どこまでも理論の産物に過ぎなかった。考察を深め、理論を発展させることは可能であるが、それは、どこまでいっても理論の域を出るものではないのである。推論なのである。その推論を客観的に証明することは事実上、不可能なのである。机の前で、いくら一生懸命に頭を悩ませていても、それだけでは万人を説得することはできない。人間が、自らの理論を証明するために積極的に行動を起こすようになった時、科学が生まれた。実際に手足を動かし、自らの仮説を証明してみせる行為が伴うようになったのである。人間は、証明の方法さえ同じであれば、誰が行っても同一の結果を得ることができるという事実に基づいた理論を重視するようになったのである。理論と実験が常に表裏一体となった知的活動、それが科学である。

実際に手足を動かすようになり、人間は技術を手に入れた。自然現象の摂理を万人が納得して理解することを可能にする技術であり、人間生活を物質的に豊かにする技術である。自然の本質に迫る理論的な追求は、ごく一部の哲人が行ってきたものであるが、それは万人には理解することが難しいものであった。また、その理論自体、証明することが不可能である以上、正しいものなのかどうかさえ分からなかった。しかし、実験により証明できる理論であれば、万人は納得せざるを得ないのである。科学は、一握りの賢者だけではなく、万人の知的レベルを飛躍的に発展させることに成功したのである。

科学には、知識と技術の二つの側面がある。知識は人間の知的活動を活発に、また偉大にした。そして技術は、人間の生活を飛躍的に豊かで安定したものにした。人間は、自らの生活を十分に満足なものとして、膨大な余力をもって自然の本質を探究し始めた。それは、まるで全ての精力を科学の発展のために捧げているかのようである。

人間は、宗教や神話において、人間の姿形をした神々を自然現象を司る存在であると想定することにより、自然に対する人間という存在を強くアピールするようになった。そして、そのような段階の精神活動から、人間は大きな転換を果たし理論の面から考察を進めていくに到った。そして、ついには理論と実験を通して、自然の本質を貪欲なまでに追求し始めたのである。現代人の精神活動は、まさにこの段階なのである。現代人の知的水準及び精神活動は、まだ発展途上にいると言える。今後、科学の発展と共に、さらに人間性は向上していくであろうし、自然の本質に対する知識も高度になっていくはずである。

現代社会には、いまだ利己心の塊のような人間が多く存在する。現代人に、自然の本質に対する知識が不足していることの証明である。人間は、精神活動が高度になるに従い利己的欲望が薄れてくる。それは、自然の本質という最高にして究極の知性がそう教えているからである。人間の精神活動は、すべてこの教えに近づくために為されているものなのである。人間が科学を発展させたのは、この教えに近づくための必然の行為であった。人間は科学を発展させるという行為を経て、万人が等しく自然の本質に迫ることができる方法を確立させたのである。

哲学は、その理論体系を理解できる、ごく一部の人々のものであった。しかし、科学的実験により証明された自然の法則は、まさに万人のものなのである。全ての人々が、一歩、また一歩と着実に自然の摂理を理解することができるのである。

自然は、人々に叡知と豊潤をもたらす。自然の本質についての知識は、人々の人間性を高める。そして自然の法則を利用した技術は、人々の生活に恵みをもたらし豊かなものにする。自然は、知識と技術という二つの力を人間に授ける。そして、自らこの二つの力によって探究されることを望む。人間は、ついに科学的思考態度を身に付けることにより、自然から技術を授かった。しかし、手にした技術に溺れて自然から学ぶ知識が軽んじられているのが現代人の姿である。自然は、技術だけを人間に教えたわけではない。叡知の伴わない技術は、手綱の切れた馬車馬のように暴走しかねないのである。

◎人間の成長　第四段階

努力家だが利己的な現代人

科学の発達は人間に叡知を授ける。自然の本質という最高の叡知を。人間の精神活動が単なる机上の理論に留まらず、実際に手足を動かし、試行錯誤を繰り返しながら実験を重ねていくという行為を伴うことにより、人間の叡知は非常に高度で洗練されたものになった。科学は、人間が手に入れた自然の本質を追求するための偉大なる技術である。現代人は、まさに科学の力により、様々な自然現象を解明するに到っている。科学により解明された様々な自然現象を引き起こすメカニズムを追求していけば、いつかは必ず全ての自然現象のメカニズムに共通する究極の事実に到達するであろう。それが自然の本質である。そして、それは非常に簡潔で、明快で、誰もが素直に納得できる事実に違いない。

現代人は、猛烈な勢いで自然の本質の解明に全力をあげて取り組んでいる。しかし、まだ、その本質に触れる段階までには到らない。人間が、自然の本質に触れて、万人がそれを理解するところまできていれば、世の中には、ここまで我欲がはびこっている訳がない。現代人の人間性を見れば、自然の本質の片鱗すら理解できていない人もけっして少なくないことが分かる。現代においては、自然の本質の核心に触れる体験をしているのは、最先端の研究をしている科学者を始め、そう多くいるわけではない。確かに現代人の科学的知識は、わずか半世紀前の人々と比べても飛躍的に増加している。科学技術の人間生活への応用により、半世紀前にはSFの世界であったフィクションのなかには、現実となりつつあるものもあるし、すでに実現しているものもある。科学は、明らかに人間生活に恵みをもたらしているのである。

しかし、その反面で人間は明らかに自然環境を破壊している。自然の秩序を乱し自分達自身の生活環境すら脅かしてさえいる。人間は、その多くが、まだ自然の本質の核心に迫る機会を与えられていない。ゆえに、どうしても自分達の我欲をベースとして科学技術を応用することを考える。それが現代人の人間性の成長の限界なのである。

自然の意志を学ぶ

科学の追求が自然の本質をより明確にし、それをより多くの人間が理解するようになってくると、人間は、さらなる成長を遂げることができる。その成長段階の人間は、自然の本質の偉大さを心奥で捉え正確に認識するに到る。そして、人間の生き方、あるべき姿を自然から学びとろうとする。すなわち、素直、素朴、調和の三つである。この成長段階に到ると、人間はけっして自然環境を破壊するような行為は犯さない。自然の本質の教えに素直に従って生きるようになるし、自然の本質の意向に沿った文明を築くようになるのである。人間は、ついに本来あるべき姿の基本を身につけるようになるのである。

人間は、自分達の生活環境の利便性の追求と自然環境の保全を矛盾することなく展開していくために、科学技術を応用するようになる。自然の意志による調和の教えに従って利己主義よりも利他主義の人間が圧倒的に多くなる。西洋の合理的精神に基づく物質文明と東洋における自然の本質に迫る深い哲学、そして日本人の自然を大切にする心、自然と一体となって生きていこうとする精神が融合して新しい哲学が生まれる。

世の中は、急激な発展を見せるようになる。二十世紀に科学技術が驚くほど速いスピードで進展していったように、二十一世紀には、人間自身のあり方が日進月歩の勢いで変わっていく。それは、世界の主要国が殺戮兵器を大量に生産してお互いに殺し合いを演じ、また人類を滅亡へと導く核兵器を開発し、冷戦による表面上の静寂を以て何とか平和を保ってきた人間の精神とは明らかに異なる人格を備えた人間が圧倒的多数になっていくということである。二十世紀末の冷戦の終結は、人間が、より高度に成長し、人間性を大きく向上させるためのスタートラインでもあると言える。

人間が、自然の教えに素直に従った生き方ができるようになってくると、世の中に存在する様々な問題が解決の方向に向かう。人間が創り出すほとんどの問題は、人間の利己心によるものだからである。人間は、人として本来あるべき姿で生活をするという当たり前のことを、当たり前にできていないからこそ悩むのである。

人間が当然身に付けていなければならない心のあり方を、意識せずとも備えており、自然の本質に従った生き方を無意識のうちに行える人間が、二十一世紀には徐々に増えてくる。二十一世紀という時代は、二十世紀から引き継いだ負の遺産の精算と、二十二世紀が自然の本質に従った生き方ができる人間が社会の中心を占めるような時代となるための掛け橋としての意味を持つ時代となるであろう。二十一世紀は非常に重要な、そして大変な時代である。だが、人間の利己心に基づく悩みが大幅に軽減している時代でもある。

二十世紀は、科学技術が大幅に進歩した激動の時代であった。進歩の速度があまりにも速かったために、知識の探究は後回しにされた。技術の追求のみに大きな関心が払われた。二十世紀は、まさに技術の時代であった。しかし、間違いなく二十一世紀は知識の時代となるであろう。自然の本質が教える素直、素朴、調和の三つの教えの探究を熱心に行うようになるであろう。

全ての存在は、調和し、そして全体の中に自然に溶け込んでいる。技術は、けっして調和を乱してはいけない。人間が、自分さえよければかまわないという意識で技術を用いている限り、自然環境の破壊は留まるところを知らない。人間は、まず自然全体の調和を考えなければならない。その上で人間生活の向上のために技術を用いる必要がある。

◎人間の成長　第五段階

自然と調和した生活

二十一世紀は、より多くの人間が自然の本質を認識するようになる。最高の叡智を理解した人間は、自ずと知性が洗練され非常に賢くなる。二十一世紀の文明は、最高の叡智を体得した人々による自然の本質に基づいたものに近づいていくはずである。そして、そのような精神性の豊かな文明は、二十二世紀に到りさらに洗練されたものになるのではないだろうか。

現代人が予測する未来社会とは、非常に堅固な超高層の建造物が林立し、その隙間に幾重にも道路があり、その上を地面に接することなく走行する車が埋めつくしている。車の走行する道路には、車体を浮遊させるための装置が整備されており、交通の安全を確保するために、人々の歩行する道路と車が走行する道路とが完全に区切られている。例えば都市部などで人々の往来が特に激しい場所では、車は完全に地下か、もしくは上空に建設されている道路を走るようになるかもしれない。ガソリンによる有害排気ガスの問題が完全に解決され、あらゆる衝突事故に対してドライバーの安全性がほぼ完璧に確保されるような車が開発されれば、車が都市部などにおいて完全に地下を走るようになっても、まったく問題はないであろう。また、車体自体が道路に接触せずに走る車が実現すれば、上空に建設される道路の耐久度を確保するためにそう多くの支柱は必要ない。支柱が地上を往来する人々の邪魔になるということもないであろう。二十世紀のように、車の走行する道路上を、同時に人々が歩行するということは徐々になくなっていくであろう。これは、ＳＦ小説の中だけの話とは言い切れない現実味を帯びた事柄である。

　また、ＳＦの世界に見られる未来社会では、極端に緑が排除されており、身近に草木山川を目にすることがほとんどなく、建築物全体が金属質の材質で建てられており、人々の住む家も共同住宅が多くなり、それも冷たい無機質的な感覚を与える内装となっている。そして人々の着用する服も人による個性があまりなくなり、誰しもが趣味の悪い、ほとんどが似かよった銀や白色をベースにした服装をするという場面も、ＳＦの世界を基にして考えれば思い浮かべることもできることと思う。

　しかし、現代人の感性にピンとこないＳＦの世界は、本当に未来社会となり得るのであろうか。私は、けっしてそうは思わない。二十一世紀の人間は、自然環境の重要性を深く、そして正確に認識しているはずである。まず緑のある環境を排除して金属質的な感覚を与える生活空間に居住するようになるとは到底考えられない。自然の本質に従って自然環境を重視した生活空間を大事にするはずである。二十一世紀における世界の主要都市の生活環境というのは、案外、現代で言う郊外のようなものになっていくのではないかと思う。そこでは、立派な建造物と自然環境とがみごとに調和しており、現代のような極端に緑が少なく鉄筋コンクリートの超高層ビルが乱立しているような都市とはまったく異なるような環境が実現されているものと思う。例えば、車の交通を地下や上空道路に移すことによって大幅に広く使えるようになった地上を、緑と美しい建築物で上手に調和させて都市整備を行うであろう。けっして高層建築物で埋めつくすようなことはしないであろう。私利私欲のために自然環境を排除してビルを乱立させるのは、二十世紀までの人間の精神である。

自然環境との調和が基礎となって人間の生活が営まれるようになれば、公害の問題がないのは当然のこととなるであろう。また建築についても、例えば日本であれば、木材に近い建築素材が開発され、東京の建造物などは、上手に本物の木材とその素材を組み合わせて日本建築と欧米の建築技法を取り入れた、まったく新しいタイプのものになるかもしれない。日本庭園作りの技法である、なるべく作為的な雰囲気を隠し、自然のありのままの美しさを演出するという様式とその精神が、世界中の国々の都市計画に取り入れられるようになるかもしれない。二十一世紀における文明の最大のテーマは、自然との調和ということになるであろう。

人間はどこへ行くのか

自然と調和した人間生活こそ、全ての人々に恩恵をもたらすものである。自然環境を破壊すれば、結局はそこに住む人間自身にもその影響は及ぶ。二十世紀の公害問題などは、まさにその好例であった。人間だけの繁栄を追求した結果の悲劇であった。

自然は、人間に素直、素朴、調和の性質を身に付けることを推めている。全ての人間は、その教えに等しく従う必要がある。それが人間の心のあり方として、最もすばらしいものだからである。しかし、この三つの教えには同時に様々な解釈もつきまとう。例えば、人間が素直に、素朴に人間同士が調和しあうというのは、お互いに口喧嘩をすることも許されていないのか、また個性の相違も、意見の違いも調和を乱すことになるのかという疑問は当然思い浮かぶ。さらに、自然との調和ということになれば、人間は、他の動植物を口にしてはいけないのか。蚊を一匹殺すことも罪になるのかとまで考えてしまう。完全なる調和を実現するとなると、人間は生きていけないということになってしまう。

しかし、結論を言えばそのような考えは調和の本質から外れているということになる。自然界は、動物、植物、微生物が織り成す食物連鎖の働きにより成り立っている。動物には動物としての自然界に対する調和の仕方があり、植物や微生物にも各々の役目がある。動物は他の動物を殺して食べることにより、調和を保っている。そして微生物は、動物の遺骸などを分解して植物の生育に必要な二酸化炭素を供給している。地球上の全植物が必要とする二酸化炭素の約９０％は、微生物が供給していると言われている。人間も含めて、動物、植物、微生物は各々がその存在意義の下に自然界において役割を果たせばよいのである。もちろん、人間はこの点を十分に考えなければならない。

さて、人間同士の調和についても同じである。人間には、それぞれ個性の相違や意見の衝突、スポーツの対戦や競い合いがあってもよいのである。人間は、怒り、悲しみ、嘆き、憎しみ、喜び、愛情などの精神活動が他の動物とは比較にならないほど発達しているのである。そのために、時に大きくなり過ぎた怒りや憎しみなどの精神エネルギーは殺人や戦争という最も避けなければならない事態を引き起こすこともある。しかし、その反面、同じ怒りの感情が悪や不正な行いに向けられた場合、正義を貫き多くの人々に正しい道を指し示す大きな力とも成り得る。また深い悲しみが限りない無私の愛を生むこともあれば、暖かい愛情が人々に生きる希望を与えることもある。動物には様々な感情が備わっている。しかし、全ての動物の中で人間だけが、その並外れて大きな精神活動を以て時には悪魔の顔を見せ、またある時には大きな愛と偉大なる知識を用いて多くの人々を苦悩と悲しみから救済する力を持っているのである。人間は、悪魔の横顔と神々の横顔を同時に合わせ持ちながら人間性を向上させていくのである。相反する二つの横顔が大きな精神エネルギーを発揮し、ぶつかり合い、お互いを支え合い、そして偉大なる叡智へと昇華されていくのである。この世に不正がなければ、正義を掲げる意味はない。劣悪な環境がなければ、発奮し努力して高みを目指す者も現れない。快適で恵まれた環境では、誰も自然の叡智を探究して途方もない苦労を経てまで科学技術を修得しようとはしない。人間以外の動物にも正悪の感情は備わっているのであろう。しかし、その精神活動の水準が低いためにいつまでも同じ位置に留まっているのである。

さて、人間は正と邪の心をぶつけ合いながらどのような方向に進むのであろうか。歴史の流れを見れば、それは一目瞭然である。人間の精神は、利己主義から利他主義へと変遷していくのである。もちろん、いかに人間の心が利他的になったところで、それは人間から個性も、主体的な意志も、あらゆる感情表現をも奪い植物的人間になるということを意味しないのは先に述べた通りである。

古代奴隷制社会では、人間の心は非常に利己的であった。自分一人、せいぜい自分の一族のみが利己的満足感を得て発展していければよいと考えていたであろう。それが封建社会に到り、国王を頂点とする貴族などの支配層全般に及ぶ人々が利己的欲望の充足を得られるようになった。さらに、近代市民社会を経て民主主義の時代になり、先進国に到っては事実上身分がなくなりついに全ての人々が各々の享受し得る範囲の利己的充足感で満足するようになった。

現代は、様々な立場の人々が差別なく利己的欲求の満足を要求できる時代である。しかし、視点を変えてみればそれは人間だけに利己心が集中してしまっている時代とも捉えることができる。人間の心の働きが、自分達人間へのみ向き過ぎて内向過剰に陥ってしまっているのである。今まで人間同士の関係の中で展開していた利己心から利他心への変遷、言うなれば著しい内向状態から外向への精神エネルギーの放散は、民主制社会というほぼ内向と外向的精神活動の均衡がとれた環境を実現させ落ち着いた。これからは、自然環境など人間以外の対象に向けて外向的精神活動を発揮していく時代である。それにより、やがて人間は地球環境にのみ内向過剰になっている自分を見い出す。さらに進展すると太陽系や銀河系のみに関心が向き内向過剰に陥っている自分に気づき、最終的には、宇宙のはてに到り内向と外向とが釣り合うのである。その時代の人間を、私達は神と呼ぶのである。

◎個の時代

昔は共同社会

現代人が抱く全ての悩みの元凶は、個人主義に基づく自分勝手な考えを持つ人間が増えてきたことであると言われている。欧米から輸入された個人主義が日本を駄目にしたという意見は、様々な立場の人々が一様に述べることである。どうにも日本では、個人主義イコール悪、人々の、特に若者の心を蝕む元凶であるとのイメージが固定している感がある。若者の犯す犯罪の大半は、自由気ままな身勝手さを許容する個人主義の思想と、何でも平等の民主主義の精神に基づくものであるとされる傾向があるようである。

確かに、それは、まったく的外れな意見ではないし、個人主義という概念を、何でも自分勝手に自由わがままに振る舞ってよいのだと誤解して身につけてしまい犯罪を犯す者もいるであろう。しかし、個人主義を誤解している者が犯す犯罪などというのは実際はたいしたものではないと思う。無免許運転や暴走行為、酒を飲んで大声でわめくといった程度の公共の道徳に反するものであろう。言うなれば、その犯罪の大半は、他人の迷惑を考えずに羽目を外しすぎた行為という内容である。現代人の抱える大きな苦悩と不安、そして信じ難いほど凶悪化する少年犯罪などは、個人主義の悪い面が目立ってきたという話でかたづけられるような問題ではないのである。個人主義というよりも、もっと別の大きな何かが確かに存在するのである。

人間は、誰しもが一人で生きていける程強くはない。人と人とのつながりを通してしか生きていくことができないのである。そのために人間は、誰もが何らかの形で組織に所属することを求める。人間社会とのつながりを持とうとするのである。それによって人間は心の安定を得ることができるのである。

科学が十分に発達する以前の時代では、人は何よりも人との結びつき、そして社会とのつながりを重視した。城郭の建築、田植えや稲の収穫など、大きな手間のかかる作業は全て協同で行われた。電気もガスも水道も何もなかった時代では、日常生活でさえ人々の細やかな気遣いや協力がなければ成り立たなかったであろう。昔は、魚や豆腐を売りに来る人達は重要な存在であったのである。人と人とが緊密に接することで成り立ってきた社会が、科学が発達する以前には存在していたのである。

歯車社会

しかし、人と人とが緊密に協力し合って成り立つ社会においては、当然ながら個よりも公が優先される。個人の精神活動を始め、あらゆる行動が何らかの規制を受けることとなる。個人の自由は非常に限定される。そうすることによって社会を成立させているのである。それは、世界のどの国々においても同じである。昔の人々は、各々が社会における自分の立場や役割をよく認識して社会の秩序維持のために尽力した。科学が十分に発達する以前の社会では、何よりもまず、社会秩序の維持が最も重視されたのである。絶え間なく発展することは求められてはいなかったのである。

それゆえに昔は身分を重んじた。各々が何らかの身分に属し、その身分に応じて社会に貢献することを求められた。身分を超えた働きは、たとえそれが多くの人々に恩恵をもたらす功績となるものと分かっていても、大抵の場合歓迎されるものではなかった。身分を世襲し、個性のある独自の人格というよりも、その身分の人格として生きていくことが義務づけられていたのである。

身分制は、封建体制の下で形成された制度である。封建体制の下では、人々の自由な思想に基づく多様な活動が厳しく制限されている。それは、言うなれば歯車社会である。社会組織を構成する人間は、まるで機械の一部品のようである。私は、このような社会を、けっしてすばらしいとは思わない。人間が人間らしく生きるための理想社会を実現するには、封建社会は完全に不合格である。人間の精神が向上するにつれて、世界の主要国で封建体制が崩壊し民主体制が確立されたのは必然であった。

民主主義は、人間の自由な思想を条件とする。現代は個の時代なのである。それは、非常に優れた立派な時代である。現代に生きる人間は、大変に恵まれた存在なのである。民主主義は、昨日今日にできた間に合わせの思想ではない。古代の奴隷制社会から封建体制に到るまでの試行錯誤という長い年月を経て辿り着いた概念なのである。人類が苦闘の末に学び取った知恵が礎となり、民主主義は生み出されたのである。

しかし、それにもかかわらず現代人は、深く苦悩することが多い。なぜ、人間はやっと辿り着いた民主主義の時代にこれ程苦悩しなければならないのであろうか。その苦悩は、何が原因なのであろうか。確かに、現代社会が完璧であるとは思わない。科学技術の目覚ましい発展により実現した快適で便利な文明生活は、人と人との連帯感を希薄なものにした。昔の人々が協力して行っていた作業を、現代の人々は、いとも簡単に一人でこなす。全ての品々は金さえ払えば購入することができる。そのため、社会から少しずつ手作りの良さと苦労は消えていった。社会は、すでに手作りではなく大量生産の品々を求めている。それと共に人々は、何か一つの物事を苦労して作り上げる喜びを体験することがなくなった。特に日本において顕著に認められる国民皆サラリーマン社会では、自分の携わっている仕事にはどのような意味があるのかなどと考え始めたら、仕事ができなくなってしまう。

人々は、特に意識はしていないかもしれないが、何か重要なものを失っている。何となく不安である。現代人の心に重くのしかかるものの正体を後述にて考察したい。

◎価値観の崩壊

身分という価値観

身分が個人の人格よりも優先した社会では、人々の為すべき役割は明確であった。個人の果たすべき役割は、個人が自分の意志で決めるのではなく、社会がすでにあらかじめ用意していたのである。人間は、望むと望まざるとにかかわらず、すでに決定されている役目を担うべく生きていくのである。人間が生きるために社会が存在するのではない。社会を維持するために人間が生きているのである。端的に言えば、人間は生きていくために社会を維持するのがやっとであったのだろう。人間が、社会を維持しながら個人の自由を追求して生きていくためには、毎日の生活に十分な余力がなければならない。それは、科学が十分に発達した現代であればこそ可能なのである。

現代人は、様々な社会的束縛から解放されていると言える。会社勤めの人々は、会社に束縛されているというが、そのような人々でも法的に会社に束縛されているわけではない。基本的には、自らの意志でいつでもその束縛を解くことができるのである。封建時代の身分制とは訳が違うのである。人々には、確かに自由に生きる権利が与えられているのである。婚姻の自由、職業選択の自由、居住の自由等々、現代社会を規定する法律は個人の自由意志を広く認め尊重しているのである。

しかし、個人の自由が法律で認められているだけでは、人間は自由な行動がとれない。それゆえに自由というものを、自分勝手に何をしても許されることであるという極端な考えを抱く人間が増えてくるのである。そのような人間が多くなればなる程、社会には道徳がなくなってくる。本来恥ずべき行為を恥としない者が当たり前に存在する社会となる。その身分に相応しい振る舞いを求められた社会とは、まったく価値観が異なるということになる。民主主義の社会では、個人の行為に対する社会的責任は、身分を伴っていないがゆえに封建社会のそれよりも軽いと言える。これが現代人をして、恥ずべきことを恥としない厚顔無恥の態度をまるで当然のごとくとらせる所以である。

その身分に相応しい態度や振る舞い、考え方などは、封建制社会においては代々受け継がれるものである。これを伝統というのである。社会の到る所で、様々な身分の人々が、その身分に相応しい伝統を生み出し、代々伝えてきた。そして伝統が人々の生きる上での価値観や物事の考え方を創り上げてきたのである。身分は、価値観を生み出した。封建制社会においては、人々は意識せずとも価値観を見い出すことができたのである。

存在を肯定する価値観

人間は、何らかの価値観を見い出さなければ生きられない存在である。自分は何者であり何を為すべき者なのか、つまり、自分という存在を規定する概念、それが価値観である。封建体制による身分制社会は、本人が望むと望まざるとにかかわらず、強制的に価値観を付与した。人々は、何はともあれ迷うことはなかった。自分の生き方や、自分は社会に対して何ができるのか、何を為すべきなのかといった根源的な問いには必ずしも悩む必要はなかったのである。

しかし、現代人は、この点では大いに悩まなければならない。現代人の、特に若者の悩みの大半は、自ら価値観を見い出さなければならないという事実に集約されていると言っても過言ではないであろう。民主主義の世の中では、社会は価値観を提供してはくれないのである。何もしなくとも成長するにつれて自ずから価値観を見い出すことが可能であった時代は、すでに過ぎ去っているのである。

現代は、個性の時代であると言われている。しかし、現代の人々が個性を尊重し、また個性的であろうとするのは、自らの価値観を模索して悩んでいる姿の投影であるように思えてならない。何か無理にでも個性的であろうとするあまり、逆に本来自分の持つ良さを殺してしまい、自らの心も、ある流行の一つの型にはめて、苦しみながら不自然に個性的な自分を演じているようにさえ思える。無理にでも何か徹底的に取り組んでいる趣味を持たなければ、人から面白味のない人間と見られてしまうというのは、現代人が、いかに自分という存在を肯定する価値観を見い出すことにあせっているかを端的に示しているのではないだろうか。

誰しも、自分とはこのような人間であるという確固とした認識を持たなければ、心の安定を得られないのである。人間は、ある程度、自分の生き方や考え方を束縛する何かが無いと生きられない。完全に何をしてもよいという自由など、けっして受け入れることができないのである。社会が価値観を与えてくれないのであれば、自分で自分の価値観を創り上げるしかない。自分はどのような人間であり、社会に対して何をするべきなのか、また何ができるのかを自分自身で悩みながら探究していくしかないのである。

現代社会は、確かにすばらしい社会である。人間にとっての理想社会こそ、民主主義の世の中なのかもしれない。しかし、民主主義の世の中であるがゆえに、現代人は大きな悩みを抱えざるを得なくなった。それは、かつての人々がほとんど経験したことのない悩みである。価値観の喪失ほど現代人の心に重くのしかかる悩みはないであろう。しかし、その悩みも、現代人が、いまだ民主主義の社会に慣れていないために生じるものではないだろうか。自分で自分の価値観を見い出すことに不慣れなために生じるものではないだろうか。人々が意識せずとも容易に自分の価値観を見い出せるようになった時、現代人の、特に若者の悩みの大半はほとんど解決してしまうのであろう。人々がもっと自由に自らの存在意義を見い出せるように、社会環境の改善を強く望むものである。

◎価値観の模索

環境の整備が急務

価値観を自ら模索しながら生きていかなければならない環境というのは、確かに辛いものである。なぜならば、人間は、今までの歴史を通じて、そのような経験をしたことがほとんどないからである。いつの時代にも、社会は、人間に何らかの価値観を押しつけることを常としてきた。人間は、その価値観に従って生きることにより社会を維持してきた。人間は、価値観を強制されることに、あまりにも慣れ過ぎてしまったのである。自分の価値観を自ら創造することを、すっかり忘れてしまったのである。ゆえに人間は、自由を享受するどころか苦痛にすら感じるようになってしまった。人間は、いつの間にか、ある種の精神的束縛なくしては生きられなくなってしまったのである。

自由で平等な社会が悪いわけではない。現代人がそのような社会に適合するには、封建制から民主制の時代に移行してから、まだあまりにも年月が短すぎるように思える。いまだ現代人は、価値観の模索が上手にできていない。価値観を、言い換えれば、自分は社会において何を為すべきなのか、また何ができるのかという、社会における自分自身の存在やあり方を自ら探究できる時代というのは、すばらしい世の中である。価値観を強制されて生きざるを得なかった時代の人々は、けっして幸福であったわけではない。価値観の探究を経験する必要がなかったというだけのことである。

社会もまた、一人の人間と同じように年月を経るにつれて成長する。価値観を自ら模索しなければならない時代というのも、それだけ人間社会が向上したことによる必然的な経過に沿ったものであると見なければならない。人間が悩むことにより成長していくように、社会も悩みを抱えながら発展していく。様々な悩みに苦しめられながらも社会は、価値観の模索の時代から、意識しなくても人々が自分の価値観を見い出すことができる時代へと移行していくはずである。それも、けっして遠い先の話ではない。近い将来のことである。

現代社会においては、就職するのには、かなりの覚悟と決断力を持たなければならない。これから社会人になろうという学生は、社会人になれば、まるで奴隷のように朝早くから夜遅くまで過酷な労働をしなければならないと考えている。学生は、学問をせずに毎日遊んでばかりいると言われているし、実際多くの学生はそうしているのかもしれないが、それも社会人になった時のあまりに過酷な労働と自由時間の少なさを熟知しているからこそ、学生時代のうちに自由と青春を謳歌しようという、ある種の悟りがそうさせているのである。十代後半の、まだ成功も失敗も知らない若者が自分の将来に悟りを開いて生きなければならないというのは悲しいことである。大抵の人々は、自分の望む職や適性のある仕事をするのではなく、自分が興味のない仕事に携わる。自分の趣味を仕事に活かしている人は、ごく少数である。現代人は、小学校から高校まで皆一律の教育を受け、社会に出て皆ほとんど一律の仕事を行うようにプログラムされている。現代社会は、価値観を模索する自由が与えられているだけで、まだまだ人々が模索すべき価値観を見い出す場が極度に制限されているのである。そのギャップが、現代人を、特に若者を大いに悩ませているのである。政府は、もっと人々が価値観を見い出すべき環境の整備を迅速に進めるべきである。それが社会を向上させることにつながるのである。

生きがいの社会

現代人は、価値観喪失の時代の中で何とか自分の居場所を見つけようと苦しみもがいている。人々は、自らの素質や生きがいに目を向けることなく金に心を奪われる。なぜ、そんなにも血眼になり金を追い求めるのだろうか。人々の心が金にばかり囚われている現状を改めない限り、生きがいの社会の実現は難しいのである。

資本主義社会は、人、物、金が相互に関連を持ちながら目まぐるしく動くことによって成り立っている。特に現代社会は、あまりにあわただしく、私達を取り巻く環境の変化はまさに加速度的である。なぜ私達は、そんなにも急がされているのであろうか。環境の変化が、なぜあまりにも急速に進み過ぎているのだろうか。生きがいの社会を考える上で、まずその点について検討したい。

資本主義社会を構成している要素をさらに詳しく考えてみると、それは人、金、そして信用になると私は思う。つまり、信用が金を生み、金が人を動かす。そして人は信用のある人物の下に集まる。このようにして人、物、信用は相互に連結の環を構成して資本主義社会を作り上げ、現代社会をダイナミックに発展させ続けるのである。そして、連結の環の中では絶え間ざる人間の活動エネルギーが循環して資本主義社会をつき動かしているのである。エネルギーの流れは、信用→金→人であり、人に流れ込んだエネルギーは、また信用へと流れていく。これを言葉に置き替えて述べてみる。金の貸借や受け渡しは、当然信用の下に行われる。信用のある人物には金を貸すが、信用のない者には誰も金を貸さない。また、極端な話、五百円の品物を千円であると偽って売りつける店には誰も立ち寄らない。信用こそが金をうむのである。そして人は金に動かされる。さらに人は金を持って信用のある人間の下に動くのである。

さて、現代社会の異常な点はあまりにも過剰に人間の活動エネルギーが、金→人に集中して働き過ぎていることである。また、そのために金→人の間のエネルギーの流速が非常に速くなっている。そして、集中し加速されたエネルギーは、その場所のみに留まっている訳にはいかない。その影響は連結の環全体に及び、人間の活動エネルギーは連結の環の中を加速度的な速さで循環するようになるのである。これが、絶え間ざる発展とスピードの時代である。

では、金→人の活動エネルギーを増幅させるものは何であろうか。それは欲望である。もっと贅沢がしたい、まだ足りないという欲求である。究極的には、この欲望が連結の環を循環する活動エネルギーのスピードを加速させているのである。そして、欲望を高めるのは豊かな物質社会を支えている、過剰で不必要とも思えるほどの贅沢品や食料品である。食料品などは、食べきれずに捨てているほどである。

ゆとりある社会、生きがいの社会を実現するには、欲望を適度な所で抑えて金→人の活動エネルギーの増大と加速を適切に調節する必要がある。それによって、活動エネルギーは片寄ることなく連結の環全体を滞りなく循環するようになる。さらに活動エネルギーの加速が調節されれば、連結の環全体を、エネルギーはある程度スピードを抑えながら流れるようになる。それと共に人々の心には、ゆとりが生まれるのである。

金↓人に過剰に注ぎ込まれていたエネルギーが抑制されれば、人は余剰の活動エネルギーをボランティア活動や趣味、興味のある勉強、地域活動などに振り向けることができる。仕事上だけではない、共通の趣味や関心を通した交友関係を広げていくことができる。そのような活動を通して生きがいを見い出す者もいれば、自分の天職を見つけ新たな人生へと踏み出す者もいるであろう。このような社会の実現は、けっして難しくない。

人間は、人々との触れ合いや社会への貢献により生きがいを持つことができる。自分は何者であり、社会に対して何ができるのかという価値観の模索とは、自らの生きがいを追い求める心に他ならない。それは、営利活動一辺倒の環境からは必ずしも見つけ出せるものではないのである。

◎自己顕示欲

志は自己顕示欲の表現

人間は誰しも自己顕示欲を持っている。生きている間中、特に若い時期には、いかに自らの自己顕示欲を満足させるかということを常に考えながら毎日を生きている。自分という存在を世間に誇示したい。自分は確かに生きて、この世の中に存在していたのだという証を残したい。

多かれ少なかれ、誰もがそう心の中で思っている。それは大きな悩みとなり、人間の心を完膚無きまでに痛めつける。自分は何かをしたいのだが、何をしていいのか分からない。また、この世の中で何ができるのか分からない。分からないから不安になる。それは、掴みどころのない、どのように理解し、解決していいのか、まったく捉えることができない不安である。

十代の後半から二十代を通して、人間の心に、この種の不安は常によぎる。自分の思い通りに人生が運ばない。目標としている自分の姿に、今の自分はあまりにも遠く及ばなすぎる。また、目標を達成する過程において、取り返しのつかない失敗をしてしまった。自分は何を目標にしているのか、それすら見つけることができない。自分の目標を見失った者は、時に自分自身をすら見失うものである。それほど、人間にとって自己顕示欲を発揮する場を奪われるというのは、精神的に耐えがたい苦しみなのである。

人間は、その自己顕示欲のゆえに志を持って生きようとする。まったく何の志も持っていない者など一人もいない。何かを達成するというのは、自己顕示欲を満たすということである。志を持ち、自らの課題を達成するために努力し苦しむというのであれば、その苦しみは、まさに生きている証拠であり、必然のものである。

誰一人として、この苦しみからは逃れることができない。この苦しみのゆえに身を滅ぼす者は、生きることに耐えられなかった者なのかもしれない。十代後半から二十代の若い世代が犯す犯罪の動機は、極論的に言えば、生きることに耐えられなかったということなのかもしれない。社会の仕組みが複雑になり、人々が自分の目標を達成するまでの過程が見えづらくなるという不透明な世の中になればなるほど、若年層の精神状態は不安定になりがちである。個性を抑えられ、様々な規制により、がんじがらめにされても、若者は、自分はどのようにして自らの自己顕示欲を発揮したらよいのかが分からなくなり、故意に規則を破ってみたり、犯罪に走ったりするのである。

人間は、自己顕示欲なしでは生きられない。何か自分はこの世の中に確かに存在したのだという証を残そうとせずにはいられない。それゆえに苦しむと分かっていてもである。それは、まるで人間の本能のようである。

自己顕示欲は満たされにくい

人間には寿命がある。この世に生きていられる時間は有限なのである。人間の自己顕示欲は、自分の人生には、いつか終わりが訪れるという自分という存在の有限性を意識した時から始まる。自分の目標を達成するために必死になるのである。自分という存在を他人に、そして世の中に強く誇示したいという欲求にかられる。誰しもが何かをしようとする。行動せずにはいられなくなる。

自己顕示欲を満たす志を早い段階から見い出すことができた者は幸いである。そして、志を達成するのに十分な才能を持っている者は、この世で最も恵まれた者である。大抵の人々は、早い段階で自分の目標を見つけることも、それを達成するための才能もない。なかには、自己顕示欲を抑え切れず、何かをしたいという強い欲望のエネルギーを無理矢理に心の奥底に閉じ込めたまま、鬱積した毎日を生きているがゆえに、ある日、突然に動機のはっきりしない犯罪を犯す者もいる。犯罪だけを客観的に見れば、まったくの無意味で愚かしいとしか言いようがなく、犯罪を犯した当人ですら、他人には理解できない犯行動機を語るような犯罪でも、それは、けっして犯行動機も意味もない犯罪ではないのである。自分という存在を強く世間に認知してもらいたいという欲求を満たす手段を探すのが下手なのである。また、そのために、自分は世間から隔絶された存在であるという思いを強く持ってしまいがちであることも、動機なき犯行の動機になるのかもしれない。

世の中の不況による低迷した雰囲気は、特に精神的に未熟で不安定な若者の心に多大なる悪影響を及ぼす。自らの進路を決定しなければならない十代後半の若者は、特に強く影響を受ける。意気消沈した閉塞感のある世の中は、若者の心に挫折感を与えやすい。些細な失敗が引き金となり、若者の心は挫折し非常に不安定になる。不安定な心は、異常心理を生む。このようにして、若者が犯罪に走る心理的条件が整うのである。

若者にとっての挫折感とは、自己顕示欲という、自分は確かにこの世の中に存在したのだということを誇示したいという欲求を満足させる手段を断たれることである。それゆえに、もし人間に自己顕示欲がなく、自分という存在を世間に強く訴えたいという願望がなければ、人間の抱える苦悩は大きく軽減されることになるであろう。

しかし、人間の心に自己顕示欲がないとしたらどうであろうか。人々が何一つ自分の存在価値を誇示しようとしないとなれば、世の中はどうなるのであろうか。人は、自分の存在意義を確認し、また高めたいと思い社会に対して自分という人間を強く訴える。そして、社会の発展のために微力ながらも尽力することを願う。それは、時に非常な苦しみを生む。自己を誇示したいという強い欲求がなければ、誰もそのような苦しみの道を通ろうとはしない。しかし、苦しみを避けて、誰も抑えきれない心の内を訴えようとしなければ、人々は一生作り笑いから逃れることはできないだろう。

◎人間の弱さ

悩みが知恵を授ける

人間の弱さ。弱さというのは、腕力の問題ではない。心の問題である。人間は、心が弱いがゆえに悩む。そして自分にとって最も望ましくない行動をとり、また悩む。強い心を持った者は、悩まずとも正しい道を選び、ほとんど後悔することのない行動をとることができる。しかし、ほとんどの人間の心は弱いのである。追い詰められて、間違った選択をし、取り返しのつかない失敗をして一生悩みを抱えながら生き続ける者もいる。自分でもどうしようもなく、いくら後悔しても悩みは深まるばかりで苦しみだけが増す。人間とは、その苦しみの中を生きる存在なのかもしれない。

人間は誰しも、苦しみから逃れることはできない。人間には寿命がある。自分の未来を予知する能力が備わっているわけでもない。いかに苦しみを和らげて生きるか。その程度しか人間にはできない。人生における苦しみを和らげるのは、知恵である。知恵は、苦しみを通してしか身に付かない。苦悩し苦しみ、そして人生の知恵を身に付けていく。自分が真に満足し、自分で納得のできる人生を歩むためには、まず悩むことである。悩むことから逃げてばかりいる人生では、けっして幸福にはなれない。過去を振り返った時に、いかに自分が安逸の日々を貪っていたかを知り愕然となるのである。過ぎ去った時間は、けっして戻ることはないのである。悩みは、自分の人生を幸福へと導く最短距離を示してくれる。悩み多き者こそ、人生の遠回りをすることは、けっしてないのである。深く悩み導き出した回答に間違いはない。自分の答えに自信を持つことである。他人の受け売りではいけない。他人の言葉を自分が培ってきた人生の知恵をもって、自分なりによく考えて回答を引き出すべきである。それが哲学である。幸福な人生は、自分の哲学を持つことから始まるのである。

哲学なき者とは、人生について何も考えない者である。ほとんど悩むことがない者である。それは、強い心を持った者なのだろうか。哲学なき者とは、強い人間なのであろうか。

苦悩は強靱な精神への契機

ほとんど悩むことがない者は、二つにしか大別できない。一つは、心の働きがあまりに鈍感であるがゆえに、本来悩むべきことに気がつかないまま過ごしてしまう者である。このような者は、精神的に成長することなく一生を終わるのかもしれない。もしくは、人生のどこかの段階で気がついて、今までの苦悩を総まとめにした苦しみに恐れおののき、事の重大さに驚愕するかもしれない。このような経験はできれば避けたいものである。

もう一つは、すでに多くの苦悩を経て、自分の哲学を深く掘り下げ、自分なりの解答を引き出した者である。そして、自分の解答に自信を持っている者である。このような人間は、自分の解答に従い人生の決断を行う。万が一、間違った決断をしても、すでに、その者は論理的に解答を導き出す哲学を身に付けているので、間違いに気がついた段階で、いつでも、すぐに人生の軌道修正をすることができるのである。自分が苦悩の末、自らの体験を通して身に付けた哲学が備わっている者は、進むべき人生の大道を、けっして踏みあやまることはないのである。

人間は強いのではない。強くなるのである。そして、正しい道を選ぶための知恵を身につけるのである。人間は、誰でも強く生きる哲学を身に付けるだけの能力を備えて生まれてくる。悩むとは、その能力が発揮されている証拠なのである。悩むことを恐れる必要はまったくない。むしろ悩まなければならないのである。人間が身体的に成長するには、食物より摂取する様々な栄養素が必要である。それと同様に、人間が精神的に成長するためには、苦悩という栄養素が必要なのである。人間の身体も、子供の頃は非力である。ところが、青年期を迎え大人になれば強く逞しいものとなる。人間の精神も、何も苦悩せずに哲学を身に付ける前の段階では、まったく稚拙なものである。しかし、苦悩し、哲学を身に付けた精神は崇高である。悩まずとも、深く自らの叡智を傾けることにより、ほとんど間違いのない解答を得ることができる。

人間の心が弱いのは、無知ゆえである。誰しも最初は何も知らない。知らないから悩む。そして悩みを通して学んでいく。その学びの積み重ねにより、人間は強くなる。悩みが人間を偉大にする。心の弱さは問題とはならない。弱いという表現の方が適切ではないのかもしれない。心の成長期にあるという表現こそ、ふさわしいであろう。自分の弱さを自覚するには、それ相応の哲学を身に付けていなければならない。悩むにも、それなりに準備が必要である。すでに悩みを抱えることができる人間を指して心が弱いなどとは言えない。本当に弱い人間というのは、悩むことすらできずに、毎日を掴みどころのない不安を抱えたまま過ごすか、自分の悩みと真正面から向き合うことを避けて、絶えず楽な方へと逃げ続けるのである。悩む自分を弱いなどという、とんでもない誤解をしてはいけない。むしろ、苦悩と真剣に立ち向かえるほどの心の強さを持つ自分に、もっと自信と誇りを持つべきである。

悩みのない人間など、世の中に存在しない。その悩みは、心の奥に潜み絶えず人々を苦しめ続ける。しかし、人間は悩み、もがき苦しむ精神活動を通して闇に潜む魔物の正体をつきとめることができる。その魔物がどのような姿をしていようとも、人間は魔物を心の内に取り込み自らの精神を、さらに高みへと飛躍させることができる。心の内は、青天の下に豊穣の地となる。悩みを抱える者は、一生の内でまたとないやりがいのある仕事を与えられたのである。

◎二つの心

神と悪魔の心

人間には、二つの矛盾する心が存在する。それは、まるで人間の本能のように心の奥底の、理性の領域より、もっと深淵の部分に存在するかのように、深く人間の心に根づいているものである。人間は、心の内に、この二つの本能を同居させながら生きているのである。

その心とは、一つは、平和を愛し他人と協力して世の中をすばらしい方向へ発展させようという利他心に満ちた、人間愛と平和と協調の心である。しかし、もう一方は、まったくこれとは相反する、暴力と残酷を好む心である。誰一人として例外なく、人間は、程度の差こそあれ、この二つの心の間で揺れ惑いながら自分という存在を見い出していくのである。時には人を愛し、他人との協調の中に喜びを見い出す自分がいる。その反面、時として他人を憎み、徹底的に暴力を振いたいという衝動にかられる自分も存在する。どちらの心も、一人の人間の中に秘められているものである。

人間の心が、愛と平和を望み、他人との協調の内にのみ幸福を感じることができるという本能に集約されていれば、人間社会には、けっして戦争など起こり得なかったであろう。世の中には、憎しみや悲しみや苦悩がほとんどなく、笑いと喜びと楽しみに満ちたものとなっていたであろう。人間に、なぜ相反する二つの心が備わっているのかは分からない。もしかしたら、愛と平和と協調を望む心は、全ての動物の中で人間において最も発達した脳の領域である前頭葉の働きによるものかもしれない。また、暴力や残酷に快楽を得る心は、動物としての本能を司る脳領域によるものなのかもしれない。しかし、いずれにせよ、人間には、神の心と悪魔の心が表裏一体となり備わっているのであるから、それらの心を適切に制御しながら生きていかざるを得ないのである。

世の中が神の心で満たされるのか、悪魔の心に優先的に支配されるのかは、人間を取り巻く環境にかかっている。人間の心は、環境に大きく左右される。社会全体が暴力や残虐な行為を許容する雰囲気に包まれていれば、その環境で育った人間の心は、暴力や残酷を好む心理が優位を占めるようになる。反対に人間愛や協調性、他人を思いやる心からなる行為が当たり前に行われているような道徳のある社会で育てば、人間は自分の内にある神の心を存分に発揮するようになるのである。社会環境とは、個々の人間が創り出す雰囲気の統合体である。しかし、個々の人間が創り出す雰囲気は、必ず、その時代を代表する人物によって創り出されているのである。言うなれば、いつの時代でも、その社会の雰囲気を創り出すのは、その時代の人々の先頭に立って走る人物なのである。例えば、科学の分野で様々な新発見をしてノーベル賞を受賞する科学者を輩出し続ける国では、自ずと国民の間にも進取の気風が育ち、国全体が明るく活気に満ち溢れるであろう。反対に、不正ばかりを行い、国民の声をまったく政治に活かさないような政治家が多い国では、国民は、自国の政治に愛想をつかし、国家はどうしようもない閉塞感に覆われるであろう。その国が望ましい雰囲気に包まれるためには、優れたムードメーカーが必要なのである。

閉鎖的な社会

暴力や残虐性が蔓延している社会というのは、閉鎖的な社会である。閉鎖的であるがゆえに暴力や残酷な心が、人々の心を支配するのである。そのような社会では、職場や学校などで陰湿ないじめが多いのも特徴である。人々は、むやみやたらに攻撃的になり、ささいなことですぐにキレる人間が増加する。一度キレたら、徹底的に相手を痛めつけるという暴力性と残虐性を発揮する。そして相手を簡単に死に至らしめるのである。狙われるのは、弱そうに見える人間である。女性や子供も狙われることが多い。自分よりも弱いと見たら、相手を執拗に痛めつけ満足感を得ようとする。これは、社会の雰囲気としては最悪である。人間の最も醜い面が嫌という程、表れている社会である。

このような社会と、まったくの正反対であるのが、開放的で進取のチャレンジ精神に包まれた社会である。人々は、積極的に前へ出る気概を持っている。新しい物事に盛んに取り組んでいく。弱い立場の人間をいじめるのは、その人自身が後ろ向きで暗い心になっているからである。意識が後ろを向いてしまっているのである。しかし、社会全体が前向きで積極的な雰囲気に包まれていれば、後ろ向きの意識を持つ人間は、徐々に少なくなってくる。社会において大多数の人間が前向きの心を持っていれば、その社会は、陰湿ないじめや、すぐにキレる人間、相手を殺すまで痛めつける暴力や残虐性を持った人間の増加という問題には、ほとんど頭を悩まされることがなくなるのである。そのような社会では、他人を思いやる者が多く、平和を愛し、人と人との協調が当たり前のように行われる。道義心が人々の心に十分に備わっている。それが望ましい社会なのである。

閉鎖的で暴力的な雰囲気は、一刻も早く取り除かれなければならない。暴力は、人々の心に暗い陰性の攻撃心を植えつける。そして、心はさらに卑屈になる。若い力が自由に動き、積極的に前へ進む意志を失えば、社会は閉鎖的どころかほぼ完全に停滞する。そして緩やかに後退して人々の心は荒廃する。すでに秩序もない。閉塞感、停滞したムード、意気消沈、抑えつけられた個性や才能、そして自由。身体の自由を鎖でつながれた若者の心は、いったいどこへ向かうのか、またどうなってしまうのか。若者の心を支えるのは、前へ進む気概である。この気概をおさえつけ、若者の心を挫く社会は、いずれ破綻し、まさに若い力の前に崩れ去るのである。

◎心のあり方

前向きの精神が協調を生む

閉鎖的な社会にいる人間が暴力的で残酷になりがちなのは、そこに暮らす人間の心が後ろ向きだからである。意識が前に向かずに後ろばかりに向かっている。政治を始め、社会全体が低調ムードに包まれ、社会の各分野をリードしていくべき人物に期待をかけることができない。全ての空気が停滞して淀んでいる。このような社会に、若者は希望を見い出すことができないのである。

後ろ向きの心と、暴力や残虐性の心の発現とは連動している。そして、積極的で意識が前に集中している状態と、人間愛や協調性、思いやりの心もまた連動しているのである。それは、ラグビーなどの激しくお互いがぶつかり合うスポーツを例に挙げれば一目瞭然である。ラグビーは、相方の選手が体と体を激しくぶつけ合ってボールを奪い合い、ゴールを目指して走り続ける競技である。それは、端から見ると、まるで喧嘩をしているかのごとくの激しさである。ところが、それだけ激しい勝負をしても、試合が終了すればノーサイドとなり敵も味方もなくなるのである。お互いに憎しみ合う心はないのである。

ラグビーのような激しい競技では、敵味方の相方とも意識を前に集中して、お互いの気迫を相手に激しくぶつけている。お互いが絶対に気後れしないという心構えで試合に臨んでいる。そうでなければ、試合にならないであろう。相方のチームは、積極的に相手チームに前向きの精神で挑むのである。互いに相手チームの気迫におされることなく、その気迫を受けとめるだけの気概を持ち試合をしている。ゆえに試合が終われば、お互いの健闘を称えることができるのである。これは協調と思いやりの精神に他ならない。しかし、もし、このラグビーの試合において、一方のチームが気迫を込めてぶつかってくるのに対して、相手方のチームが気後れして後ろ向きの気持ちで臨んだとすれば、試合終了後に、気後れした方のチームは、けっして相手のチームの健闘を素直に称えることはできないであろう。相手チームに暗く淀んだ陰性の攻撃心をむき出しにして憎悪すらするかもしれないであろう。スポーツにおいて、お互いが全力を出してぶつかり激しく競い合っても、お互いを良き相手として称え、信頼し合うことができるのは、相方とも前向きの精神で臨んでいるからである。前向きで積極的な精神が、相手を信頼し思いやる心と協調の精神を生み出すのである。

気後れ社会

暴力的で残酷性をあらわにした性格の人間が多い社会というのは、それだけ他人に対して気後れして自分の世界に閉じこもりがちな人間が多い社会ということである。終始、他人に気後れして塞ぎ込みがちの人間は、顔には出さなくとも、心の内に暗い暴力性と残虐性を抱くようになる。世間一般の人々に対し無差別の敵意を持つようになる。閉鎖的な性格になり、ほとんど人間関係を持たないようになる。閉鎖的な性格ゆえに、表面上はおとなしく、普段は問題となるような行動はおこさない。しかし、このような人間は、常に心の内に爆弾を抱えているのに等しい、その爆弾とはない。それゆえ、周囲の人間は、特にこのような人物に注意を払うことは、ささいな出来事で引火し爆発するのである。爆発すると同時に、いままでうっ積していた暴力性や残虐性が一気に噴出し信じられない程悲惨な事件を引き起こすのである。

気後れした後ろ向きの心を持つ人間は、生まれつきそのような性格である訳ではない。国家全体が気後れしているがゆえに、そのような人間が育ちやすいのである。生まれつき後ろ向きの暗い心を持った人間など、一人もいない。社会全体が、もっと前向きで積極的な雰囲気でなければならない。そうでなければ、世の中から陰湿ないじめと暴力は、けっしてなくならないであろう。

暴力や残虐行為を社会が暗黙のうちに認め、そのような行為に快楽を見い出す人間が増えれば、やがて社会は、人々の暴力を抑えきれなくなる。社会の到る所で、ささいなもめごとによる悲惨な事件が跡を絶たなくなる。気後れして卑屈な心を持つようになってしまった人間は、護身用と称して刃物を持ち歩くようになるであろう。暗い攻撃心と残虐性を刃物に託して、まるで自分が、常に気後れした心を抱いている対象である世間一般の人間よりも強くなったような錯覚を覚える。偽りの自信である。その自信は、何かあれば刃物に頼ればよいという自己の主体性を全く放棄した完全なる弱さの表れにすぎない。そして、暴力性と残虐性を秘めた心の人間が刃物を持つということは、いつでも導火線に火を付ける用意があるということである。

このようにして暴力が社会に蔓延すれば、人は、自分の隣人を信じられないようになる。社会から信頼と協調の精神が失われていく。そうなれば、人々はお互いに楽しく語り合うよりも、自室に引きこもって過ごすことに多くの時間を割くようになる。掴みどころのない不安が人々を襲う。社会全体が、はっきりとした理由も分からないまま重苦しい雰囲気に包まれる。それは、不況のせいばかりとは言えない。不況よりも、もっと重苦しく、人々の心を頑なにする何かである。人々は、自分が言い知れぬ不安を抱いている原因を見い出すことができずに、不況と凶悪化する犯罪に、ただ嘆くばかりである。どうすれば嘆かないで済むのか分からない。人々が自分自身と向き合い、自分の心のあり方をもう一度見つめ直す必要がある。本当は何も怖れることなどないのである。自分の心を鎖で縛りつけ閉ざしているのは、その人の後ろ向きの精神である。ゆえに、もっと積極的に前へ進む勇気が、鎖を解き心を解放するのである。私達は、プライドを持つことによって前を向いて歩き出すことができるのである。

◎プライド

日本にはプライドがあった

前向きで積極的な心を持てる人間と持てない人間がいる。心のあり方次第で、その者の人生には天と地ほどの開きが生じる。自ら人前に進み出て積極的に行動できる人物。気後ればかりして、いつの間にか心が卑屈になり歪んでしまった人間。両者を隔てるものは何か。それは、プライドである。プライドとは、他人に対して優越感を抱く心ではない。人間として正しい生き方をしようという心、自分の精神を卑しめるような恥ずべき行為は絶対にしないという、自分に厳しくある態度である。そのような心のあり方は、自分に自信があってこそ、始めて持つことができるのである。常に気後れしている後ろ向きの精神では、けっして自分に自信を持つことはできない。他人に対し、堂々と接することができない。これでは、プライドなど持てるはずがないであろう。

プライドを失くした人間は何でもする。恥ずべきことも何も関係ない。そのような恥ずべきことは死んでもやらないという、自分に対する厳しさと誇りは微塵もない。そのような人間は、金さえもらえば何でもする。人間が、特に男がプライドを失くせば、社会の秩序は崩壊する。後には、自分に自信のない後ろ向きの卑屈な心を持った人間ばかりが残る。自分よりも弱い人間に暴力をふって満足する恥ずべき人間である。

人と人とが、お互いに協力し合える関係を築くには、お互いが相手のことを尊敬し信頼しなければならない。尊敬と信頼が協調を生む。そして、お互いが尊敬し信頼し合うためには、プライドが必要である。自分に自信のない人間は、けっして相手のことを尊敬も信頼もしない。卑屈な心と歪んだ姿勢で、相手を見る。人は、お互いが気後れせず、縮こまりもせず、真っ直ぐに相手を見るからこそ、相手のことを正しく理解することができるのである。これは、お互いが自分に自信を持ち、意識を前に集中しているからこそなのである。自分に対する厳しさを失い、プライドを捨てた人間の姿には、まさに勢いがないのである。

人間が生きていく上で最も重要なのがプライドである。日本人は、それをよく理解していた。日本人の気質は、反骨精神である。強大な相手に対しても対等の、いやそれ以上の気概で立ち向かう。そのような気概が国全体を覆っていたように思う。明治維新、そして明治時代の日本の発展は、欧米列強という強大な力に対等の気概で立ち向かう姿勢があったからこそ、為し得たものであろう。日本人が、その歴史を通じて育んできたものは、プライドではなかったか。そして、プライドをこそ、日本の歴史は子孫に伝えてきたのではないだろうか。どのような苦境に陥ろうとも、絶対にあきらめずに道を切り拓いていく不屈の闘志が、日本人を衝き動かすのである。

日本人が和の心を大切にし、お互いに協力し合うことができたのは、それだけ日本には、尊敬し信頼できる人間が多かったということである。自分に自信を持ち、恥ずべきことは絶対にしないというプライドを持った人間が、当たり前にいたのである。そうでなければ、けっして協調性のある和の社会とはなり得なかったはずである。

自信を失い、プライドを捨て去った人間が多い社会は、いびつに歪んでいる。日本人がプライドを何よりも大切にして守り抜こうとしたのは、プライドなき社会が、人間の心をどれだけ歪めてしまうのかをよく理解していたからではないだろうか。

夢中になれる何かを持つ

社会の根幹が歪めば、犠牲になるのは、社会的に弱い立場の人間である。人間の心は弱い。自分に自信を持つ何物をも信じられなくなった時、また自分はどんなに努力しても人から認められないという思いにかられた時、人は強い社会的疎外感を抱き孤独にさいなまれる。そして人とのつながりを保つことができなくなり、常に他人に気後れした姿勢で生きていくようになる。そうなると、そのような人間がとり得る行動は二つしかない。一つは、自室に引きこもって他人との接触を絶ち常にオドオドした気持ちで生活をすることである。そして、もう一つは、少しでも自分というものの存在感を社会に示したくて、また常に心にうっ積しているストレスを解消しようとして弱い者に暴力を振るう。それも、場合によっては相手を死に至らしめるまで暴力を振るい続ける。自分に自信を失くし、前向きな精神を持てなくなった人間の末路である。

心に自信を取り戻し、意識を前へ押し出せる人間になるためには、自分が夢中になり、集中して取り組めるものを持つことである。夢中になり取り組んでいるものを、まず身近な人間が認め、そして親しい友人が認め、やがて周囲の人々が評価するようになれば、その人は、自分が取り組んでいるものを通して、自分に自信が持てるようになる。そして、その人が取り組んでいるものが、人々の役に立ち、また社会に貢献するものであれば、その人は、自分が自信を持つものを通して人々との、ひいては社会とのつながりを持つことができる。それが、さらに自信へとつながる。そのような小さな自信を一つ一つ積み重ねていくことによって、やがては自分よりも大きなものに立ち向かっていく勇気も、積極的に意識を前に集中させる気概も身に付いていくのである。人は、いつまでも孤独のままでいても自信を持つことはできない。気持ちはただ後ろを向くばかりである。そうではなく、自分が自信を持って取り組めるものを、たとえどんなに簡単なものでもよいので、まず見つけることである。そして、それを以て人々の前に出て、人と、社会と交わり調和するのである。そのような過程を経てこそ、人は徐々に自分に自信を持てるようになっていくのである。

自分が乗り越えられるかどうかというハードルを一つ一つ乗り越えていく。いつも成功するとは限らない。しかし、あわてることはない。じっくりと腰をすえて余裕をもって、楽しみながら取り組んでいけばよいのである。

プライドを見失った日本人

今、人々が言い知れぬ不安に襲われて、まるでプライドを失ってしまったかに見える。それは、経済発展にプライドをかけて昼夜を問わず猛烈に取り組み、自分達が自信を持って集中してきたものが揺らぎ始めたためではないだろうか。気がついてみたら、仕事以外に自分達が自信を持って取り組める何かを全て放棄してきた。そのために、それまで順調に発展していた経済と共に深めていったプライドは、経済の停滞と行き詰まりという逃れられない現実をつきけられて、崩れ去ってしまったのである。今は、ただ肩を落として下を向くばかりである。仕事を通じて積極的に前へ進んでいく気概は、すでに失われてしまった。社会の中心となるべき人々が自信を失えば、当然の結果として、その落胆した沈痛な面持ちと雰囲気は、全ての世代の人々に伝播する。社会は不安に包まれ、人々の心は堅く閉ざされるのである。

景気の好不況というものは、結局のところ人々の意識の問題である。日本人は、すでに十分に豊かな社会を実現した。自信を無くす必要など全くない。むしろ、経済発展以外にも目を向ける広い視野こそ必要なのである。

人々が、もっと自分自身と向き合い真剣に自分のあるべき姿を問い直す。自分の存在を肯定するのは、経済発展の場だけではない。極端に経済発展のみに国民の関心と行動、そして思考が集中している社会は、歪んだ心の人間を生み出す。期待通りに経済を発展させ続けられなくなれば、人々の心の歪みが強く意識され、社会に露呈するのである。

戦後の日本人は、自国の経済を建て直すために必死であった。とにかく働き続けた。必死になって集中して仕事に取り組むなかで、経済を着実に発展させていく自分達に強い自信を持った。目ざましい経済発展を為し遂げ、世界第二位の経済大国となった。日本人は、焼け野原から立ち直って豊かな社会を築き上げたいというよりも、敗戦により失われた国家の威信を取り戻すために経済復興に全精力を傾けたのである。そして、確固たる経済大国の地位を築くことにより、それは成功したのかもしれない。しかし、プライドを回復することに必死であった日本人の心には、教育、道徳、福祉、宗教など経済以外の重要な問題に目を向ける余裕がなかった。大切な課題を置き去りにしたまま前進し続けてきた矛盾が、経済不況の時代に到り、一気に噴出したのである。

日本人は、持てる能力を存分に発揮してプライドを取り戻したはずである。私達を取り巻く豊かで恵まれた社会はすばらしい。これからの時代は、経済発展以外の課題に力を入れていくべきではないだろうか。社会に貢献する方法は経済活動だけではない。様々な方法が存在するのである。経済をただむやみやたらに発展させることにのみプライドを見い出してはいけない。例えば、国家単位で言えば、世界の平和のために尽くすとか、世界中から、貧困や差別をなくす、難病の克服、飢えに苦しむ人々をなくすなど、世界の人々の幸福に貢献する大きな目標を掲げ、その目標を達成しようとするなかにプライドを見い出してもよいのではないだろうか。そして、個人レベルで言えば、仕事だけではなく、様々な形で、自分の趣味を通してでも、人々のため、社会のために貢献し、人々からの尊敬と感謝の気持ちを受け、自信を深めていくことができるのではないだろうか。その自信が、国家を前進させる大きな力となるのである。

一人一人がプライドを持てば、国家としてのプライドも自ずと形成される。いつまでも迷い続けていてはいけない。

人間の歴史は、成功と失敗の連続である。成功すれば自信を得て、失敗すれば自信を無くす。その繰り返しを経て物事を成就していく。しかし、それでは人間は成功した時には強い自信と共にプライドを持つが、失敗した時には全てを失い、プライドを完全に捨て去ってしまうのかと言えばそうではない。プライドとは、そんなに簡単に身に付けたり捨てたりできるものではない。一度身に付けたプライドは、まず失われることはない。プライドを身に付けた人間は、失敗して落胆し自信を失いかけても、なお立ち上がることができる。プライドは、何があっても揺らぐことのない強大な底力を、その人の心にしっかりと植えつける。日本人は、その歴史を通じて絶対的な底力を身に付けた。それは、日本人一人一人の心に、しっかりと根づいている。あまり自意識過剰に陥って日本の欠点ばかりに目を向け過ぎる必要はないのである。

◎国家のプライド

プライドこそ国の要

プライドなき人間が多く存在する国は、すでに国力が傾きかけていると言える。国家の威信は地に落ちている。国民は愛国心を失う。国家の姿勢を正す背骨となる道徳が軽んじられる。人々は、自分の都合ばかりを押し通し他人に迷惑をかけることなど、まったく恥とはしなくなる。恥じる心を忘れた人間は、顔にも心にもしまりがない。しまりのない人間が、しまりのない社会を創るのである。

しまりのない、秩序が崩壊した社会に、残酷な暴力と弱い者いじめが加わる。他人に気後れして心が縮こまっている人間が刃物を持ち、自分が強くなったような気持ちになって事件を起こす。人間は、心が弱くなってくると、それに伴い攻撃心が強くなってくる。暴力が横行している社会の人間の心は、まるで猫のように臆病なのである。
なぜ、人の心からプライドが失われるのであろうか。人は、そんなにも簡単にプライドを捨てきれるものなのであろうか。人は、どのような状況に陥った時にプライドを失うのであろうか。

人は、自分が心のよりどころとして尊敬し誇りに思っている存在が否定された時にプライドを失う。そして、自分で意識するとしないとにかかわらず、大部分の人々は自分の国を敬い、誇りに思っている。それゆえ、他国からひどく侮辱され続けてきた国家、また武力や経済などでの戦争によって徹底的に打ちのめされてきた国の国民はプライドを失う。そしてプライドを失った国民は前進する気力を無くすのである。戦争で受けた物質的損害などとは比べものにならない程、心に受ける屈辱感というのは大きなものなのである。今の平和な時代に、どこの国でも軍隊を持とうとするのは、何も他国と戦争をして勝ちたいからではない。国家の威信を示し国家としてのプライドを保ち続けるためなのではないだろうか。いくら他国の侵略に備えて軍隊を持つことが必要であるとは言っても、数え切れないほどの核兵器を以て戦争することなど絶対に必要ないはずである。核兵器などは、武力戦争のためのものではない。まさに国家の威信を示すためのものである。冷戦というのは、世界の主要国が自国のプライドを守るために、お互いに牽制し合っていた時代であった。そして牽制しつつ競争した。負けることは、プライドを著しく傷つけられることであると十分に理解していたからである。国と国との関係においては、自国のプライドというのは、何よりも重要な意味を持つものなのである。

プライドを、そのまま維持することができた国家とプライドを失った国家とでは、その後の国家の発展において、もはや取り返しのつかない程の差を生じることになる。九四年のルワンダ内戦では、部族間による大量虐殺や残酷な暴力が横行し約百万の人命が失われた。そして、犠牲者の四分の一は子供であったと言われている。紛争は、部族の相違、信条や意見の違いなどという表面的な理由が原因ではない。部族紛争の基となる根源的な原因は、それらの部族が属する国家がプライドを失ったことである。部族の相違や意見の違いなどといったものは、紛争をおこすきっかけに過ぎないのである。

かつて欧米人は、アフリカ地域に進出して現地の人々を奴隷として米国に連れ込んだ。奴隷売買である。人間が人間を売り買いするという最低の行為であった。これにより、アフリカ地域の国々のプライドはズタズタに引き裂かれた。現地でも、部族の首長が欧米人に売るための奴隷を確保するために他部族を襲い捕虜として、奴隷売買に加担していたのである。国々のプライドが引き裂かれ、部族のプライドが破壊され、誇りを奪われた結果、いかに荒廃した心と残酷な暴力がはびこっていたかは想像にかたくない。現在、アフリカ地域の国々でおきている部族間の紛争の根本的な原因は、欧米諸国による奴隷売買と植民地政策にまでさかのぼることができるであろう。世界の貧困はアフリカに集中している。世界中から飢えと貧困を根絶するという人類共通のテーマの達成には、アフリカの国々がプライドを取り戻し自立することが不可欠である。援助物資は、あくまで応急処置であって絶対的な問題解決となり得るものではない。一度引き裂かれたプライドを取り戻すには、長い時間と大変な努力が必要である。時間はなおかかるであろう。

自主独立の気概

国家のプライドについて少し詳しく考えてみたい。欧米列強は、強大な軍事力を以てアジア、アフリカ地域に進出して積極的に植民地化政策を押し進めた。欧米諸国の圧倒的な力の前に、アフリカは呑み込まれ、アジアの人々は強い警戒心を抱き国々は、ただならぬ緊張感に包まれた。欧米諸国の脅威は、もはや押し止めることのできない大きなうねりとなって、アジアに接近してきたのである。

そのような緊迫した世界情勢の中で、欧米列強の軍事力に最も敏感に反応し、逸早く欧米諸国の脅威に立ち向かう意志を示したのは、それまで鎖国政策により世界情勢の外れに留まっていた日本であった。見事に明治維新を為し遂げ国家の体制を一新して、欧米列強に対峙する体勢を整えたのである。

さて、欧米諸国はまるで取りつかれたように競って植民地化政策を展開していった訳であるが、その中で大きく優位な立場に立ったのはイギリスであった。全盛期には、世界の領土の約四分の一はイギリスの版図に加わっていたのである。東洋では日本が、西洋ではイギリスが大きな力を持っていたのである。

では、この両大国に共通する点は何かあるのであろうか。これは誰もが知っていることであるが、両国は島国であるという地理的条件が一致しているのである。この条件は、両国の歴史と性格に大きな影響を与えているのである。地理的に四方を海で囲まれた国には、他国がいかに強大な力を持っていようとも、容易に干渉することはできない。そのため、島国の国民は、他国との距離を適度に保ちながら内政を執り行い、また自国の文化を発展させることができるのである。他国の文化的影響を選択的に取り入れ、自国の文化に調和させ独自の文化を育むことができる。文化も、政治も他の強大国に強く影響されることなく、自らが主導権を握り発展させていくことができるのである。つまり、他国との比較や影響されるだけの受け身の姿勢ではなく、自国で決めて、自国の意志で行動する自主独立の気風を育むのが、島国の特徴なのである。自主独立の気概こそがプライドである。日本も、イギリスも歴史を通じてプライドを掲げ、ついには超大国となった。

人間も同じである。他人との比較ではなく、目標を掲げ切磋琢磨して自らを向上させ続ける者は、ついには大きな成果を修め、抜きんでた存在となるのである。

◎人間の価値①

人間についての苦悩

人間の価値を測る前に、まず、人はなぜ生きているのか、何のために生きているのかという究極の疑問について考えなければならない。その疑問についての解答が得られれば、人間はどのように生きるべきなのか、何を為すべきなのかを理解することができる。為すべきことを為している人間こそ偉大なのである。世の中には、様々な人間がいる。社会的に高い立場に立っている人、莫大な財産を所有する人、社会的地位も資産もない人、人の上に立ち何億という金額の取引を仕事とする者もいれば、利益を度外視した奉仕活動を熱心に行う者もいる。同じ人間でも、その為していることは千差万別なのである。

しかし、これ程多くの人々が、それぞれ異なった生き方をしながらも、全ての人は、ある共通した疑問を抱かざるを得ない。それは、人間とは何かという疑問である。人は、生きていく上で、誰しもがこの究極のテーマについて悩まずにはいられないのである。深く考え、それこそ、このテーマについて一生をかけて取り組んでいこうとする者もいれば、多少気にかける程度で、あまり深く考えない者もいる。悩む程度に個人差はある。だが、皆悩むのである。

もし、この世の中の人間が皆似かよった性格を有しているものならば、人は、人間とは何かという疑問など考えようがない。毎日、自分と似たような性格の人間が、自分と同じようなことを考え、同じような行動をとるのを見て何を悩む必要があるだろうか。自分という存在を強く意識することがあるだろうか。多様な性格の人間が、色々な生き方をしているからこそ、人は人間とは何かについて深く考えさせられ、自分という存在を強く意識せざるを得なくなるのである。

様々な人間と出会い、付き合うなかで、人は多くのことを考える。時には、尊敬すべき立派な人物に接する機会もあれば、もう二度と会いたくないと思う人間と出会うこともある。自分と似た考えを持った人と付き合うこともあれば、まったく自分と正反対の意見を持つ相手と付き合っていかなければならない時もある。信頼していた人から裏切られることもあれば、自分でも気がつかないまま他人の心を傷つけてしまうこともある。何気ない一言が相手の心を取り返しのつかない程傷つけ、また他人のささいな一言に深く心が傷つく。優しさに満ちた広い心を持っていると思い尊敬していた人物が、実際には心が狭く、人の心を平気で踏みにじる人間である場合も多い。その反対に、真面目一筋で融通のきかない堅物だと思っていた人物が、意外とユーモアにあふれた人情家であったりする。外見通りの人間もいれば、外見からは想像もつかない性格の人間もいるのである。

芸術作品の意味

人々に深い感動を与える優れた芸術作品、文学、小説、そして人生について意義深い示唆を与えてくれる哲学は、全て人間とは何かという究極のテーマを考えるヒントを提示してくれるものである。なぜならば、いつまでも人々の心をとらえて放さない魅力を持った作品は、多くの人間に接し、その中で深く苦悩する過程で得られた、人間についての鋭い洞察なくしては生み出すことができないものだからである。文学や小説であれば、様々な登場人物の心理描写に、鋭い人間観察に基づく鬼気迫るほどの緊迫感がなければならない。芸術作品であれば、苦悩、哀惜、悲喜劇、怒り、深い愛憎の情などといった何らかの人間の感情が表現されていなければならないのである。

人間が、優れた芸術作品を生み出そうとするのは、その作品の創作を通して、人間とは何かというテーマの追求に取り組んでいるからに他ならない。芸術家自身が、人間とは何かについて苦悩し、同時にその苦悩を人々に強く訴えかけているのである。人々は、創作者の苦悩を表現した作品を見て、自分もまた、人間とは何かという究極のテーマに、否応なしに対峙させられるのである。人々は、人間とは何かというテーマについて考えさせられることがない芸術作品を見ても、全く感動することはないのである。人間は、本能的に、人間という存在を追求して止まない心を持っているのである。

人間として為すべきこと。また、為さずにはいられないこと。それこそが、人間とは何かというテーマの追求なのである。人間は、人間という存在について深く考えるために生きていると言えるのではないだろうか。そして、そのためにこそ、この世の中には、ありとあらゆる性格を持った様々な立場の人間が共存しているのではないだろうか。人間の価値とは、人間という存在について、どれ程深く苦悩し、いかに多くのことを学んだかによって決まると言っても、あながち言い過ぎとは言えないであろう。

人間は、生きていく上で様々な悩みに直面する。対人関係、生活苦、仕事上の苦難、性格についての悩みなど、多くの悩みが待ち受けている。しかし、それら全ての苦悩は、究極的には、人間とは何かというテーマについて考えさせられるための試練であるように思う。

ありとあらゆる苦難が、人間の心を苦しめる。人生には、必ず大きな障害がいくつも待ち受けている。それは偶然であろうか。苦難を偶然の産物であると考えている人間は、常に偶然の出来事に左右されて生きていかざるを得ない。しかし、偶然は必然であると考えるとどうであろうか。偶然にも遭遇せざるを得なかった苦難をも受け止め、乗り越えようとするファイトが沸き上がるはずである。あなたから、そのファイトを引き出すために、苦難は用意されているのである。あなたの苦難は、あなただけに与えられたものである。

◎人間の価値②

人間性を高める

人間とは何かという問いは、この世に生きる人々にとって望むと望まざるとにかかわらず考えさせられることを強制されているものである。人間社会には、その問いについて深く悩まざるを得ないための様々な条件が整えられている。人間は、一生を通して人と人とのつながりの中で、人間とは何かについて考え続けなければならない。深く考え、悩み、様々な感情を体験し答えを追い求める。人間が悩み深い存在であるのは、この世に生を受けた最初の段階から、すでに苦しむことが運命づけられているからである。

しかし、人間はなぜ、人間とは何かという重く、非常に深遠なテーマについて考えることを強制されているのであろうか。そして、わざわざ、この世の中には、なぜ人間とは何かという難題について考えさせるための条件が揃っているのであろうか。何か究極の目的があるはずである。まったく意味もなく課題が与えられるということはあり得ない。世の中の事象は全て必然である。この世に起こる全てのことには、全てにおいて意味があるのである。

人間が、人間という存在について悩む目的、それは、人間性の向上なのではないだろうか。人間は、生きていく上で様々な悩みを抱え苦しむ。しかし、その悩みの全ては、問い詰めて考えていけば、結局は人間とは何かという疑問に突き当たるのである。そして、最終的に人は、その疑問について深く苦悩する過程を経てのみ、自らの人間性を向上させることができるのである。ゆえに、結論を言えば、人間はなぜ生きているのか、人間が生きる目的は何なのかと問われれば、それは、自らの人間性を高めるためであると言うことができる。人類が追い求めてやまない究極の目的である。

この世の中に存在する高い評価を受けている芸術作品は、全て人間とは何かというテーマをその根底に備えている。人々が、その芸術作品を見て深く心を動かされるのは、それらの作品には、人々の人間性を向上させる感動を生み出す芸術家の魂が込められているからである。優れた芸術作品に触れて素直に感動する心は、自らの人間性を向上させる心である。感受性の強い人ほど、自らの人間性を向上させるという人類の究極のテーマに取り組むのに有利な立場にあると言える。しかし、感受性の強い人は、繊細で心優しく大人しいことが多い。この激しい競争社会を生きていく上では、一見すると不利な心性であるようにも思える。

富裕は目的ではない

しかし、人間が生きる究極の目的は、社会的地位とか、莫大な財産を築くとか、そのようなものではない。人間性を向上させることである。人間としての本来の目的を忘れて、または、それに気づかずに一生を過ごすことこそ、人間にとって最大の不幸であると言える。人は、自らの為すべきことを為せばよいのである。社会的地位や財産は、けっして生きる上での目標とは為り得ない。感受性の強い悩み多き人間が、人間として本来あるべき姿で生きていくのに、不利であるということなどけっしてないのである。世間一般の価値観が、社会的地位や財産を築くことに重きが置かれているのは、それだけ、いまだ現代人の人間性が低いことの表れであるように思われる。現代人の抱いている価値観が、たとえ時によって自らの人間性を向上させるのに障害となることがあるからといって、人間性を向上させようという意志を捨ててよいということにはならない。人間は、強い意志を持っていれば、たとえ、その歩みは遅くとも、自らの人間性を少しずつ高めていくことができる。しかし、意志を捨ててしまえば、その時点で人間の成長は止まってしまうのである。その場に立ち止まっていられるのならまだしも、意志を捨てた人間は、間違いなく後退することとなる。周囲の環境に流されて、際限なく後戻りしていく。最後まで下がり続けて一生を終えたとしたら、その人間は、いったい何のために生まれてきたのかということになってしまう。これは、人生における最大の悲劇である。社会的に高い立場に立つことや、資産を築くことを目標にして人生を生きていこうとする人は、その目標を達成する過程で体験する様々な苦難を通して、人間とは何かというテーマについて深く考え悩まなければならない。けっして社会的地位や財産そのものを最終目標としてはならないのである。

人間は、人として常に正しく生きていこうという強い意志さえ持っていれば、いくら悩むことはあっても、もうこれ以上、生きていけないと思うほどに追い詰められることはない。言い換えれば、いくら社会的地位や富裕に恵まれることはあっても、人としての生き方が本来あるべき姿とは大きくかけ離れているような人生を送っている人間は、自らの手で自分の人生に終止符を打たざるを得ない程に追い詰められることがあるのである。

現代社会は、人が人として正しい姿で生きていくのに、必ずしも適していない面が多い。まだまだ、人間の悩みは尽きない。人間が、その本来あるべき姿で活き活きと生きていける社会の到来は、いつのことになるのか分からない。しかし、そのような社会が到来する頃には、人は自らの人間性を神のごとく完璧な状態にしておかなければならない。なぜならば、そのような社会では、もはや人は、自らの人間性を向上させることができないからである。

◎文化の創造

心のゆとりが文化を育む

個人の自由を尊重することはすばらしいことである。思想も行動も抑圧された社会においては、基本的に文化は育まれていかない。洋の東西を問わず、人々の思想や活動を著しく制限していた時代には、人々にとっての人生とは、まさに生きていくことのみに専念する場という以外の何物でもなかった。積極的に新しい物を創り出していこうという気力は、人々にはなかった。絵画、彫刻、建築、音楽など、人間生活に彩りを添える芸術活動は、そのまま旧来の手法を引き継ぐという範囲に留まり、さらなる発展などは、まったく期待できなかった。学問や芸術の分野において新境地を拓く天才が育つ環境は、ほとんど皆無であった。それが封建社会であったと言える。封建制社会の下では、文化は、しばしば後退すらしたのである。

　文化は、ゆとりのある心から生まれるものである。日常生活の隅々までを細かく規制されているような余裕のない生活環境からは、けっして文化は生まれない。思想も行動も著しく抑制されている社会では、人々は否応なしに現実の世界を見せつけられ、それに拘束される。人間の思考は、人間が本来持つ豊かな想像力に向けられるのではなく、もっぱら現実の世界に向けられる。それも、自分の身の回りの生活環境という著しく限定された範囲内の現実である。人間は、その思想や行動を制限されるほどに現実主義者となっていく。思考を制限され、活動範囲を限定されることにより、人間の心は徐々に、ある一定の型にはまっていく。封建的に人々を抑えつける社会というのは、人間の豊かな想像力を、ある一定の枠組の中に封じ込めてしまう働きがあるのである。型にはまった思考は、型にはまった物の考え方と行動様式しか生み出さない。封建制度の下では、身分の上下に関係なく、全ての人々が何らかの型にはまって生きている。そして、社会全体が、国家自体が型にはまってしまい、もはや発展することを望まなくなるのである。そうなると、その国は、自国の社会体制を変革しなければもはや国家自体が滅びる危険があるという存亡の危機に直面するまで変わることがないのである。封建社会は、国民が極度の飢えに苦しみ、もうこれ以上、生きていくことができないという状況に追い込まれるか、外部から国家の存続を脅かす脅威が迫り、それにより国家が滅亡しかねない状況に陥ることにより、始めて変革の意志を示すのである。言い換えれば、それほどの逼迫した状況に直面するまで、いっさい変革の意志を表さないということである。型にはまった人間の思考が、いかに頑なで変化に疎いかには、大変に驚かされるものがある。想像力が欠如し、身の周りの狭い現実ばかりを自分の世界とする人間にとっては、変革は有害ですらあるのである。

想像力は、文化を生み出す源である。国民が皆、現実にばかり目を向けているような状況では、文化はけっして生まれない。本来その国の文化とは、そこに住む人々の心に深い感動と安らぎを与えるものである。なぜならば、文化とは、その土地に暮らす人々の素直な感性が反映されたものだからである。その国の人々の物の感じ方が、その国の文化のすばらしい特色となって表れる。それゆえに文化とは、本来個性的なものなのである。

封建制社会の時代には、人々は狭い現実社会に、その思考を縛りつけられて生きてきた。ゆえに文化は停滞した。しかし、それでも、過去の時代から継承してきた文化を受け継ぐことはできた。ゆっくりと時間の流れる静かな時代であった。もしかしたら人々は、狭い現実世界に生活環境を限定することによって、自分が確かに存在しているという確信を得られる、自分自身の存在を規定する空間を見い出し心の安定を得ていたのかもしれない。

ゆとりのない現代社会

現代社会ではどうか。社会体制こそ封建社会とは異なるものの、人々の思考がほとんど現実社会にばかり向けられているという状況には何ら変わりはない。そのような状況で、はたして文化は生まれたと言えるであろうか。現代人は、特に日本人は、高度経済成長を経て、どのような文化を生み出したと言えるのか。空高くそびえ立つ高層ビルが文化であろうか。日本人は、高層ビルを見て感性を揺さぶられるような深い感動を得ることができるであろうか。豊かさや経済発展を最優先し、そのために地球環境を破壊することが現代人の文化活動とでも言うのであろうか。

心にゆとりをなくし、現実にばかり目が向いている現代人が創造した文化は、無きに等しい。現代社会には、文化を創造する条件が整っていない。高層ビルは文化ではない。地球環境を破壊する行為も、現代人の心にゆとりがないがゆえである。

文化の発展を伴ってこそ、人間社会は健全に発展していくものである。経済ばかりが異常に発展していくなどというのは、病的ですらある。社会が病的に発展していけば、自ずとそこに生活する人々の心も、いびつに育っていくことになる。

二十一世紀の社会は、ゆとりが何よりもまず最優先されなければならない。そうでなければ、現代人の心は、本質的に封建社会の時代と何ら変わりないものになってしまう。経済発展や豊かさの追求を最優先する型にはまった物の考え方、そして現実にばかり目を向けて生きる姿勢、忙しい日常生活で失う心のゆとり。現代人の思考は、前へ前へと常に進み続けることに拘束されている。これでは、現代人は、過去から受け継がれてきた文化を引き継ぐことさえできない。二十一世紀に、はたして人々は、文化を維持し発展させていくことができるのか、それとも文化を著しく後退させてしまうのか。人間の精神の尊厳にかかわる試練の世紀である。

◎現代人の気質

文化的精神の貧困

現代は、個人の自由が保障されている社会であると言われている。人々の自由な思想や行動は、国家により法的に定められている。民主主義国家の法律は、自由、平等、平和が三本柱である。人権は、常に法律によって保護されるべきものとして尊重されている。現代人は、過去の時代の人々が経験したことのない、自由が保障された社会に生きているのである。

しかし、改めて現代社会において真の自由はあるかと問われたら、私はないと答える。現代社会は、けっして個人の自由を尊重はしないし、現代人は自由であるなどとは到底思えない。間違いなく現代人は、法的には強制されていないが、はっきりとは形として見ることができない何かによって縛りつけられている。それは、現代人の思考を、ある一定の枠にはめ、その枠組みの範囲内で思考し行動することを強制するものである。それこそが現代人が抱える悩みの根源でさえあるのかもしれない。

現代人は、経済を発展させ、豊かさを必要以上に追求するという型にはまった思考に取りつかれている。そして、そこから、いつまでも抜け出すことができないでいるのである。豊かさばかりを追い求めて止まない思考は、人間の心のあり方までをも変えてしまう。人々の心は即物的になる。全ての物事を損得でのみしか考えることができないように、自分でも気が付かないうちになってしまう。人間の充実した豊かな精神より創造される文化は軽視され、即興的な快楽のみが求められる。時間をかけて、じっくりと腰をすえて楽しむものは敬遠される。人々は、継続性のない、その場でのみ、手軽に、すぐに得られる楽しみを無抵抗に受け入れることにより、物事の表面部分をしか見ることができないようになった。ゆえに人々の心から哲学は消え去った。思想から芸術に到るまで、ありとあらゆる文化的精神は発露の機会を失った。

哲学なき現代人が、なぜ自由であると言えるのだろうか。仕事も趣味も楽しみも、全てを断片的で表層的にしかとらえることのできない現代人は、哲学を持つどころか、思考すること自体を放棄してしまったのである。考えることを止めた者は、主体性を失う。現代人は、他人の思考に身を委ねることでしか、生きていく術を知らない。

意志の放棄

人間は、物事を考えるのを止めた瞬間から、他人の意志に心を支配される。また、自分で考えるのが面倒臭くなった時、他人の借り物の意見で自分の考えをかためてしまい、だんだん自ら思考することを避けるようになる。物を考える姿勢を失った人間は、自分の趣味や楽しみまでも、他人から与えてもらうのを待つようになる。自分から積極的に動いて何かを見つけ出そうとはしない。すでに、自分の力では何物をも創造する力を失っているのである。全ての事柄において受け身の姿勢というのは、現代人の特徴の一つである。

自分の哲学なり、理念を持つことができない、即興的な喜悦に心を慣らされ自らの内面を充実させる術を失った、人間の高尚な精神というには、あまりにも単純な、まるで動物のように本能的な欲望に覆われた心。物事に対する姿勢が受け身で、思考も、個性すらも全て他人が与えてくれるのを待つだけという堕落した精神。現代人は、すでに他人に心を預けることに、まったく無抵抗になっている。いや、すでに他人に心を預けることでしか生きていけないのかもしれない。金さえ払えば、自分の望むものを全て他人が用意してくれるという考え方、金を払うことでしか自分の楽しみを得ることができないという心の貧しさ。自分らしさという曖昧なキャッチフレーズを掲げて、何か人と違うことをしようとするが、その何かを積極的に見つけ出すことができない若者。

人間の心は、経済発展を最優先に考えて豊かさばかりを追求するようになって以来、非常に単純になった。ささいなことに、すぐにキレる者が多いというが当たり前である。忍耐力の欠如した者も多いが、それもまた当然である。現代人は、豊かさを追い求める代償として、人間の豊かな想像力と物事を深く考える姿勢を捨てたのである。物質的に豊かな社会を実現することができたのであるから、人間の心が貧しくなったという事実には目をつぶる必要があるのかもしれない。物質的な豊かさと心の豊かさの二つを同時に得ることは、ほとんどの人間にとって不可能である。それは、現代社会を見れば一目瞭然である。

人は、誰でも豊かな生活を望む。貧しい暮らしをあえてしたいと思う者などいない。人間が豊かさを追い求める心は、根源的な欲求である。それゆえに現代人は、豊かさを追求する心から容易に抜け出すことができない。経済発展を最優先させる社会がもたらす弊害を、よく理解していても、なお現代人は豊かさを追い求めるという喜劇を演じている。

二十一世紀の社会には、二つの問題が残されている。一つは、このまま経済の発展ばかりを追い求めることにより、ますます人間の心が即物的で単純な動物のごときものになっていくということである。そして二つ目は、自分で物事を考えることができなくなった人間が、自分の意志すら他人に委ねてしまうことである。人々の思考が、ある一つの方向に集束されるようなことがあれば、それは全体主義を生み出す引き金となる。自ら思考することを捨てた人間ほど繰り人形になりやすいものはないのである。

物質的に豊かな生活環境が実現しても、その国に文化があれば、人々は進むべき道に迷うことはない。どう考え、どのように行動すればよいのかは文化が示してくれる。文化を育むことを怠った現代人が路頭に迷うのは、当然の報いである。

◎いびつな社会

統制された自由社会

何を以て人々は、現代を自由な社会であると言っているのであろうか。今の子供達は、昔の子供達ほどに自由ではない。若者は、忙しい毎日に追われて心にゆとりを無くしている。社会人は、毎日、満員電車にゆられて長時間の通勤を余儀なくされている。仕事は忙しく睡眠時間をけずってまでこなさざるを得ない。子供から大人まで全ての人々が常に何かに背中を押され、前に進み続けることを強制されている。立ち止まることは許されていない。そして、前に進み続ける気力と能力を失った者は容赦なく見捨てられる。経済を発展させる能力と興味を十分に備えていない者を、社会は必要としないのである。人間は、本来多様な個性と素質を持っているのである。様々なタイプの人間がいて当たり前である。ところが、社会は人々を経済を発展させる能力だけで判断しようとする。経済の発展に寄与することのない素質は、まったく見ようとはしない。現代社会は、個性を認めない。人々の素質や思考、心のあり方さえも、経済を発展させるという目的のために統制する。全ての自由は、巧妙に制限されている。法律を以して表向きは個人の自由を尊重する。しかし、実際には、経済発展のために個人の自由意志を制御するという二重の仕組みが存在するのである。

自由意志を統制された現代人は、自由を満喫しているわけではない。他人が用意し与える物を、強制的に消費させられているだけである。現代人は、自らの意志により消費しているのではない。経済を発展させるという目的のために、背中を押されて消費活動を促されているに過ぎない。現代人は、みごとに自由意志を統御された環境において、自分達は自由であると思い込まされている。社会の二重構造は、その機能を十分に果たしているのである。物事を深く考える力を奪われ、全てを受け身の姿勢で取捨選択させられる状況を用意されることにより、人々は社会に手足を縛られて身動きのできない状態にさせられているのである。現代人は、自分達の手足を縛りつけている鎖をはずす術を知らない。すでに縛りつけられていることにすら気がついていないのである。自分達は自由であると勘違いして喜んでいるほどなのだから。

しかし、確かに現代社会には、人々に自分達は自由な存在であると勘違いさせるまやかしの構造が存在する。現代社会は、ある面では、人々に自由を保障しているからである。それは、人々に自由を信じ込ませるのに大きな力を発揮しているのである。まやかしの根源である。

プライドとモラル

現代人は、プライドとモラルを捨て去ることにより、欲望を満たす自由を手に入れたのである。現代社会は、人々に欲望を満たす自由を保障しているのである。それを以て現代人は、自分達を自由な存在であると信じているのである。思想や行動の自由は一切認められなくても、人権の尊重などは全く無視されても、現代人は、自分達の欲望さえ満たすことができれば、それで満足するのである。

人間の欲望には切りがない。大抵の者は、豊かで贅沢な環境が用意されれば、いくらでも欲望を満たそうとする。自分の身体が拘束されていることなど忘れてしまう。自分の意志で贅沢を望んでいるのか否かも関係ない。まるで実験用の猿が狭い檻の中でブザーを鳴らして自分の欲しい餌が与えられるのを待っているかのような生活である。狭い檻の中に閉じ込められて身動きのできなくなった現代人は、紙幣という紙切れを手渡すことにより、自分の欲望を満たす物を与えてもらうのである。現代人にとっては、身動きできるかどうかということは、あまり問題ではないのである。

現代人が、プライドとモラルを捨て去ったことには大きな意義がある。そうでなければ人々は、思想も、行動も、個性も、心までをも統制された社会に耐えることはできない。現代社会には、プライドとモラルが欠如していることが不可欠なのである。

今、プライドもモラルもない人間が増えたと言われているが、正確に言うと増えたのではない。増やしたのである。経済を発展させ、物質的に豊かな社会を実現するためには、増やすことが必要であったのである。人々から、自ら思考し行動する主体性を奪い、ただ欲望を満たすためだけの偽りの自由を与えることによって、現代人は社会をいびつに発展させてきた。いびつな社会に住む人々の心がいびつに歪んでしまうのは必然である。人々は、現在のプライドとモラルの欠如した、言い換えれば、自らの自主性を放棄して、ただ周囲に流されて好き勝手わがままに振舞う人間が多い社会の姿を嘆く前に、まずプライドとモラルを捨て去る決心をしたことを反省しなければならない。そうでなければ、社会はいつまでたっても良くはならない。

このまま社会がいびつに歪み続けていけば、人間の心はどうなるのであろうか。くだらない動機で残酷な殺人を犯す人間が、急速に増えてきた。いじめの内容が信じられないほど陰湿で残酷になってきた。人間の心が陰険になってきた証拠である。人々の心は、ほとんど本能のおもむくままにしか行動しない動物に近づいてしまっているのであろうか。人間の精神は大きなエネルギーを持っている。その強大なエネルギーを調節し、制御するために、人間の心には神と悪魔の顔が内在し、複雑に絡み合っているのである。様々な葛藤が錯綜し、始めて人間は思考するのである。思考を放棄した単純な心は、制御できない精神エネルギーを見境なく放散する。些細なことですぐにキレて爆発的な暴力をふるう。さらに、即興的な快楽をいつまでも貪り続け、無尽蔵の欲望に溺れる。いったい人間の心は、どうなってしまったのであろうか。

◎頭のいい人、悪い人

感じることが重要

頭のいい人は、世の中を生きていくのに有利である。物事を正しく見ることができるからである。表面的にしか物事を見られない人は、常に自分を取り巻く周囲の環境に人生を左右されて生きる羽目になる。そのような者は、偶然に人生が良い流れに乗ることもあるが、大抵は不運な時の方が長い。人生が不幸続きでうまくいかないことが多いのは、物事を深く鋭く考えることができないからである。物事は、まず考えなければならないのである。そして、とにかく、その事柄に対する自分なりの答えを出すのである。そうして始めて、その答えに従って行動を起こすのである。その行動の結果が良好であれば、それは、なぜ良好であったのかを考える。失敗であったのであれば、なぜ判断を誤ったのかを考える。そして、その思考した結果を集積して、さらに自らの考えを掘り下げていく。そうすれば、やがては、良好な結果を生み出す根幹となる絶対的な条理、そして必ず悪い結果へとつながる普遍的な条理が徐々に見えてくる。その概念の集大成が自分の哲学であると言える。本を読むことだけが哲学ではないのである。

しかし、そうは言っても、自分が何か行動をおこす度にいちいち頭を悩ませていたのでは身が持たない。深く物事を掘り下げて考えることは重要なことであるが、いつもそんなことをしていたのでは神経がまいってしまう。実際には、そんなに悩む必要はないのである。哲学と言うと話があまりに難しく聞こえてしまうが、実はそんなに難しいものではないのである。良好な結果や、失敗を招く考えも、見つけよう、探し出そうとして深く考え込む必要はない。そんなものは、一日や二日悩んだところで見つかるはずはないのである。ただ必要なことは感じることである。成功した時、このように行動したのが良かったのかなあ、失敗した時は、あの考え方や行動がまずかったのかなあという程度で十分なのである。何となくこう思った、感じたというのが大切なのである。その感じたことの積み重ねが理解へとつながり、理解がやがては、意識せずとも自然と哲学を創り上げるのである。むしろ、細かいことにいちいち悩み過ぎるのは、自らの哲学を創り上げる妨げにすらなり得る。複雑にひねって物事を見ることになるからである。全ての事柄は、素直にありのままを見なければならないのである。悩み過ぎは、マイナスにしかならないのである。

何となく思った、感じたというのは、言うなれば直観である。人間というのは実に不思議なもので、いくら時間をかけて考えても理解できなかった問題の解答が、ある日、突然に考えてもいないのに頭の中に浮かんでくる時がある。問題の要となる事柄を突然に理解してしまうのである。要となる事物が理解できれば、あとは簡単である。全ての物事が論理的に結びついてしまうのである。物事を深く掘り下げていくには、まず直観が必要なのである。何となく感じたことが、最初のうちは本当にささいな取るに足らないことかもしれない。しかし、何となく感じることを重ねていけば、徐々に感性が研ぎ澄まされていき、やがて問題の核心に触れる真理を見い出すヒントを思いつくことができるようになるのである。

直観が働くか否か

直観が働く人間、そして物事を深く考えることができる人間を以て頭がいい人と言えるのである。学歴は関係ない。頭がいい人の条件は、その人がどのような勉強をして、どのような社会的地位にあるかではない。どのような体験をしてきたのかが重要なのである。多くの体験なくしては直観も働きようがないのである。また体験が乏しい人間は、物事を多角的に見ることができないので、どうしても思考の範囲も狭くなってしまう。

人間は、一人で部屋に閉じこもって読書ばかりしていても頭がよくはならない。もちろん、よくなったつもりにはなれる。しかし、それは実力が全く伴っていないのに、尊大で自信過剰な心ばかりが大きくなるという最悪の結果にしかつながらない。読書から得られるのが、単なる知識にとどまってしまっているのである。本来、読書とは知識よりも知恵を与えてくれるものである。本を読んで、ただ知識だけを得るというのは、まったく本来の読書の目的からは外れた行為でしかないのである。

人の前に進み出て、様々な立場の人、様々な性格の人に出会い、多様な物の考え方に触れて人間は頭がよくなっていくのである。目で見て、耳で聞いて、臭いを嗅いで、味わって、そして実際に触れてみて、人間は感覚を磨き脳内の神経細胞を発達させていくのである。脳内に存在する神経細胞は、網の目のように複雑に絡み合い連結している。人間の五感を通して、脳内の神経細胞のネットワークは拡がっていくのである。

頭のいい人は、間違いなくこの脳神経細胞のネットワークが高度に発達している。そのネットワークが精緻になればなる程、感覚が研ぎ澄まされ、感性が鋭くなっていく。そして直感力が身に付いていくのである。文字を見るだけではない、全ての感覚をフル活動して身に染み込ませた体験は、脳神経細胞を急速に発達させていくのである。

今、どういうわけか、発想が貧弱で、物事を表面的、断片的にしか見ることができない人間が増えているように思う。言うなれば、頭の働きがあまりに単純なのである。まるで脳神経同士の連結が一対一でしかつながっていないようである。高度な脳神経ネットワークは、単体の神経細胞に幾多の神経細胞が連結して形成されているのである。

これだけ交通機関が発達し、情報通信も発達した時代であるにもかかわらず、体験の乏しい人間が増えている。明らかに人は体験することを避けるようになった。全てを視覚的体験でのみ済ませてしまい、五感を通して体験することを忘れた人間が多い。これでは、世の中に頭が悪い人間が増えても当然である。頭をよくするためには、まずは様々な物事に積極的に取り組んでいく姿勢が重要なのである。

◎直観の条件

物を考える習慣

直観とは、瞬間的に事物を理解する力であると思う。考えに考えた末に出す結論ではない。

それは、科学的解答であれ、音楽的着想であれ、哲学的理解であれ、物事の本質となる核心に瞬間的に触れることができるものである。直観によって物事の全てを瞬時に理解することは不可能である。いや、よほど直観能力に優れた人間でなければ不可能であると言った方が正しいかもしれない。大抵の場合、直観が働いても、それは物事の核心部分を理解するためのヒントを得られるに留まるのである。ヒントを得て後、少し考える。そうすると、今まで悩んでいた複雑な物事が単純明快に理解できるようになるのである。時によっては、ヒントを得られるのとほぼ同時にして思考が働き、まるで瞬時にして物事が理解できたかのように感じる場合もある。しかし、それは、あくまでも思考の働きが非常に速やかに為されたということに過ぎない。直観で得られるのは、少なくともほとんどの人間にとっては、事物の本質を理解するためのヒントなのである。

直観を発現し、実際に活かしていくためには三つの条件がある。それは、普段から物事を考える習慣を身に付けること、感性が鋭いこと、そして素直な心を持っていることである。これらの条件を備えるよう努力していけば、必ず直観力は鍛えられていくはずである。

普段から物事を考える習慣を持つことが、直観能力と、どういう関係があるのだろうか。考えずとも瞬時にして物事を理解できるのであれば、考える習慣など身に付けなくてもよさそうなものと思ってしまう。

しかし、実は、物を考える習慣は直観力を得るために必要というよりも、直観力を実際に活かしていくために必要なのである。先にも述べたが、直観により瞬時に知り得ることができるのは、あくまでもヒントであるがゆえに、私達は、そのヒントを基にして考察を進めていかなければならないからである。ヒントを得ただけでは、私達は事物の全体像をとらえることはできないのである。直観力は、論理的思考が伴うことによって始めて物事を理解するための最高の手段となり得るのである。

感性と素直さ

直観力を活かすためには、論理的に物事を考える姿勢が必要であるが、その前段階である直観力の発現には、鋭い感性と素直な心が重要である。

感性とは、五感によって知覚した外界の刺激を、そのまま短絡的に感じとるというような単純な心の働きではない。例えば、秋深い季節の落ち葉が積もる並木道を、ゆっくりと物思いにふけりながら歩く。その場合、人によって二通りの感じ方がある。ある者は、枯れ葉で埋もれた並木道を歩いても、ただ単に足の底より伝わる無味乾燥した、枯れ葉を踏む音と感触を感じるのみである。しかし、またある者は、並木道に積もる枯れ葉を踏む音と感触から、季節の移り変わりや時の流れを感じ、やがて冬を越し春になれば鮮やかな花々を彩り、そして五月に雄々しい緑で自らを満たす木々に心を傾け、大自然の偉大さや生命の神秘をも感じ取ってしまう。それだけの心の働きを一瞬にして行ってしまうのである。前者の心の動きは非常に短絡的であり、外界より知覚した情報を、そのまま感じているだけである。まるでロボットのようでさえある。しかし、後者の者は、外界より知覚した情報を基にして、一瞬にして大自然や生命の偉大さまでを感じ取っている。人間の持つ全ての感覚が瞬間的に働いている。五感を瞬時にフル活動させることにより、ありとあらゆる事象を様々な角度からとらえてしまう。ゆえに瞬間的に、自分が感じ取った事柄の奥深い所にまで思いを展開することができるのである。

これは、直観により瞬間的に物事の本質をとらえてしまう心の働きに相通じるものがある。感性の鋭い人間ほど直観力にも優れているのである。もしかしたら、感性と直観とは同質のものであるか、何らかの形でお互いに影響し合っているものなのかもしれない。いずれにせよ、感性を磨くことは、そのまま直観力を磨くことであるということは、間違いなく言えるであろう。

感性を磨くためには、素直な心でなければならない。歪んだ、ひねくれた心では、けっして素直に物を感じとることができない。素直な心とは、おおらかで、こだわりのない心であると言える。広く大きな心を持っているからこそ、素直に外界からの情報が歪められることなく入ってくるのである。心を頑なにして器を小さくしてしまえば、取り入れる情報の質も量も高の知れたものに留まってしまうのである。

直観力に優れた人間が増えれば、物事を正しく考え行動する人間が増えてくる。それは、必然的に世の中を正しい方向に導く原動力となる。社会には、もっと感性を磨くための環境が必要である。個人がゆとりを持って生活できる環境から感性は磨かれていく。ゆとりのない生活環境は、社会を悪化させるだけである。直観力に優れた人間が多くいる社会というのは、やさしさや思いやり、そして何よりも人々に深いやすらぎと安心感を与える文化を育む、すばらしい環境なのである。

◎不　安①

自己顕示欲と時の流れ

人間ならば誰しも不安を抱く。心のどこかに常に不安を抱えながら生きているのである。その不安の解決方法は、人によって様々であると思う。しかし、人間が不安を抱く原因については、ある共通した特徴がある。誰もが皆、不安を感ずる表面的な理由はどうあれ、根本的には共通した原因のために不安を抱いているのである。それは、三つに分類することができる。

一つは、自己顕示欲を満たすことができない日常生活についての不安である。人は、誰でも大かれ少なかれ、自分の存在を社会に示したいという欲求を持っている。人から認められたい、人に自分のことを認めさせたいと思う感情は、自己顕示欲の表現に他ならない。人によっては、確かに自分はこの世の中に存在したのだという証のようなものを残そうとする。社会において、自分はどの程度、人から認められた存在なのか、また自分は社会に対してどのような役割を果たせる存在なのかを理解した時、人は安心するのである。言い換えれば、いつまで経っても自分の存在を社会に対して示すことができない人間、また自分が社会において為すべき自分の役割を見い出すことができない人間というのは、常に心のどこかに不安を感じ続けながら生きていくことになる。それは、文学的な表現をすれば、本当の自分を見つけることができない苦悩とも言えるであろう。この不安は、一般的には十代後半から二十代の頃に最も強く現れるものであると思われる。人生において最も自己顕示欲が強く、能力的にも体力的にも最高に充実している年代だからである。また、この年代が、まさに社会に出る前か、社会に出て間もない頃であり、なかなか自分の理想とする仕事ができず、社会的にも低い地位にいるという現実に直面しているということも、この種の不安を特に強く感じる要因となっていると言える。

人間が抱く二つ目の不安は、時間の流れである。時間は、否応なしに誰にでも平等に与えられているものである。しかし、人間は皆同じ時間の流れを経験してはいるが、その経験の内容は、人によって全く異なるものとなり得る。人は誰でも同じ年齢であれば、似たような社会的地位にあり、同じような程度の仕事をして社会に貢献しているのかと言えば、そうではない。全く共通の時間の経過の中で、人は各々の能力や才能に応じて全く違った人生を歩む。全く同じ人生などあり得ない。それゆえに人は、自分の人生を他人の人生と比較してしまいがちである。他人の人生を尺度として自分の人生の価値を測ろうとする。そして不安を感じるのである。過去を振り返り思う。自分は、はたして本当に他人に見劣りしない人生を歩んできたのだろうか。他人が当たり前のようにしてきたことを、自分はしてきたのだろうか。自分は、人よりも大分損な人生を送ってきたのではないだろうか。不安の種は尽きることがないのである。

このような不安は、取り戻すことができないものであるだけに、非常に解決が困難な場合も多い。十八歳の頃に戻って、もう一度人生の選択をし直そうと思っても、それは不可能である。後悔の多かった二十代に戻り、今度こそ納得のいく、喜びに満ちた時を過ごそうと、いくら熱望しても無理である。

優劣の比較

人間は欲張りである。生きている間に、強欲にも何でも経験しようとする。他人の人生の表面の良い所だけを見て、羨ましく思う。他人の人生の生々しい現実までは、けっして見ようとはしない。他人の人生の羨ましい部分だけを集めて、世間一般の人々の平均的人生像としてしまう。そんなに都合のよい人生などある訳ないのにである。都合よく合成された架空の人生と自分の人生を比較すれば、大抵の場合、自分の人生は見劣りしてしまうものである。人生とは、そんな模範的な教科書のようにうまくいくものではない。この年齢になったら、このような経験をしなければならない。この年代であれば、このようなことを体験する必要があるなどと決められているものではないのである。そのような決めつけこそが、不安を呼び起こすのである。人は、各々が異なる個性を持っている。人間には、その個性に応じた、それぞれ異なる人生が用意されている。他人と比較できる程度の、そんなに退屈であくびのでる人生などをなぜ自ら進んで望む必要があるのか。優劣の才能を同時に内包するのが人間である。個性のない大量生産された人間が大勢を占める環境など、まともな人間が住む社会ではないのである。

現代人が必要以上に抱いてしまう、この種の不安を煽るのは、現代社会の特徴でもあると言える。あまりにも多くの情報に現代人は触れ過ぎているのである。本来、触れる必要のない情報にまで過剰に触れ過ぎているのである。情報は、全てを伝えてくれる訳ではない。大抵は迅速性を優先して、表面的な事実しか伝えない。現代人は、真実の表面部分だけを見て物を考えることに馴らされてしまっているのかもしれない。他人の人生と自分の人生とを安易に比較して不安を抱いてしまうのも、現代人の物事を表面的にしか考えられないという特徴のゆえなのかもしれない。

錯綜する情報に翻弄され、架空の世界ばかりを見せつけられている現代人が主体性を失うのも無理はない。あらゆる情報が、あなたは損な人生を送っていると訴えているかのようである。情報は、商業主義と結びつき、様々な人間の欲望を掻き立てる。現代の情報社会こそ、自分らしくありたいと思う現代青年の心を不安にするのである。もちろん、情報それ自体が害を為す訳ではない。商業主義と結びついた情報こそが不安を生む元凶なのである。過ぎ去りし日々は、哀歓伴う様々な感情が入り交じったその人の歴史である。喜びだけに満ちた歴史などあり得ないのである。

◎不　安②

成功の連続への不安

人間が抱く不安の原因は、三つに分けることができる。一つは、自己顕示欲が適切に満たされていないこと。そして、もう一つは、自分は為すべき時に為すべきことをしてきたのかという、自らの人生についての懐疑である。現在の自分を省みて、過去に自分がしてきたいっさいの努力の経験を虚しく思う。他人の人生を見て、人が為し遂げた成果を羨み、自分が同じような体験をしてこなかったことを無念に思う。不満は、やがては必ず強い不安を引き起こすのである。

人間は、これだけの不安を抱えながらも、さらに不安を重ねる。それは、人生が順調に進んでいる時ほど陥る不安である。失敗が続き、人生について後悔している時にのみ、人間は不安を抱くとは限らない。反対に、人間は事が順調に運んでいる時にこそ不安を感じることがよくあるのである。

人生が好調に運ぶのは、喜ばしいことである。誰しもが、自分の人生をより良い方向に持っていこうとするがゆえに努力し、苦労する。その過程で大いに悩みもするのである。失敗が連続する時もあれば、成功が続く時もある。失敗が続けば当然、自信をなくすであろう。しかし、最も恐れなければならないのは、失敗した時の落胆ではない。成功が続き順調に物事が進んでいる時に生じる不安である。この不安は、時によって人間を全く無気力にしてしまうほどの力を持っている。しかも一見、理由もなく突然に人の心に忍び寄るのである。ゆえに、この種の不安に襲われた当人も、自分がなぜ今、不安にかられているのかが理解できないことが多い。理解できないからこそ恐ろしく、不安は当人が納得できないまま拡大し心を蝕んでいくのである。

成功が続き、人生が好調の連続であるのは本人の努力と才能の賜物である。それは、確かにすばらしいものである。しかし、人生は常に成功が続くものではない。必ず失敗をも伴うものである。成功を得るためには努力と才能が必要であるが、成功を維持するのにも、多大な努力と才能が必要なのである。ここに不安を感じる原因がある。

成功が続いている時ほど、人は思う。自分はいったい、この順調な状態をいつまで維持していくことができるのかと。人間は、誰でも必ず自分の能力に対して不安を抱く時がある。失敗続きの時に、このような不安を抱くのは、たいしたことではない。問題は、順調な時に襲われることの方である。現在の好調な状態を、いつまでも維持する能力が自分には本当にあるのか。もし失敗したらどうするのか。今の状態は、自分の努力と才能の結果などではなく、たまたま運が良かっただけではないのか。運が尽きた時に、一気に今まで抑え込まれていた失敗が襲ってくるのではないか、などと不安の種は際限なく拡がっていくのである。順調な状態を維持しようという者は、ある意味では、現状における絶え間ざる努力よりも、むしろ、この種の不安をいかにして抑え込むかにこそ最大の注意を払わなければならないのである。

人間関係への不安

このような不安は、人間関係においてもあり得る。対人関係が良好な時ほど人は、ある日突然に不安に襲われるものである。対人関係を良好に維持するためには、当人が人に好かれるような人柄を備えていなければならない。他人が自分のことをよく思ってくれることで、円満な人間関係は成立するのである。しかし、人間とは本来、様々な顔を同居させている存在である。周囲の人々が認識している性格と、その当人が内側に内在させている性格は、だいぶ異なっているかもしれない。外面的に現れている性格は、当人が意識している性格の、ほんの一部かもしれない。そして、望ましい人間関係を築いている自分は、自分が自覚している性格の一端で形成した性格である偽りの存在かもしれないのである。自分には、本当に今の人間関係を良好に保つに足る性格が備わっているのだろうかという疑問が頭をもたげた時に、不安は訪れる。また、人間関係が良好な時ほど、人は自分の行為に必要以上に気を使ってしまい、不安を抱きがちにもなるのである。自分の行為の一挙手一投足が、周囲の人々との円滑な人間関係を保つためのものであるというのは、大変な重圧である。良好な人間関係に縛られて生きる者は、まさに不安に襲われるべく原因を自ら創り上げているのである。あまりに人間関係の大切さを無視する者は論外であるが、それをあまりに意識しすぎて自らを束縛してしまう者もまた愚かである。あまりに自分に対する自信がなさすぎると言える。もっと自信を持って全ての事柄に取り組んでいけば、対人関係も自ずとうまくいくものなのである。

幸福への不安

さて、物事が順調に進んでいる状態というのは、幸福な状態であるとも言える。幸せなことが続いて起これば、まさに人生における幸福の絶頂を迎える人もいる。それはすばらしいことである。しかし、人の心には、まさに幸せの絶頂期を迎えている時ほど突然に理由のない不安が生じてくるのである。それは、幸福を失う不安である。人は、幸福で満ち足りた環境を築いても、その状態を維持している自分の存在に不安を抱くのである。今の自分の幸せは、自分の力以上に偶然によるところが大きいのではないか。そうであれば、自分は、今の幸福を維持するのにも偶然に頼らざるを得なくなる。いつ不幸な状態になっても、まったくおかしくない。そのような心理が言いようのない不安を招くのではないだろうか。

永続性を信じられない心理

人間は、誰しもが心のどこかに弱さを持っている。それは言い換えれば、永続的な存在を信じることができない心理と言えるのかもしれない。才能を存分に発揮しての成功の連続も、人間関係も、幸福も何か漠然と否定してしまうような心理があるのかもしれない。人生には、必ずいつかは終わりが訪れるし、人間社会もいつまでも同じ姿を留めてはいない。人間の実生活は、全てが有限の存在の上に成り立っていると言っても過言ではない。永遠の存在を信じることができない心理を抱くのも無理はない。人生のなかで、いつまでも変わることがない物など全く知り得ることができないのである。永遠に続いてほしいと心の底から強く願う状態をも、いつかは終わりが訪れることを人間は心奥で悟っているのである。全く正反対の強い思いが心の中で激しくぶつかり合った結果、人は強い不安を抱くのである。理由なき不安を抱くのを回避するには、どちらか一方の強い思いを頑なに信じて、つまり永遠の存在を強く信じ心の支えとするか、もしくは、全ての事象にはいつかは終わりが訪れるということをしっかりと認識するかして両者の思いが激しく衝突するのを抑える必要があると言える。

人間が信じきることができる唯一の永続的な存在、それが、宗教や神なのかもしれない。人間が古来より神の存在や宗教を熱心に信じてきた背景には、いわゆる理由なき不安に襲われるのを避けたいがためという意味もあったのかもしれない。一見すると単純に見える順調な状態や幸福な時ほど感じる理由なき不安の背後には、人間とは何かという問いに答える大きなヒントが隠されていると思うのである。

◎人間とは何か

人間とは何かという素朴な疑問に答えるのは非常に難しいことである。私自身、本書を書き進めながら、いったい、この疑問にどう答えたらいいのか迷い続けてきた。そもそも、人間とは何かという問いに答えるには、医学や生物学などの科学の面からのアプローチも考えられるが、哲学や宗教などの思想の側面からも探究していくことができるのである。本論では当然、哲学の面からの追求を試みるわけであるが、人間という存在について考えるということは、ある一つの概念からのアプローチでは不可能である。それは絶対に忘れてはならないことである。

人間という存在を科学的な視点で分析するのではなく、素直にありのままを見つめるならば、私は、人間とは非常に不完全な欠陥だらけの存在であると思う。頭の回転が速く、才能に恵まれ、人の上に立つ人物があまり人徳を備えていなかったり、その反面、我を押し通して強引に人前に出ることなくあまり目立たない人物が意外と多くの人々から好かれていたりする。さらには、人の上に立つ資質に恵まれ、人徳に優れ、多くの人々から期待と賞賛を一身に受けている人物が、体が弱く健康を損ないやすい体質で短命の一生を終えるということもある。人間とは、皆どこかに欠点を持ち何かしらの悩みを抱えているのである。

短所があるからこそ、また長所が自覚できるのである。この世の中で最も困る人間は、自分は一人で何でもできる、才能に溢れ、完璧であると自己を過信して、我を押し通し、自分の利益のためならば他人に迷惑をかけることなど何とも思わない考えの持ち主である。このような人間は、最初は上手に立ち回っているつもりでも、徐々に人心を失い、ついには自分の周囲の人間は全て去っていってしまったなどという結果になるのである。

人間は不完全であるがゆえに弱いのである。その弱さは自然の摂理である。いくら強がってみてもどうしようもないのである。そして、この弱さこそが人間の本質なのである。人間はその弱さゆえに文化を築き、文明社会を創り上げ少しでも不安を和らげ安心のできる生活基盤を確立しようとして苦心するのである。そして人類はついに宇宙空間にまで人の手を及ぼす科学文明を築き上げて、これでやっと人間は欠陥だらけの状態を抜け出して完全無欠の力を手に入れたと有頂天になって喜んではみたものの、今なお不安は人間の心に重くのしかかり続けているのである。むしろ、得意になって人間の力を過信し、社会生活でも、個人は自分の力のみで何でもできるし、また自力で全てをしなければならないなどという間違った自己過信の概念がはびこってから、人間の不安は強くなった感さえある。

人間は、完璧な存在ではないからこそお互いに影響し合うのである。人間は相互に影響し合うためにこそ存在しているのである。お互いに短所を補い合い、長所を高め合う。それが人間のあるべき姿である。ゆえに、この世の中に生を受けた人間で必要のない存在などいないのである。人間として生まれたからには必ず何かしら、その人の存在は人間社会に影響を与えるはずである。例えば、もしあなたが自分には何の才能も素質もないと思い込んでいるとする。あなたは、特に社会的に高い立場にいるわけではないし、多くの人々から支持されている著名人でもないかもしれない。しかし、もしあなたがすんでのところで車にひかれそうな見ず知らずの子供を助けたとしたらどうであろうか。その救われた子供は将来結婚して子供をもうけるだろう。その子供は子々孫々と自分の遺伝子を伝えていくであろう。だが、それもあなたがその子供を救っていなかったら、あり得ないことなのである。それは特別にマスコミで取り上げられ衆人の知るところとは成り得ないであろう。しかし、あなたが存在することによって投じられた一石は確実に波紋をなして社会に浸透していくのである。社会的地位も、財産も、名声もどうでもいいものである。あなたが示した優しさは、人々の心を通じて着実に社会に広がっていく。社会には、あなたに何らかの形で救われるべき人が数多く存在するのである。あなたは、存在する理由があるからこそ今まさに存在しているのである。それは例えて表現するのならば神の意志なのである。

欠陥だらけの存在の人間ではあるが、その人間がお互いに影響し合い、協力し合うことによって強大な力を生み出し完璧に近いものを創り出すことができるのである。例えば、世界で非常に影響力のある宗教を考えてみる。仏教、キリスト教、イスラム教などは長い間、人々の信仰によって支えられ歴史の谷間に落ち込むことなく現在にまでつたえられ、今なお多くの人々を感化し続けている。これらの宗教は、仏教であれば釈迦、キリスト教であればイエス、イスラム教であればマホメットがいさえしたら、それだけで今日にまで続く普遍的な教えとなり得ていたかと言えば、そうではない。宗教は、開祖がいて、その教えを広く普及させる熱心な伝道者がいて、さらにはその教義に帰依する多くの信者がいて、始めて未来永劫にまで人々の精神的な支えとなるのである。開祖、伝導者、信者は各々がその立場において力を発揮し協力し合って一つの大きな、完璧に近いものを生み出すことができるのである。また、宗教の創始者が自らの教義内容を創り上げるためには多くの名も無い人々からの影響があるはずである。貧しい人々の貧苦に喘ぐ生活を見て、偽政者に対する激しい憤りを感じたかもしれない。食べる物がなくひどい飢えに堪え忍んでいる時に、ひと切れしかない自分のパンを快く与えてくれた人がいたかもしれない。戦災などで孤児となった子供達のために我が身を犠牲にして救済活動をしている人がいたかもしれない。現在世界の到る所に普及している宗教の成立は、有名無名の様々な人々からの影響という土台なくしてはあり得ないものなのである。小さな力の欠点だらけの人間は、相互に影響し合い大きなものを創り出し、その大きなものが、さらに多くの人々に影響を与え人間社会は少しずつ正しい方向に発展していくのである。大きなものは、あなた一人が欠けても何か足りないものになるかもしれないのである。

個々の不完全な存在が全体としては見事に調和がとれ、完璧なものとなるというのは自然界においても同様である。大自然の中の一本一本の草木は、まさに取るに足らない存在である。しかし、その草木が集まり山、川、空と一体になった時、その風景は例えようもないほどに美しいものとなる。また大自然は、草、木、山、川、空に様々な動物、昆虫などが動き回り、そこに春夏秋冬の四季が巡って完璧に調和のとれた状態となり、永遠に存続し続けるのである。四季をもたらすものは宇宙の法則である。そうすると、この世の中に存在するものは、草、木、山、川、空、動物、昆虫、人間に到るまで、全ての存在はお互いに影響し合い、全宇宙とつながり一つとなって完璧に調和がとれているという真実が見えてくるのである。卑近な例を挙げるならば、もしあなたが道端の野に咲く小さな花のけなげな美しさに魅せられて、その時まで憂鬱であった気持ちがすっきりと晴れて快い気持ちにさせてもらったとする。そうなると、その道端に咲く弱々しい花はそこに存在することに意義があったことになる。そして、そこに花が存在するためには昆虫や風など何らかの力が働くことにより、種子がその場所に運ばれてこなくてはならない。さらに風というのは地表全体に存在する大気の流れであるから、地球の自転や宇宙との関係をも考慮に入れなくてはならなくなる。日常の何気ない出来事すら、けっして宇宙全体の調和と無関係ではないのである。

人間とは、また人間をも含んだこの世の中の全ての存在は、個々の力は弱く、あまりにも不完全な存在である。しかし、その存在同士が影響し合い、調和して完璧なものを創り上げ、その完璧なものの影響の下に全ての存在は発展していく。人間とは何かと問われれば、欠陥だらけだが相互に強く影響を与え合い、それによって大きなものを創り上げることができる、また完璧な存在を見抜き、それに少しずつ近づいていける存在であると答える。

もし、あなたが何か自分で認める得意なものを持っているのであれば、ぜひためらわずにその力を発揮すべきである。出し惜しみをしてそのまま内に秘めているだけでは、人々はお互いに影響を与え合うという自然の摂理に矛盾することとなる。激しく対戦相手に全力でぶつかっていく、また常に自己の記録を伸ばし続けるという孤独の戦いを通して多くの人々に力強い心を示し、与える人もいる。美しく優しい旋律を奏でて人々の心に優しさと慈しみの心を喚起する音楽家もいる。人間の魂の崇高なる気高さと尊厳を一枚の絵画として表現する芸術家もいる。その人の自覚する素質は、意味もなく備わっているものではない。その素質は発揮して、それによって相互に影響し合うためにこそ備わっているのである。自分にできることは何か。自分は何を為すべきなのかという疑問に対する答えは、あなた自身の中にある。あなたが素直に自覚する素質を発揮してお互いに影響を与え合うことによって、あなたの存在は光り輝くのである。社会的地位とか、名声とか、財産などというのは二の次、三の次である。たとえ、どんなに些細なことでもかまわないのである。最も大切なことは、あなたが存在しているという事実なのである。

おわりに

私が本を出版したいと思ったのは、学生時代のころである。大学三年生の二十一歳の時であった。別に絶対に自著を何としても書棚に並べて、多くの人々に自分の考えを知ってもらいたいと思った訳ではない。ただ何となく原稿を書き、とりあえず書物という体裁に整えてみたいと、本当に漠然と考えていただけである。実際に書き上げた原稿は、確か一ヶ月もかからず完成したものであったと思う。入念に誤字、説字をチェックすることもなかったので漢字の表記や使い方には間違いが多く、文章表現も拙く、お世辞にも人様に広く読んでいただくものとは、とても言い難いものであった。結局、私は、自分が二十一歳の時分に、当時の私なりに必死に書いた原稿を本として上梓することをあきらめた。自分で今、改めて読み返してみても、あまりにも稚拙で、どう手直ししても、とても出版に耐えられる内容ではなかったのである。

それから、五年の歳月が流れた。私はその五年間、一度たりとも自分の本を出版しようなどという気にはならなかった。就職してからの私は毎日が忙しく、原稿を書くための膨大な読書量をこなす時間と、そのための心のゆとりをほとんど持つことができずに日々を悶々と過ごしていたのである。何となく漠たる空虚感と不安を抱えながら、ある意味では無為に日を過ごしていたのである。ただし、あまり多くは読めなかったが読書をする習慣だけは就職しても捨てなかった。内容としては、文学と哲学は学生時代までで、就職後は、経済、心理学、歴史学、実務書、啓蒙書、小説などが多くなった。私の読書の専門分野が、学生時代と社会人の時で自分でも意外なほどの相違を示すようになったのには少なからず驚かされる。別に意識してそうしたのではなく、改めて振り返ってみて気がついたことである。多分、学生のころに一応熱心に読んだ哲学や文学が、よほどつまらなかったものと見える。まったく無駄な時間を過ごしたものである。私が唯一、学生時代に得ることができたのは読書をする習慣であった。

私の学生時代の失敗は、真に頭を働かせるとはどういうことか、また知識を得るとはどういうことなのかということを全く理解していなかったことにある。哲学とは、読むものではないのである。それは、政治、社会、経済、心理、歴史、宗教など様々な、ありとあらゆる書物を読み、その中から自分の頭を使い人間とは何かを追求していく。その一連の知的活動こそが哲学なのであって、歴史上及び現代の哲学の大先生の言葉を有り難く賜ることが哲学ではないのである。そして哲学が理解できていないと、絶対に文学をも理解することができない。私は、まさに何も分からないままに哲学と文学に触れて得意になっていたのである。だから私が学生時代に書いた原稿は必然的に、あまりにも稚拙にならざるを得なかったのである。

本書は、特に十代と二十代の人達に強くメッセージを訴えている。だから、ここで最後にもう一度、本文で述べたことを繰り返したい。十代や二十代の人達は自ら積極的に哲学に没頭し過ぎない方がよい。しばしば、この年代の人達は人間とは何か、人生とは何か、という命題にあまりにも純粋に関心を持ち過ぎることがある。そのこと自体は大変にすばらしいことなのであるが、そのような難解な疑問に答えるのに哲学書は、さして大きな役割を発揮してはくれないのである。むしろ困乱するだけである。その答えは、あなたが熱心にスポーツに取り組む中から見つかるかもしれないし、毎日を必死に働く中に見出すことができるかもしれない。また、ありとあらゆる分野の膨大な読書量の果てにヒントが見つかるかもしれない。十代と二十代には、スポーツ、学問、友人との交際など様々な活動の場が広がっている。多くのことを体験するチャンスが掴みされないほどに用意されている。これをのがす手はない。自分から進んで貪欲に掴みにいくべきである。それが、あなたの人生を拓く哲学の模索へとつながっていくのである。

この原稿を書き始めたのは二十六歳の時である。そして二十八歳の今、原稿を書き終えようとしている。二十一歳の時に思いたってから七年の月日が流れた。長いものである。ここまで筆を運ぶのは、凡才以下の私の能力では非常に労苦が多かった。しかし、私はその苦しみを通して一つの真実を得た。それは、全ての思いは捨てさえしなければ必ず何らかの形で実現するということである。私が二十一歳の時に思った自著を出版したいという願望は、どこか頭の片隅に残り続けていたからこそ七年の歳月を経て実現したのである。

最後に、私の拙い原稿を丹念に校正し編集から出版に到るまでの大変な仕事を担当して下さった麻生真澄氏、そして出版作業に携わっていただいた皆様に心よりお礼を申し上げ、筆を置きたいと思います。

二〇〇二年一月三十日

手賀　達哉

人間《にんげん》とは何《なに》か

手《て》賀《が》達哉《たつや》

明窓出版

平成十四年七月十五日初版発行
発行者 —— 増本　利博
発行所 —— 明窓出版株式会社
〒一六四—〇〇一二
東京都中野区本町六—二七—一三
電話　（〇三）三三八〇—八三〇三
FAX　（〇三）三三八〇—六四二四
振替　〇〇一六〇—一—一九二七六六
印刷所 —— モリモト印刷株式会社

ISBN4-89634-098-1

ホームページ http://meisou.com　Eメール meisou@meisou.com

単細胞的思考　上野霄里

「勇気が出る。渉猟されつくした知識世界に息を呑む。日々の見慣れたはずの人生が､神秘の色で､初めて見る姿で紙面に躍る不思議な本」ヘンリー・ミラーとの往復書簡が400回を超える著者が贈る、劇薬にも似た書。　定価3600円

無師独悟　別府愼剛

この本を手にとってごらんなさい。そうです、それが本当のあなたなのです。この本は、悟りを求めて苦悩している人　悟りを求める以外に道がない人　その為には「読書百遍」もいとわないという心の要求を持った人に読んで頂けたらと願っています。　定価1800円

成功革命　森田益郎

平凡な人生を拒絶する人たちへ。夢を実現し、成功するための知恵が、ここに詰まっています。「人間には、誰にでも、その人だけに与えられた使命というものがある。そのことに気づくかどうかで、いわゆる酔生夢死の一生で終わるか、真の意味で充実感のある人生を送れるのかが決まるのだ」　定価1300円

生きることへの疑問　永嶋政宏

「障害は人間を強くする不思議な力を持っています。そしてその強さとは、本当の弱さがわかる本当の強さだと思うのです」幼い頃から重いハンディを背負った著者が歩いた「心の旅の軌跡」　定価1300円